藝術文獻集成

鄧文原集

〔元〕鄧文原

浙江人民美術出版社

圖書在版編目(CIP)數據

鄧文原集/（元）鄧文原撰；羅琴整理．—杭州：浙江人民美術出版社，2019.12（2025.4重印）
（藝術文獻集成）
ISBN 978-7-5340-7504-9

Ⅰ．①鄧… Ⅱ．①鄧… ②羅… Ⅲ．①中國文學－古典文學－作品綜合集－元代 Ⅳ．①I214.72

中國版本圖書館CIP數據核字(2019)第152771號

鄧文原集

〔元〕鄧文原 撰
羅　琴 整理

責任編輯　霍西勝　張金輝　羅仕通
責任校對　余雅汝　於國娟
裝幀設計　劉昌鳳
責任印製　陳柏榮

出版發行　浙江人民美術出版社
（浙江省杭州市體育場路347號）
網　　址　http://mss.zjcb.com
經　　銷　全國各地新華書店
製　　版　浙江時代出版服務有限公司
印　　刷　三河市元興印務有限公司
版　　次　2019年12月第1版
印　　次　2025年4月第2次印刷
開　　本　880mm × 1230mm　1/32
印　　張　16.25
字　　數　205千字
書　　號　ISBN 978-7-5340-7504-9
定　　價　89.80圓

藝術文獻集成

鄧文原集

〔元〕鄧文原

浙江人民美術出版社

整理説明

鄧文原文集名曰《巴西鄧先生文集》一卷，詩集名曰《素履齋稿》。詩文集原本亡佚，現存都是後人各處收集而成，非完帙。

本次文集點校以上海圖書館所藏鮑廷博知不足齋輯校稿本爲底本（簡稱鮑本），鮑廷博校改作「鮑校」、補充作「鮑補」、批註作「鮑批」，以國圖所藏明弘治以前抄本（簡稱明抄本）、國家圖書館所藏傅增湘校跋的僞造鮑氏抄本（簡稱僞鮑本，編號善本〇七七一八）、傅增湘校改作「傅校」、文淵閣《四庫全書》本（簡稱四庫本）爲校本，以重慶圖書館所藏陸香圃三間草堂抄本（簡稱陸本）、國圖清抄本（編號善本一七二〇〇）（簡稱國圖清抄本）爲參校本。另外，筆者此次輯佚有目有文者二十四篇，無目有文者一篇，去重以後李鳳英輯佚者三篇，這三種一併附于上圖鮑抄本之後。爲求完備，附上《全元文・巴西集》輯佚去重後的二十七篇。另輯佚有目無文者十八篇附上篇名。

詩集《素履齋稿》以國圖藏鮑廷博輯校稿本（編號七〇九八）爲底本，以重慶圖書館所藏陸香圃三間草堂抄本（簡稱陸本）、顧氏秀野草堂康熙三十三年（一六九四）刊行《元詩選二集》之《素履齋稿》（簡稱顧本）、南京圖書館所藏丁丙跋《元人十二家集》本（簡稱十二家本）爲主要校本。其中陸本完全出自底本。以文淵閣四庫全書《元詩選二集》之《素履齋稿》（簡稱四庫本）爲參校本。底本比之顧本、四庫本的《元詩選》，多收詩十五首，詩歌排列順序與顧本亦有不同。而十二家本所收詩歌只有幾十首。底本比陸本多出再後來輯録的卷末三首《惠山夏日酌泉》、《題王獻之保母帖》、《題李成十幅》。另外搜羅各大總集、題畫詩集等，注出某詩見于某某集之後，一并作爲参校本進行校勘。凡各大總集、題畫詩集等第一次出現注明所用版本、編者，二次及其以後只注書名和卷次。《全元詩》補遺十五首，其中有六首底本已收，實際補遺九首。《全元詩》之外，本次補遺詩歌有目有詩者八首，殘詩一句，有目無詩者二題，去重以後，獨李鳳英輯者一首。需要説明的是，底本鮑氏輯校稿本已經比《元詩選》本多出了十五首詩歌（其中有錯收者在正文中有考辨），所以本次整理的《素履齋稿》實際比通行的《元詩選》本多出三十多首詩歌。

本文底本有誤出校；底本他本兩存者出校；一時難以分清正誤的出校；底本無誤他本有誤，然他本極具迷惑性的，仍出校加以考辨。

感謝魏崇武師、李鳴老師、雍琦老師、張玉亮老師、丁偉師兄、花興師兄、吕東超同門、鍾彦飛師弟給我提供的指導與幫助。

羅　琴

二〇一六年六月

目録

文集補遺

巴西文集鮑廷博補遺一

巴西文集鮑廷博補遺二

全元文巴西集補遺去重者

素履齋稿下

附録

附録二 贈答題詠

巴西鄧先生文集

吴氏義塾記

崇德古禦兒地，大德己亥，吾嘗爲其州文學掾〔一〕，吴氏儁卿建門左之塾，聘師以訓鄉之子弟三年矣。地故多饒富，儁卿非甚雄於貲，而志欲敦尚儒風，迪成善俗，視古稱任恤者，蓋庶幾焉。未幾，余入補詞垣屬。又八年，州若府疏其事于江浙省，而以聞於朝曰：「吴氏義塾田，爲畝者三百〔二〕，師生餼廩有度，講肄有業，童冠鼓篋而來者逾百員〔三〕，盍舉以旌善？」朝命表其門曰「義士」。會余以提舉學事，出領江浙四道〔四〕，訪義塾之成，則已遷于官河之東縣庾故址。歲輸僦直〔五〕，爲方七畝有半。益以旁近地畝三，經度締構，宏麗亢爽。中象燕居，翼以齋廡。其北講堂，寢息有所。左右書器，庋閣嚴奥，重門輝赫。南穴爲池，直地北東。廩舍庖湢，各有攸處。又增田二百畝，以羡歲入。中河爲橋，級石夷平，便諸入塾者。自造端至今，更十有七寒暑，而塾始大備。凡用錢若干緡，米若干石，皆約己撙用以給。其規約，則歲所歛儲，必子孫之長且賢者次掌之，而師友共稽其出納。有嬴〔六〕，亦以周里閭之婚嫁喪葬貧不舉者。勿侈勿嗇，勿軋于豪右，勿撓于有司，以圖惟永久。子孫有違約者，以不孝論，鄉黨得糾正焉〔七〕。儁卿謁余文爲記〔八〕，余嘆曰：古者里門爲塾，子弟畢學於士師、少師，而里耆鄰長誨之耕，出入有時，長幼有序〔九〕。其道簡，而教易行也。自秦發閭左之戍，而教始大壞。今吴氏之爲義塾，或未能盡合乎古，而意則善矣〔一〇〕。禦兒本吴壤，始太伯以禮讓道民，歷十九世而季札乃克弘宣祖訓，振邁高風，言行焯著，夫子亦許爲「吴之習於禮者」。再世至闔廬，已不承季札之志，而自蹶其本。識者知吴之不競，不待遷甬東時也。夫吴之禮讓，更数百年，封植之不足，而隳之一旦，易若反掌。禮之有關於斯世，有如此者。今世之士，率視禮爲闊迂，而莫之講。所謂筋骸之會，肌膚之表，尚不能自振，況望其飭躬澡行，以希聖賢之域者哉！吾道亦大矣！敎學必自蒙養始，其勿謂洒掃、應對、進退爲末，而思有以涵育性情，磨礲氣質，循序而進，以要其成，尚無負儁卿所以建塾之意也。觀吾言者〔一一〕，其亦有所興起也夫？

校勘記

〔一〕掾：底本作「橼」，據明抄本、四庫本改。
〔二〕三：四庫本、僞鮑作「二」。
〔三〕逾：底本作「隨」，據明抄本、四庫本、僞鮑本改。
〔四〕四：四庫本作「西」。按：鄧文原《試院瑞梅詩序》有「延祐改元，聖天子詔興大比，江浙行中書省統領四道，治於杭」句，知底本是。
〔五〕僦：底本作「就」，據四庫本、僞鮑本改。按：僦直，指租金。
〔六〕羸：明本漫漶不清，四庫本作「羸」。「羸」、「羸」皆有「餘」意，下不出校。
〔七〕黨：底本無，據鮑校補。
〔八〕儁：底本作「俊」，四庫本作「儁」。二字相通，然依上文，「儁」當是，故據改。
〔九〕長幼：明抄本、僞鮑本、四庫本互乙。
〔一〇〕善：四庫本、僞鮑本作「美」。

〔一一〕觀：四庫本作「世之觀」。

戴祖禹墓誌銘

剡溪戴氏，自安道以清隱著，其世緒代有顯聞。祖禹之九世祖，始遷居于山陰之西陵。曾祖允能，宋迪功郎，又自西陵居杭。祖安國，父應垓，皆潛德不仕。比三世，皆返葬西陵，東西州相距一水。祖禹時時省墓，朝涉而莫至，雖居杭，志常在西陵也。始余初識祖禹時，甫弱冠，意氣已穎發，傾動流輩。所居廛市囂雜，然藏書甚富，常閉户讀書，不妄接人事，如窮儒宿學，遁迹林谷，讐校自樂，余見輒愧之。而祖禹雅善余及張君仲實，言論纚纚，商確今古，觴詠間作。客至，或瞪目聳耳，移時不出一語。余私問其故，則曰：「吾惟不耐與俗子面〔一〕，而能强爲言笑乎？」余嘗規之，而祖禹終不欲苟刓其方，故於時率寡合。及其死，則莫不哀其才命之畸，而思如祖禹者何可復得？嗚呼！自古有志之士，齟齬一世，歿而公論始定者，皆可悲也。祖禹喜爲詩，蚕宗太白，漸就深沉，用少陵法。每論詩至歷代正變、是非、優劣〔二〕，又如老吏持律，明燭幽眇〔三〕。其學自經傳諸子百氏書〔四〕，靡不研索〔五〕，尤嗜古法書、名畫及鼎彝器物。遇勝友，則焚香娱玩，殆忘渴飢。或勉之仕，登名于天府。以祖禹會稽人，俾正其鄉學。未幾，移疾歸，曰：「吾不能束帶趍走，俛事上官也。」大德己亥，余職教禦溪，祖禹亦寓傳貽精舍，屋鄰事簡，情好益款洽。踰年，而余徵詣詞林，與祖禹别且五稔，時得書問無恙。最後，爲其子孟淳來請婚。余許諾，則以明年春謁告還杭，祖禹相見大喜，曰：「四千里尋盟，真信士也！」越秋，既醮成禮，余復還京師。又明年，孟淳來訃祖禹卒，余得書慟，慟非爲祖禹私也。祖禹嘗自謂早通釋老書，交方外士，於死生若有悟，然卒秘其傳。書言，疾亟猶規畫家事，周及靡密，且囑余銘其墓。倐然無怛化，此豈其驗耶？世之知祖禹者既鮮，而其畢生狷介不群之學〔六〕，百不一試於時，而忽以死，天之報施善人，其可詰哉！祖禹名天錫，卒以至大戊申八月四日，享年四十有五〔七〕。先是再調淮海書院山長，未赴。娶王氏，先十年卒。男三人，即孟淳，次宜孫、實孫〔八〕，尚幼。女一人，未行。葬以是年十一月己未，墓在錢塘縣大慈鄉艮山之原。銘曰：早萃厥美，又學不止。天畀之材，中恬以默。有媚其獨，寧亢毋回。藴能勿攄，抳於中塗〔九〕。君子之哀，越墓相望〔一〇〕。尚安爾藏，昌厥後哉。

校勘記

〔一〕惟：明抄本作「性」，鮑校作「誰」。

〔二〕論：明抄本作「説」。

〔三〕眇：底本作「暗」，據明抄本、四庫本改。

〔四〕百氏：四庫本作「百家」，僞鮑本作「百代」。

〔五〕索：四庫本作「究」。

〔六〕畢：明抄本作「平」。

〔七〕五：明抄本作「三」。

〔八〕實孫：底本原作「定録」，鮑校作「實孫」。

〔九〕抳：四庫本作「阻」，僞鮑本作「佐」。按：抳，意爲止。

〔一〇〕墓：明抄本、僞鮑本作「莫」，底本作「吴」，據四庫本改。

皇太子賜大慶壽寺田碑

聖上嗣登大寶之初，儲皇星輝儷極，動法祖宗。亦既毗贊元化，脩明百度，陽施春育，恩洽黎元。又謂金仙之道，可以啟悟群迷，同歸正覺。沙門梵刹，禮尚優崇。矧大慶壽寺，密邇禁庭，裕皇祝釐之所〔一〕。顧瞻輪奐，若慕羹墻。寺有賜田，仍諭有司，蠲其徭征。俾諸比丘，勤脩佛事，導迎禎祥，具如先朝成命〔二〕。越二年，復賜土田〔三〕，爲頃者五十。申飭懇至，光賁叢林。先是，嘗命詞垣具書錫賚顛末，以詒來者。忝職司文翰〔四〕，不敢以庸陋辭。仰惟世祖，龍德淵潛，豪俊聞風而雲附者，靡不虛左以待。若方外之士，則海雲師、可菴師，皆學契真如，辯窮實諦〔五〕，世稱宿德，獎遇日臻。太保劉文正公，尊事海雲師。以研精内典之餘，入參石畫〔六〕，出備顔行，至於息戎衣而混文軌，逾三十載。帝用休嘉，彰其師之道。俾寺有恒産，得廣延學者〔七〕，以暢宗風。中統建元之明年，有編甿張氏，以固安、新城兩縣王馬韓家村之水陸地來獻，由是慶壽昭被上賜。厥初惟不毛之田，歲墾而新之，乃益滋植衍沃，廩入豐羡。園有樹栗，隴有來牟，環布近郊。石煤以薪，水輪以磨。市區子錢之入，皆有嬴儲。鐘魚振響〔八〕，禮施如歸〔九〕。祠官秘祝，匪頒旁午〔九〕，而慶壽寺遂爲京師伽藍之勝。嗣皇提封之内〔一一〕，又擇薊州、漁陽之膏腴以益之。自中統距今餘四紀，而聖祖文孫，垂繼後先，所以嘉恩於緇流甚厚〔一二〕。夫上以禄秩任其下，而下以忠信廉耻事其上者，公卿大夫士之職也。庶民則火耕水耨，羹藜飯粟，疲筋力，出租賦，以給縣官。然而豐凶之繫乎天，貴賤榮辱之繫乎人，二者常不可必，而憂虞以滋。乃若世之學浮圖者，無圭組之累，可以怡神曠志而益閒。無耒耜之勤，可以棲遲其身而常安。層簷夏屋，儗於封君，而役庸之政不及也。群居而食，以禪悦爲味，而通般若。食已而游息，則念五蘊六塵之幻假，而修證菩提。超清净之佛乘，具圓明之正果。以祈皇家億萬斯年，治隆化洽，群生樂豫。是則如來方便設教，濟世津梁，與上之人尊奉釋氏之意也。今住持西雲安公，行業粹冲，器宇弘大，克修前美〔一三〕。而提點某監寺某等皆具願力，相兹法會，故宜洊膺隆渥，以貽永久。文原既奉命紀述，復繫以銘。銘曰：於皇聖元，握符闡珍。撫御九有，涵煦同仁。曰瞿曇教，啟昏迪嚚。孰尸余禱〔一四〕，像設是因。錫營所宅，丹臒雲㜰。息繇免征，俾安弗撓。綸言誕敷，極于丕冒。睠兹蘭若，昔帝寅祀。臻臻釋子，天門邇止。猗與承華，祖考是式。申錫土田，原隰廣斥。倉盈庾億，飯于香積。誰云耕鑿，罔知帝力？我觀性相，如穀之滋。耨以慧器，法雨沃之。勿希焦芽〔一五〕，勿砂而糜。每飯食頃，常是思惟。承佛受記，爲世導師〔一六〕。贊祐皇圖，永配穹祇。

校勘記

〔一〕裕皇：鮑校、僞鮑本前有「實」字。

〔二〕成：四庫本、僞鮑本、鮑校作「明」。

〔三〕土：明抄本作「上」。

〔四〕忝：鮑批「忝，別本作文，宜是文原」。

〔五〕辯：明抄本、四庫本作「辨」。

〔六〕石畫：四庫本作「碩畫」。按：石畫，意爲大計。石，通「碩」。語出《漢書·匈奴傳下》：「時奇譎之士，石畫之臣甚衆。」

〔七〕學：四庫本作「來」，國圖清抄本作「今」。
〔八〕鐘：底本作「鍾」，據四庫本、僞鮑本改。
〔九〕禮：底本作「檀」。據國圖清抄本作「禮」。
〔一〇〕旁午：四庫本作「傍午」。按：旁午，紛繁錯雜之意。底本是。
〔一一〕內：僞鮑本傅校作「世」。
〔一二〕恩：明抄本、四庫本作「惠」。
〔一三〕修：明抄本作「濟」。
〔一四〕余：底本後衍「得」，據明抄本删。
〔一五〕希：底本作「布」，據明抄本、四庫本改。
〔一六〕導師：底本作「藥師」，據鮑校、明抄本改。按：「導師」是，指引導衆生入于佛教者。

熊西父瞿梧集序

「瞿雖長梧」之論，始於是非之相形，好惡之偏争，禍福利害之轇轕糾紛。將欲一之以道樞，和之以天鈞，物我兩忘，以蹈乎大方。其言辨矣、肆矣。然昔之能言者，至聖人而極。聖人於是非好惡、禍福利害之辯，若薰蕕玉石，不可雜糅，非曠尚玄同以爲道也。則吾又安能舍聖人之教，而從其説哉？異哉！熊君西父以「瞿梧」名其集也。謂君泯然忘情於斯世耶，何也？乃搯擢胃腎，雒誦言語，大篇短韻，搜奇抉怪。自其壯年角逐於藝文之場，至於老不厭。則君豈忘情斯世者？毋乃玩世滑稽，姑託於莊周之寓言耶？君以文字掇巍科，位朝著，垂紳委珮，駸駸乎華要矣。俄而息駕乎跨鶴之山，樵牧之與俱，而花竹之與娱。峩冠皓首，講道唐虞。宜其酣謌嘯詠，塵蜕天遊。如草木華落，而歸根風尊硎〔一〕。鼎俎欲謝〔二〕，麴蘖羞珍〔三〕，而從太古之味。若是乎有取于「瞿雒長梧」之論。豈以昔之夢，今之覺乎？夢覺之相續也，物化之不齊也〔四〕。若陰晴朝莫、寒暑晦明之翕忽遞代，惟變乃不窮。而造化之常者與之爲無窮，此知道之士所以遯世無悶，而推其緒餘以立言，猶足以不朽也。君其起瞿雒長梧而問之。

校勘記

〔一〕風尊硎：四庫本作「乎太虛」。
〔二〕俎：底本作「稍」。據四庫本改。
〔三〕珍：底本作「稱」，據明抄本改。
〔四〕之：底本脱，據明抄本、四庫本、僞鮑本補。

送王明之推官北上序

余初識王君明之於杭時〔一〕，明之方掾江浙省，以才猷英敏，見知上官。尋任鉤校其曹事，秩滿，出宰常之晉陵。晉陵劇邑，君至有惠愛，號稱治辦。旄倪遮留不可，作去思之碑。朝廷亦知君可佐大郡决平，矧仕杭久，嘗諳其俗，迺命爲杭推官。自君官晉陵，適余被徵爲詞林屬，言論不相接者逾十載。人能道君不以亟疾苛察爲高，而能得事情。蓋豪猾脅息，疲懦無愁冤也。去年冬還杭，問其事若何，則曰：有捍禁黷貨弊，爲怨家蜚語誣服者，有盜率其曹伍，剽掠爲奸，而脅從罣誤者。有司一切文致于法，君皆讞問得實，多所原貸，諸如斯類甚衆。厥今吏部銓選能辯疑獄，出死罪若干人者，皆視所授秩有加〔二〕。若明之者，其進用可量哉？吾觀造化之於物，雖風霜肅殺，而生之機常流動無間〔三〕。爲吏者故欲軋其生而毒人于死，用法或持巧心，析律貳端；或務刻深若束濕，以要時譽；甚則市獄以便私自營。此其設心，皆爲造化戾。乃若持禄取容，無所可否者，爲害適相當。士不通經，不足與論政刑。明之既力於善，而復以詩書教子，其知本也夫。今將適京師，乃序以送之，且以諗夫持三尺法者〔四〕。至大辛亥二月望日。

校勘記

〔一〕王君：明抄本作「君王」，四庫本無作「王」。

〔二〕所：鮑批「所字下似有脱」。

〔三〕生：鮑校作「生生」。

〔四〕諗：四庫本作「喻」。

送黄可玉鍊師還龍虎山燕集序

世傳淵明修静，入遠公社，蓋淵明未之言也〔一〕，或疑好事者爲之説。夫交道貴心知，豈復計形迹之異哉？而世徒以形迹分爾汝者，此交道之所以薄也。王、謝、支、許，其出處大不同，而當時論交者，欣羡以爲美〔二〕。蓋忘勢與忘人之勢，雖晋宋世而皆古風未泯〔三〕。矧淵明修静，高蹈物表，而獨何疑於與遠公相好哉？竊意匡廬之勝，豈無若斯人者游息其間？而余方宦游北南，莫獲邂逅與友〔四〕。乃今還杭，得交黄君可玉甫。其學典麗該洽，貫儒名老而同歸。其文章由古訓，誠若揔金石而奏韶濩。錢塘固多勝士，而余居甚邇，情義尤款密。一日，語余曰：「吾將暫還龍虎山，以七月復來。」於是吾黨暨方外之士，凡十有六人，釃酒而與之别。雍容談謔，羽觴屢集，彷佛蓮社故事。廼用禪月師詠遠公詩〔五〕，分韻以紀勝集。夫古者會盟讌集，各賦詩道志，義相劘切，于風教深有助。遠公離情證空，於釋氏不爲異，而能爲二老破戒過溪，此義乃甚高。余既序其事，復以發同志者一笑云。

校勘記

〔一〕也：傅校、國圖清抄本作「世」。

〔二〕欣：明抄本、四庫本作「歆」。

〔三〕皆古風：明抄本作「古風」，國圖清抄本作「皆風采」，傅校作「風采」。

〔四〕邂逅與友：明抄本作「解后與友」，四庫本、僞鮑本作「邂逅與交」。

〔五〕禪：四庫本、國圖清抄本作「祥」。按：底本是。禪月師指唐代詩僧貫休，有《禪月集》。

慶吴彦升知事母夫人八十詩序

至大辛亥，聊城吴公以浙右廉察，治效著聞，上命佐行臺幙。士民咸惜其去而不能留也，則又喜曰：「江以南悉行臺所按治，吴公往司晝諾，其用當日弘以大。」粵明年，太夫人年登八袠，公迎侍官所，釃酒燕樂，官僚以次畢賀。聞者復爲公喜曰：「世有富儗金埒，貴列鼎食，而名譽不昭。或爲世指目以大老〔二〕，何可勝數？幸而貴且富、名譽昭矣，而親在堂，獲康强眉壽，忠孝之道兩備，蓋千百求一二也。」吴公自爲吏，以才猷英敏，受知上官。居風憲，善鉏姦擊强，功常奏最。而太夫人飲食起居無恙，南來二千里，享其禄榮，是非大可樂者乎？吾聞其鄉人言，太夫人慎閨儀，佐義方甚肅。每吴公治事歸，色養左右，必問所平決幾何。若雋不疑之母也！漢輔號最繁劇，爲吏者率以鷹擊毛鷙爲重，然輒以是敗。吏獨稱不疑，嚴而不殘，母教誠有自來。洪範五福，壽居首，而君實司之。嘗疑壽得之天，君若無所與。然上古治尚淳素，生人往往壽逾百歲。今岩谷之甿，亦多鮐背兒齒，克保耆艾，其夭者未澌也。晁錯言：「人情莫不欲壽，三王能生而不傷。」錯之知不及此，其有得於伏生者乎？吴公歲時，率其子姓群從再拜爲太夫人壽。退而益思是道，以施諸政理。以上承老老之化，是尤吾黨之士所深望於公者也。太夫人姓王氏，諸孫業詩書，有立志。吴氏之興，如鉅川榮木，有衍未艾。詩以志喜者若干首，而屬予爲之序。

校勘記

〔一〕大老：明抄本作「盡者」，四庫本作「笑者」，國圖清抄本同底本。大老：地主，財主。

婺源處士吳君墓誌銘

徽婺源有吳瑋者〔一〕，述大父之世系行實，介其師汪又善來謁銘〔二〕，曰：「瑋不自夭已酉於今三年。服齊斬之喪，四孤且幼，未有見焉。先生尚矜而銘之！」余耳其言悲，且重又善請也，廼爲敘次其辭，識諸墓。按吳氏居婺源之富春者，相傳其始祖嘗以功受王封，今兆域具在。然考之傳志，莫原其初。其子姓日蕃以大，則皆曰「是實吾祖也」，以表異它族。君諱克珍，字聘卿，曾祖曰□□、祖曰□□、父曰□□。此三世皆韜德不售，以善聞鄉邑。君生而偉貌豐頰〔三〕，不妄笑言，長益慎重。居家庭，揖遜步趨，咸中儀軌。喜恢廓，無卞急之行。子弟有過，不苛責，惟端居肅容，遲其悔悟。僮隸有干忤意，每示寬假，殆天性然也。遇人無夷險佞直，一接以誠，久而人益乎悦。里有山曰王良峪，窈曲圭立，壁峙谷下〔四〕，山上多松枏檜桂之植。君慕其曠幽，若與道謀，乃穴泉甃池，剪榛畦圃，種梅其坡，有亭萃止，遂因以名其居。每風日清美，則步屧扶筇，携壺擊鮮。與魁人韻士，高凌雲巔，攬結空翠〔五〕，心境俱會，竟暮忘歸。蓋君自年五十即屏家事屬二子，米鹽靡密，悉不以經意。嘗誨之曰：「人孰不樂貴富恥賤貧，然命懸之天。莊周言『以有涯隨無涯，殆已』，若等治生産，勿過營也。凡博學在力行，毋爲掐擢肝腎、務競纖巧。惠逆之施，各以類應，吾知慎守以老，若等其勗之。」大德丁未歲大祲，君發廩振飢〔六〕，癘者藥之，民資以存活甚衆。己酉秋，意忽不樂。八月朔旦，郤藥謝醫言：「昨夢神畀我大環。環者，還也。吾其終乎！子孫惟讀書，强爲善，以慰吾意。」言畢，正冠而逝。君生于宋□年□月□日，享年七十有三。娶江氏〔七〕，先君九年卒。子男二，應杓、應檟。女一，適浮梁文學掾滕茂。孫男五：瑺、瑋、環、璆、珏。孫女四，曾孫男女三，皆幼。君卒之二年，應杓、應檟死。未幾，瑺又死。聞者皆爲雪涕曰：「處士之善而隕其後乎？古謂『福善天道』，信耶？」瑋無父兄以終喪，遭禮之變。卜以□年□月□日，奉君柩葬于□里□

山之原。又善言：「瑋居憂，克自樹立，奉先訓唯謹，吴氏當有興者。」銘曰：吁嗟吴君！彼儉而榮，善罹其屯。天胡昭昭，貿厥蕕薰。君既中壽，易簀奚言。又泣先露，二子一孫。崇山有梅，颯其歸魂。尚安毋恫，施祉後昆。我勒銘詩，永賁幽墳。

校勘記

〔一〕瑋：明抄本作「諱」，國圖清抄本作「諱遠」。按：據下文「孫五：瓓、瑋、環、璆、珏」，知底本是。

〔二〕介：底本作「分」，據四庫本、國圖清抄本、傅校作改。按：「介」是，據改。汪：僞鮑本作「江」。按：《新安文獻志》云「汪又善，九成。婺源人，師胡雲峰爲宗文書院山長。」《雲峰集》卷八有《送汪又善之宗文山長詩》，知底本是。

〔三〕君生：明抄本作「生君」。《故宋登仕郎李君墓誌銘》一文有「生君而穎悟」句，各本皆作「生君」。

〔四〕峙：底本作「峙山」，明抄本作「寺山」，據四庫本改。

〔五〕結：四庫本作「擷」。

〔六〕振：四庫本、僞鮑本、國圖清抄本作「賑」。按：兩可。

〔七〕江：四庫本作「汪」。

送郭文卿赴浮梁知州序

人之所遇，有意所甚欲而不可强致者，豈特富貴利達哉？雖交游會合亦然。始余徵詣京師，爲詞林屬，留十年，汴梁郭文卿由中書掾佐宣徽幙。薦紳間往往言：「文卿雅尚儒術，其爲吏，持三尺法，而無舞智深文，以徼榮寵。」且勸余與文卿友，而余竟不獲一接其言論以自快。及文卿再調都事江浙省，凡南來者道文卿之善如京師時。前年冬，余還錢塘，居相隣，始得以暇日抵掌論説古今，釃酒酣謔，意懽甚。追惟南北十年，會合之艱猶若此，則夫疲筋力、善造請，以希富貴利達者，可必得邪？文卿受《易》於真定侯先生，不間寒暑風雨，每讀書至夜分乃寐。昔漢儒説《易》〔一〕，皆祖田何，然學有醇駁。嘗爰邴㬈容師魯伯，魯伯師施讎。史稱㬈容之兄漢，與兩龔齊名。而㬿容名過於漢，爲吏不肯過六百石。然則㬿容學《易》，於進退得失之道，深有得哉！昔余杜門教授生徒以自給，一旦被徵命，適萬里。交遊慮余有不釋然者，余謂友人胡牧仲曰：「世之仕者，或以出處易其守，至於困戾顛踣，爲俗姍笑。今吾此行，是在《周易·履》之訟曰：『素履，往無咎。』」牧仲喜曰：「士患不知道耳。知之，則居陋巷不爲憂，任卿相不爲榮。造乎性命之情〔二〕，而安於所遇者也，吾子其慎諸！」今余委瑣無似，濫綴通籍，牧仲斯言，不敢忘也。朝廷命文卿守饒之浮梁，行有日矣。用敢以余所得者爲文卿贈，以爲何如也？文卿上奉七十之親，以孝聞。其學如百川東注，不進不止，才猷且將大用。教子弟，奕奕有詩禮風，是皆有足喜者。余既序次其說，善詩者復歌以繼之。

校勘記

〔一〕儒：底本作「傳」，據四庫本改。按：明抄本「儒」「傳」二字寫得極爲相似，易誤認，後人據此抄寫致誤，當改，下不出校。

〔二〕造：明抄本作「達」。

故宋登仕郎李君墓誌銘

李氏本唐宗系，居新安不知始何年。後嬰廣明亂，遷黄墩。有諱京者，樂浮梁之山水，清夷欝紆，可田可廬，乃遂相攸，族以滋衍，距今登仕君十一世矣。其間簪組蟬聯，修名姱節，烜著家乘。蓋與宋運相終始，而今猶演迤未艾。識者推其世德所繇，與子孫之立言行事，未嘗不慨然于君子之澤，如芳林嘉穀，必封植乃大。而天之報施善人，可必信也。余不及識登仕君，而君之壻樂平知州傅良銓，狀其行來請銘，且書以致其孤泰亨之意，曰：「子幸哀而銘之，登仕君有知，當不恨其生不偶於時，而不朽者固在也。」余辭不可，則爲之叙曰：君曾祖諱裳，取盧氏。祖諱文器，迪功郎、提舉司幹辦公事，取鄭氏。父諱彌，世業《春秋》，登進士乙科，以端方長者，爲鄉評器重，取吴氏。生君而穎悟，童齔已若成人。稍長，從傳受《易》學〔一〕，耳熟緒言。與同輩角藝文，每輒中雋。宋制，中朝官得舉族姓選太學弟子員。時君之叔父大監公雷應，以君名聞，將就試錢唐。聞父疾革，歸，半道訃至。哀毁殆絶，然喪葬禮無違者。年幼失怙，衆或以不更事訾之。君益刻勵，不怵于浮言。值兵興訌阻，而才猷能自表見，然後知君之所樹立甚卓也。其從父兄原，尤邃於《易》，君與爲師友。益鈎决玄奥，適事之變，若中理解。鄉耆儁皆折輩行與交，最受知于尚書朱公貔孫、京尹吴公益。二公負時望，所取予皆足爲人重輕。宋事日棘，大監公守郡鄉，鉏姦擊强，號稱治辦。辟公節制司計議官，遄奏補登仕郎。大兵南來，諸郡瓦解，時危湘令浮梁，欲棄官去，以章綬諉君。君曰：「公爵無私畀，吾不爾從也。」自是迹韜志恬[二]，雅不喜仕。嘗欲重建新田書院，以訓鄉之子弟。經度既備，而道謀是阻，士論慨惜。會郡侯欲選慎重無侵牟者司庾事，强起君曰：「委吏會計，是豈不足爲政耶？」卒善其職，每守令下車，輒問俗利弊，及政所宜先，君剴論無隱，善被鄉邑。至元庚寅，邑燬于兵，愚氓并緣竊發剽掠者爲姦。公與叔父宗正公雷初，義同險艱。官軍掩捕，倚君奇畫，獲其渠首，而貸脇從者。主將欲官之，君曰：「吾以衛鄉井也，豈干榮禄哉？」卒不受。越六年，浮梁陞州。君年且五十，學官優以賓禮。每衿佩環列，觀君深衣峨冠，容止甚美，言論偉然。徵番易文獻者，皆亟稱李氏云〔三〕。君治家嚴，不惑異端，戒諸子勗詩書，趾美前人。聞弦誦聲則喜〔四〕，有過亦不少假詞色。園池亭榭，花竹齊列。植梅崇阿，奇石山峙。日與魁人韻士，觴詠酣謔，樂志忘其老。里有蕭處士，年七十矣。君兄事之，約爲耆英會，與者如干人，好事者以繪以詩。明年，處士殁，君哭爲慟曰：「昔至道九老，以文正公即世，雅懷弗遂，翰林洪公以爲造物所慳。居今方之，可爲雪涕。」自是君常忽忽不樂。未幾，病，病兩日而卒〔五〕。先是，泰亨嘗長幼菴書院〔六〕，及再仕襄樊。君勉之往曰：「子是教忠，慎勿以親遠增離憂也。」之官甫半載，聞病謁告，娱親醫藥，一不以家事累君，悉畢婚娶。季冬望，猶觴酒酹客。已而周視園圃，折花弄芳，意若永訣。後四日，形神忽異。泰亨□驚泣〔七〕，問所欲言。君曰：「吾疾殆不起乎，繼志者惟若等，余何言？」有頃，嗒然而逝。實至大辛亥十二月十九日也，享年六十有六。君娶新安戴氏，子男七人。長即泰亨，提舉襄陽等處營田事。次謙亨、復亨、咸亨、恒亨、鼎亨、豐亨。女五人，長壻即良銓也；次適太平路龍英州判官汪琦翁民〔八〕；武昌路南湖書院山長程琦；宋丞相番陽公之子馬端頤〔九〕，餘未行。孫男女四人。泰亨等卜以明年十月癸酉奉治命葬君于里之琅玕峰。君諱心道，字聖傳，自號踈嬾翁。扁其室曰「峕軒」，有詩稿藏於家。余嘗俛仰二十年間，豪家右族，或泣王孫〔一〇〕，或降皁隸。而李氏流芳焘祉，耀于逢掖。雖登仕君之瓌材雅度，練事達幾，百不一試于時，而卒以死。然視世之仕，不得其志，以辱先者，君亦可無憾於其身。而且有以裕後，其得失豈不有間哉！是故宜銘，銘曰：

系有唐，德流慶。嗟聖傳，士之良。闕不售，毋晝傷。百年短，千古長。鬱其堂封，視高岡。

校勘記

〔一〕傳：國圖清抄本作「傅」。按：疑當作「儒」。

〔二〕迹：底本作「遂」，據明抄本、四庫本改。

〔三〕李：底本本作「季」，據明抄本、四庫本、僞鮑本改。

〔四〕弦誦：明抄本作「玄誦」，四庫本作「誦玄」。

〔五〕兩日：明抄本、四庫本作「再□」，國圖清抄本作「與□」。鮑批「兩日一作再發，别本再下空一格。」

〔六〕菴：底本作「安」，據明抄本、四庫本、傅校改。

〔七〕□：四庫本作「等」。

〔八〕翁民：鮑校、四庫本、明抄本作「翁氏」。鮑批「此處疑有脱文」。又批「五女一未行，今已列其壻四人，則翁民或衍文也。或汪琦，琦字因下程琦而誤衍耳。」

〔九〕頣：底本作「頎」。據鮑校、明抄本、四庫本改。

〔一〇〕泣：國圖清抄本作「位」。按：疑「位」是。

清隱院記

如來氏之教，必先歷諸勤苦而後樂。其説曰：「吾所居爲净土，爲莊嚴佛界，以黄金布地。奇珍美卉，璀璨林列，人生願樂具足。無有凶荒死徙、札瘥夭昏之災。然必外四大六塵、永離渴愛者，始克臻此。」故其徒往往含茹苦辛，入深林幽谷，至毁截膚體不厭。凡此者，以樂誘其中也，而樂何可必得哉？夫佛以真如爲體，不着貪欲。而曲學彊從諸苦以求樂，是乃以幻修幻〔一〕，去性逾遠。有净土陸道祥者，居家受優婆塞戒，喜誦《法華經》，晝夜維念，殆忘渴飢。與其弟子明翔，躬鉏耰䅉穛，務勤耕稼，以自食其力，如此餘二十年焉〔二〕。至元丁丑始薙髮，更名志行。由寡約計贏，銖滋黍累，益度僧斥土，志弘厥居。先是菴曰「清隱」，其左曰「真珠墩」，時有光怪，變見激射。乃大德十年，即其地爲殿，周阿中設釋迦牟尼像，翼以十八阿羅漢尊者及觀音大士，始易菴爲院。又明年，搆爲飛閣，以奉三十三天。皆鏤木錯金，備諸妙好。欲人自相求真〔三〕，因真成覺。至若祠室堂廡、庫庾庖湢，莫不布列完美。而志行殁，明翔慨其師之志，弗究於成。益傭工偫具〔四〕，門以瓌材，丹堊絢耀。直院西偏，建彌陀殿。甃石爲池，植芬陀利華，以待塗者之所憩息。其前曰「赤秀堂」，東西相距一舍。曠迥闃寂，日晏，舟人以爲病。明翔泝流結屋，僦爲甿居，併川行若歸。其東爲「善應橋」，以利徒涉。又北東曰「通運橋」，則因地圮，毁而新之。蓋明翔自幼受業於志行，以迄於今。且老而願力益固，是真能紹先志者哉！吾謂明翔曰：「自爾師爲是，以至於子，其志將以求樂乎？而世之言樂者，日相羨於無窮。吾懼子之蕩而忘其歸，望洋而莫知所止也。子亦思夫昔者荒榛野蔓，螢燐飛而狐兔宅。今穹墉奧屋，修庭敞軒，若雲興而山峙矣。昔者風畊雨耘，終歲作勞不得息。今而食飫芳甘，居宜燠凉，以游以娛，且以贍其徒。吾不知佛所謂樂國者何如，古封君之奉，殆不是過，而復求樂乎？子又思昔雖甚勤而心逸，無人非鬼責，雖苦亦樂也。夫然後齊得失，等喧寂，一垢浄，同生死，而佛道幾矣？」明翔聞是語已，瞠然若有得，請書以爲記，於是乎記。志行，號德慧大師，院在崇德州石門鄉從信里。嗣法孫曰崇建、崇益、崇圖、崇明〔五〕，其傳以甲乙云。

校勘記

〔一〕乃：明抄本、四庫本作「尤」。

〔二〕焉：底本作「爲」。據明抄本改。按：「爲」、「焉」手寫體近，易混淆。

〔三〕自：明抄本、四庫本作「因」。
〔四〕益：底本作「蓋」，據四庫本、僞鮑本改。
〔五〕圖：明抄本、僞鮑本作「圜」。

丹陽書院田記

書院舊有記，建康道肅政廉訪使盧公之所作也。若郡縣之因革，儒教之廢興，與書院之刱始而承序者，亦既參稽方志，咨諏故老，闡道之奧，垂訓方來。按書院肇自宋景定甲子，劉君應安嘗貢於其鄉，即別業建精舍，爲學者藏修息遊之所。郡守朱公禩孫爲請於朝，報可，且賜公田，爲畝者二百。由是教養以立，多士用勸，名登大比，烜著後先。屬王師撫定函夏，聲教所暨，朔南是鈞。章逢子息徭寬賦〔一〕，殊於甿隸。劉君自長茲山，即擢文學掾，溧陽邵子輝、孫繼之，亦職教海陵。歷歲滋久，而書院繕治悉完。弘麗靚深，鄉邑改觀。獨賜田奪于浮屠氏，廩稍弗供。絃誦荒簡，被檄來者。居若傳舍，視廨去留。龍泉陳君潤祖至，則慨然曰：「官無崇痺，惟勿曠厥職。矧茲弊廢，其曷敢不圖，以隳前人成功？」乃諗諸慕義者，黄池典織染局漆君榮祖爲之副〔二〕，首助田十畝，以倡學者。提舉陳侯侗義之，卜日之吉，觴酒俎肉，燕畢而語屬劉君洎〔三〕、前山長姚霖、龍學賓、董文賓，告以如漆君之志，相協厥成。衆曰：「諾！」不數月，得田數仍其舊。夫可以義動，甚轉丸哉。陳侯職在監工〔四〕，乃能以庠養爲務，可謂知本也已。余聞而嘆曰：「古之爲民者，各有分田以周事育，而暇則從鄉之長老習孝弟忠信之道。其秀者自鄉升之司徒，有選俊造進之等，簡不帥教者，右鄉移之左，左亦如之。甚則屏之遠方，終身不齒，其道易明而教易行也。自田制壞而貧富以病，士無田，至不以祭。乃出遊四方，資權謀術數，以獵取聲利，去先王之道益遠。後世知遊士之不可無歸也，則爲之夏屋以居，腴田以食，其意非不同渥，而仍莫誦習，乃搰搰乎詞章藝業之末，則人才之不逮古，又不在無田也，學者可以求其故矣。今夫不易之田二頃，上農夫二家之産，風耕雨耘，終歲不得息，規豆區之入，以餬其口。而水旱凶荒之不時，猶或不給焉，而不敢堕也。學者群居逸遊，歲月逾邁，而問學不充，視農夫寧不有愧哉？余既紀其事，復誦所聞，與學者共勗之。潤祖，字正德，世爲儒宗，習聞義訓，故克有樹立〔五〕，以才諂稱，是宜書。若田則詳諸碑陰云。

校勘記

〔一〕子：明抄本作「于」。按：章縫，出自《禮記・儒行》：「丘少居魯，衣縫掖之衣；長居宋，冠章甫之冠。」後代指儒者。底本是。
〔二〕織染局：明抄本作「織有局」，四庫本作「司其事」。傅校「織有局」。
〔三〕泊：四庫本作「洎」。
〔四〕工：底本作「土」，據明抄本、四庫本改。
〔五〕有：鮑批曰「有，别本自。」

故徽事郎徽杭等處榷茶提舉司吴君墓誌銘〔一〕

君諱宗，字宗正，胄出延陵季子，居南昌，莫迹其始。又自南昌遷睦，其地曰茭塘。子孫日蕃，滋爲著姓。高祖某，忼慷有武略。嘗從軍擊方臘，平之，宋高宗署戰功，補十將使。夫人葉氏，尚書左丞公夢得之孫。曾祖某、祖某、父某，皆潛德内植，弗逮仕，而傳業甚備〔二〕。君蚤習父訓，博涉經史。年逾三十矣，尤浮湛閭里。會王師南征，宋運將季，君幡然曰：「是豈豎儒泥章句時耶？」丙子春正月，淮安忠武王以中書右丞相統大軍駐杭，遣兵部郎中王世英、刑部郎中蕭郁，以宋主命，諭列城款附。兵且薄境上，守臣方回將出降，莫敢其端。君因説曰：「死封疆社稷，義也。顧宋主念赤子無辜，毋俎刃爲魚肉。事亟矣，盍從以舒禍。」回屬君以郡符來上，遂版授郡知事。政令新更，民懷首鼠。君贊幙畫，剗夷姦凶，良弱按堵。盜發旁近郡，負山阻溪。賊殺長吏以叛，兵次于睦，日給餉餽。民不告瘁，而君以治辦聞。越三年，從守臣入覲，燕問賜衣，恩寵周渥，還調遂安縣主簿。亡何，鄉氓陳萬一爲寇，浮言譸囂，賊勢憤張。大帥議殲其邑，君言：「首亂者數人耳，餘皆瓦合，易懾以離，姑按兵伺其變。」未幾，渠魁就擒，衆得宜死，咸德君之言。君在任凡七年，始以代去。官無崇庳，政行於鄉者，古今爲難。而君能弛張得宜，以久於其職。再調主信之弋陽簿。世傳信産白金，有司欲即南鄉之寶峰爲治所，調民採輸。君請罷其役，乃止。諸牟利者復議置如初〔三〕。期會苛急，環數十里間，稺耄轉徙，田里亡聊，而官無銖贏，乃復以君言罷之。識者益奇君爲前見也。邑令戇，其佐以少怨望，搆爲飛文，誣之死。君獨念寡妻弱息，孰雪其冤？爲直於有司，而竟坐誣者。又在弋陽留八年，擢提舉司澉浦市舶。賈交海南，居積不可貲算，舶官多利其私。有以斗珠遺君者〔四〕，卒辭不受。改授平陽州判官，蓋君至是益練習吏治，人謂廉者故善爲政，非邪？後除徽、杭等處榷茶提舉〔五〕，未及試而卒。君生於淳祐六年十一月四日，卒以至大二年三月之某日〔六〕，享年六十有四，積官至徵事郎〔七〕。娶唐氏，男三人：壽道蚤世；薰，將仕佐郎、江陰州在城税務副使；蘭，信州路蒙古學教授，江浙省以象胥選。蘭、壽道，唐氏出也。女三人，適倪任孫、李某、唐元紹。孫男女四人，皆幼。卜以皇慶元年十二月之某日，葬於順慈鄉均平里甲山之原。蘭述君行實來謁銘，余雖未嘗與君交〔八〕，然聞其性愿直，平居不妄笑言，交友必端慎，讀書至老忘疲，詩取適性，不爲旬煅月鍊，而意度修遠。易簀，誨其子，語不亂，若不爲生死怵者，是可無銘與？銘曰：

士或逢治理而湮，嬰險難而聞。豈連蹇者多智，而跅弛者異倫？吁嗟乎！君乘時奮身，位不究厥施，惟善貽後人。

校勘記

〔一〕事：鮑校作「仕」。按：《元史·百官志》：「徵事郎、從事郎，以上從七品」，「事」是。

〔二〕備：明抄本作「修」。

〔三〕諸：明抄本作□，四庫本作「頃」。

〔四〕有：底本作「者」，鮑校補爲「者有」。據明抄本改。君者：明抄本作「君者」，底本作「君君」，鮑批「下君字作者」，從之。

〔五〕後：明抄本作「復」。

〔六〕三：四庫本作「二」。

〔七〕事：底本作「仕」，據明抄本、《元史·百官志》改。

〔八〕交：明抄本作「際」。

故建昌路南城縣尹王君墓誌銘

至元丙子，江南列城傳檄款附。維時踔厲功名之士，或奮顔行、興屠販，往往致身簪紱，紀績旂常。世以閥閲取才者，可以規治平之世，而不可與論興運之初者也。檀州王君元善，始從中書左丞楊公鎮來南〔一〕，訖今幾四十年，仕不離江海郡，因家錢唐。初，浙西建宣慰司，得辟署僚佐，檄君爲杭録事。南兵新潰，多竄匿岩谷，上命綏集。復選充鎮撫，會楊公擢拜江西省，偕君入覲，即命尹處慶元昌國縣〔二〕。縣津海中〔三〕，民島居若夷，獷暴易變〔四〕，徵歛不以時集。君嚴爲條約，無干令者。漕府調民煮鹽，使者因緣爲市，高下以賄，他邑莫敢誰何。君令民以籍自占，鹺户大均。或議立徵税，君請曰：「縣涉鯨波，商賈道阻，乞罷勿立。」至激怒大府，而請不止，卒罷之。鉅寇嘯呼曹偶，百千爲群，出没海艘，官軍屢衄。君誘以方略，獲其渠首。有千夫長受寇金，君白其姦，竟坐故縱罪，奪所佩金符。嘗慮囚徒，舉平反者數十事〔五〕。始至，即修學官〔六〕，行鄉飲酒禮，咸曰：「令不鄙夷海邦，俾染濡文教〔七〕，士益用勸。」在任凡三攷，縣陞州，就除馬泰等處海船副千長〔八〕。會盗發台州、寧海，主帥倚君掩捕，餘黨悉平。以泉府命，徵民負逋。米爲石者幾四萬，鈔爲錠者二千七百七十有奇。由是命薦於朝，授鮑郎塲司令。秩滿，課以羨最。盗筴弊久〔九〕，朝廷遣使覈治。凡斤四百爲引，貪賈輙私其嬴。以君善計委，勾稽得實，名聞，擢紹興等處檢校所，檢校職昉此。君鈞其權衡，以公出納，粃政荐更。未幾，復調財賦司提舉，治建康。明年，改紹興新昌縣尹，司財賦者器君治辦，留不赴。行臺御史舉君剛方練達，慎守官箴，政善理財，而人忘怨詈。宜加甄録，以勸能者。尋尹龍興之新建，有豪家夜槖金求謁。君問狀首服，械諸市，一縣股栗。其民訟不決，且逾十年，君片言發其隱。於是同官娼疾，欲飛語中君。君曰：「是尚可復仕邪？」即移疾歸。朝命起君尹建昌南城，而君雅不樂，仕數月卒。實皇慶元年十月十三日，享年六十有四。積官至承務郎〔一〇〕。君諱友文，元善其字也〔一一〕。世譜散落，又不逮事大父母，故祖以上逸其名。父諱真，嘗爲榷塲大使。君娶張氏，生男三人，曰：錦、銓、鈞〔一二〕。女一人，適龜山書院山長郝義恭。孫男女六人，皆幼。葬以□年□月□日，墓在欒山之原。余嘗一與君接，蓋魁岸多奇，以才氣自負，言論不輕下人。兄元禮，早由文吏，從裕皇中外敭歷，藉藉有聲譽，所謂二惠競爽者〔一三〕。錦等狀君之壽年履蹟來請銘〔一四〕，予遂不辭而銘之。銘曰：

士秉草昧蜚英聲〔一五〕，若弓釋括刃發鉶〔一六〕。銀黄垂組身載榮〔一七〕，保兹禄厚儲德馨。老慎知止安無傾，惜哉堂堂閟幽扃。垂慶來裔踰千齡，俾後有考鑱斯銘。

校勘記

〔一〕鎮：明抄本作「鎖」。按：據《元史》、《新元史》，「鎮」當是。

〔二〕尹處：明抄本第二字難辨，四庫本作「君尹」，僞鮑本作「尹」。底本作「尹入」，鮑校作「尹處」，并批「别本作處」。

〔三〕縣津：明抄本作「孫浬」。鮑批「津，别本作理。」

〔四〕獷：四庫本、傅校作「横」。

〔五〕舉：明抄本作「年」。按：「舉」有「一共」之意。

〔六〕官：底本作「宫」，據明抄本改。

〔七〕染濡：四庫本互乙。

〔八〕馬：明抄本「馬」或「爲」待考，四庫本作「爲」。舶：明抄本作「船」。

〔九〕弊久：底本作「弊文」。鮑批又曰「弊疑舞，一本弊久。」按：據明抄本、鮑校改。

〔一〇〕郎：明抄本作「官」。按：《元史·百官志》：「儒林郎、承務郎，以上從七品。」

〔一一〕友文元善：底本作「友元文善」，鮑校「別本友文元善」。按：上文有「檀州王君元善」句，下文「兄元禮」，可知「友文元善」是，據改底本。

〔一二〕錦：明抄本、四庫本作「鏞」。

〔一三〕惠：底本作「慧」，據明抄本、四庫本改。按：「二惠競爽」，語出《左傳》昭公三年。

〔一四〕錦：明抄本、四庫本作「鏞」。鮑批「別本亦誤鏞」。

〔一五〕士秉草昧：底本作「士秉□草昧□」，明抄本作「士秉□草昧爽」，據四庫本、僞鮑本改。

〔一六〕刃：明抄本作「刀」。

〔一七〕身：底本作「自」。明抄本、鮑校作「身」。今從鮑校。

故榮禄大夫平章政事鞏國武惠公神道碑銘

先皇帝嗣大歷服，追録功臣，易名封爵，恩澤深厚。由是資德大夫、雲南行中書省右丞哈剌帶特贈榮禄大夫、平章政事、鞏國公〔一〕，謚武惠。夫人八都馬氏、忽都倫氏皆封鞏國太夫人。命詞臣草制，綸言周渥，華衮爲榮〔二〕。公薨於大德丁未二月五日，粤六年，皇慶改元四月廿七日，葬汝州郟城縣薛店保之原。公系出哈魯氏，大父以上逸其譜，父奥蘭才不逮仕。公生而英邁不群，長益負奇略，名隸册籍〔三〕。王師征襄樊，南兵嬰城，固守六年，矢盡，飛輓道絶乃降。公時在顔行，卧不脱介胄〔四〕，論功最。宋上流勢蹙，迺大興師南下，列城款附，易若瓦解。至元丙子，師住錢唐〔五〕，二王竄走海上。淮安忠武王、虞海道擣虚〔六〕，致生它變，選公招討沿海諸郡。明年，授宣武將軍、沿海招討副使，佩金符。尋除經略使兼左副都元帥，鎮慶元〔七〕。凡南征事，悉倚公經畫。未幾，又拜昭勇大將軍、招討使。公率舟師，冒瘴癘，所向風靡。東廣、南恩等州，皆歸職方氏。既班師，錫金虎符。入覲，勞問優寵，復賜尚方金袍鞍讋。陞昭武大將軍、慶元路總管府達魯花赤，仍左副都元帥。自是控御海道〔八〕，皆委重公矣。日本距海東偏，負險慓悍，歲久弗庭。上命用師建征東行省，以公爲鎮國上將軍都元帥。兵薄境上，颶風僨作，乃還。朝議蕞爾島夷，不足煩遠略，務從綏静，以紓南土。復令公駐守處慶元，領沿海上萬户。丁亥歲見于便殿，奏對周給。且陳治盗及禁戢私鹺等事，多所便宜，大蒙嘉納。賜西錦衣、玉帶、金鞍、弓矢、佩刀諸物，以示殊賞。遷輔國上將軍、浙東道宣慰使。既仍命佩所賜金虎符，爲上萬户長。會盗發處婺，連城驛騷，上塹溪，嘯呼曹偶，椎埋剽掠，莫敢誰何。公獲其渠首，殲之，民以按堵。蓋公自弭節海上，至是幾二十載。視官若家，而朝廷亦不欲易公它處。乃擢金吾衛上將軍、中書右丞相宣慰使如故。以相臣藩屏外服，重其選也。東朝亦稔公宿望，畀尚方金綺授以旌之〔九〕。成宗將有事于西南夷，合四道之軍進討雲南要地。右轄重臣，推轂燕勞，倚毗實深。萬里興師，屬時温暑〔一〇〕，林箐險昧，不果深入而還。玉音洊頒，爵秩仍舊。而公老且病，乞歸汝州，以便醫藥。四年而薨，享年七十有一。男六人，長不禄。次忽初不華〔一一〕，明遠將軍、沿海上萬户府達魯花赤，卒于官。次合謀不華〔一二〕，懷遠大將軍、同知浙東道宣慰司事、副都元帥、沿海上萬户達魯花赤〔一三〕，佩元降金虎符，才猷敏達，跐美前人。次脱脱，亦蚤亡。次孛蘭奚、丑丑，俱幼。女三人，孫男女十人。惟公際遇四朝，南逾嶺海。被堅執鋭，烜著勳勞。晚節移疾，克保終始。求諸興運之初，奮身戎行。生榮死哀者，如公可無憾也。是宜銘。

銘曰：聖元啓土，海隅不冒。維時藎臣，奮揚有耀。公由裨佐，出將樓船。汎厥炎氛，皇威是宣。浩浩鯨波，赳赳虎旅。義旗先驅，孰于余武。滇事稽屯〔一四〕，彼人匪天。惟忠惟烈，裕於後昆。分茅西壤，申以嘉惠。綸綍之章，榮逾帶礪。往事蓋棺，不朽者名。千載其式，堂封勒銘。

校勘記

〔一〕省右：四庫本作「者左」，底本作「省左」，據明抄本改。案：後文「乃擢金吾衛上將軍、中書右丞相宣慰使如故」句，知「省右」當是。

〔二〕衰：明抄本、四庫本作「表」。
〔三〕册：明抄本作「尺」。
〔四〕介：明抄本作□，四庫本作「甲」。
〔五〕住：明抄本作「抵」。
〔六〕擣：明抄本、四庫本作「搗」。
〔七〕鎮：底本作「治」，鮑校「鎮，元本作治，似鎮字是，别本治。」僞鮑本作「鎮」，傅校作「治」。
〔八〕控：底本作「被」，據明抄本、四庫本改。
〔九〕授：明抄本、四庫本作「段」。
〔一〇〕屬：鮑校作「屆」。按：屬，有正好、恰好之意。《彭處士墓誌銘》有「屬余以司成徵，將詣京師」句，知底本本不誤。
〔一一〕次忽初不華：四庫本作「次庫楚布哈」，傅校作「決忽幼不華」。
〔一二〕合謀不華：四庫本作「哈瑪爾布哈」，僞鮑本作「令謀不華」，明抄本作「合討不華」。
〔一三〕副都：明抄本作「副□」，四庫本作「副副」，僞鮑本作「右副」。鮑批「别本副都元帥若右字。」

〔一四〕滇事稽屯：明抄本作「事稽鈍」，四庫本作「□事稽鈍」，底本作「事稽屯」，鮑校補「滇」，并批註「别本亦無滇字」，僞鮑本同鮑校。

彭處士墓誌銘

君姓彭氏，諱應桂，字芳翁，生宋咸淳乙丑十二月之某日，以至元辛亥正月晦日卒，年四十有七。卒之三年，其孤宗溥等走杭謁余銘其墓，屬余以司成徵，將詣京師，辭不果而請益勤。余哀其志知不朽其親者，則爲敍而銘之。君世居廣信之薌溪，曾大父曰質〔一〕，大父曰文龍，父曰英，字叔華。俱刻意儒業，而弗利於有司，然鄉以善聞。母汪氏，生四男，君居季。少穎異若成人，讀書輒通大旨。生十年而兵氛儥作，幸脱于難。未幾，叔華卒。念幼孤不自樹立，將無以振其宗，則從諸兄奉母教唯謹。至於經度靡密，剸治糾紛，多君心計手畫，用裨幹蠱，家道用裕。見飢窮不能自存者，則慼形于色，輒賑給無靳容，終不言惠自我。先即所居西偏，築堂曰「石湖小隱」，面勢敞爽。水木竹石之勝，隱映後先。親友至，則鼓琴弈棋，持醪擊樂，將終其身。有舉君隱德者，欲自巴陵檄君爲百里師，而君曰：「母在遠遊，豈人子情哉？」卒不就。惟延師教子，期不墜先業。丁未，母汪氏亦卒。君早嬰痼疾，暨終喪哀毁，疾益甚。又五年，病期月，遂不起。易簀，謂宗溥等曰：「吾懼死先吾母，今幸克襄大事，死且瞑目。」君娶汪氏，生子男五人，長即宗溥，次宗濟、宗源、宗漸〔二〕、紹德。以母命，紹德後其兄某。女一人，孫男二人，皆幼。異時以科目取士，士多湮厄，老死岩谷。君年始就傅，即值改物，科舉事廢。彭氏訖君四世，不得以文藝致通顯。邇者朝廷方議復取士舊制，而君已先死。士之不偶于時，有是邪？抑天之報施善人，將在宗溥等也。葬以皇慶三年月日〔三〕，墓在某之原。銘曰：

玉韞櫝，賈弗售。世突梯，列章綬。善不永，道焉咎。有鬱斯丘，昌厥後。

校勘記

〔一〕質：底本作「皆」，據明抄本、四庫本改。

〔二〕漸：僞鮑本作「淵」。

〔三〕以：明抄本作「用」。

故夫人俞氏墓誌銘

夫人姓俞氏，諱淑柔，信之上饒人。曾祖華、祖庭秀、父修，皆韜德不耀。夫人幼孤，性慧敏，簪衣不尚珠璣紈縠，而潔嚴有度〔一〕。母愛之，慎擇所宜適。年十六，歸于弋陽熊君從。熊氏望于弋陽，而君從又賢也。常屏居勵操尚，晝夜業詩書甚力〔二〕。夫人每讀古訓戒詩，以交勵其志〔三〕。熊君忽嘅然曰：「士不適四方，則學且滯。」迺挾策淮楚間，謁當世名諸侯，辟署承務郎〔四〕。大兵南征，薄番城急，君應變多奇略，剽盜以寧。用薦者尉其鄉邑，夫人相以正而不撓，故君得稱治辦。未幾，熊君卒，夫人虞其姑老不勝哀，日娛侍起居食飲，以適其意。姑謝世年已逾七十矣〔五〕，病卧視湯液唯謹〔六〕。撫諸孤爲禮賢師友，得克遂有立。遇親戚惠愛周洽。嫠居二十有五年，母儀婦道，爲里閭式。大德丙午，歲比不登，夫人能出庾積，以活流殍，猶熊君志也〔七〕。皇慶壬子之七月，以疾終，年五十有六。男五人，子京、子真，皆以才聞于朝，且選爲郡學師，而禄不逮養。瑱，松江府上海縣學教諭，辟桂陽路石林書院山長。留孫，業于象胥氏，亦在選中，以祖命，爲叔父伯方後。熊君前娶謝氏，生女一人。夫人育之若己子，爲擇良壻曰陳敏學，今爲將仕佐郎、太常太祝。孫男女十三人。葬以皇慶年月日，墓在□山之原。太祝次夫人之行，屬余銘。銘曰：

婉娩令則〔八〕，飭躬蹈常。惟孝惟睦，善于尊章。胡奪之良，孤嬰在傍。秉德無僭，裕後流慶。死有不亡，歸安爾藏。

校勘記

〔一〕潔嚴有度：底本本作「潔養嚴有度」。明抄本作「潔養嚴可度」，「養」右邊有一小墨點，表删除；四庫本、僞鮑本作「潔嚴可度」，今據明抄本、四庫本、僞鮑本删「嚴」。

〔二〕力：明抄本、四庫本作「修」。

〔三〕勵：明抄本作「勗」。
〔四〕務：明抄本作「節」。按：《宋史・職官志》「承節郎」、「承務郎」都有。
〔五〕謝世年已：底本作「謝夫人年」，四庫本作「戴夫人年」，僞鮑本作「謝世外已」。鮑校「謝世年已」，今從鮑校。
〔六〕液：四庫本作「藥」。
〔七〕猶：明抄本作「尤」。
〔八〕婉娩：明抄本、四庫本作「婉婉」。

深秀道院詩序

余嘗讀陵文安公文，知所謂爲山之勝，思欲一至其處，極峭絶亢爽之觀。訪昔賢所以講道誦習於此者〔一〕，將挹其高風而有所興起焉也。廼今得聞張君明道築別業茲山之趾，榜曰「深秀道院」，吾友虞伯生爲之記。夫懷居，聖所不取。然山水之樂，亦學道者之一助〔二〕。與夫酣醟没溺於聲華紛沓之場者，其得失豈不有間哉！張公昔在詞垣，與余爲同僚，余知之甚熟。蓋樂易無它腸，遇事輒介然不撼於勢。其進用有聲援，如春陽敷滋，草木方華，而未嘗以自多。方始與樵夫牧子相從於岩居川觀、釣鮮茹芳，且以悦親友爲事，此其志爲何如？而吾懼造物者不私於張君而佚之也。則君將憤懟抑鬱，有不適其適者矣。吾聞達道者能一仕隱、齊喧寂，不必高卧林谷，遺情絶交，嘉花茂樹，娱玩心目，然後爲得深秀之實。必若荷蓧耦耕者爲是，則問津者非與。山中多隱君子，學於老氏，試以余言扣之，同乎否也？余既序其事，且屬善詩者思以道張君之志云。

校勘記

〔一〕講：四庫本作「學」。

〔二〕學：四庫本作「樂」。

禮樂韻語序

《禮經》多散缺，學者莫知所依。古六藝自童子已通其大指，今皓首有不涉其流者。古禮若繁縟，然當時皆執而行之甚習，不待誦説而明。後世不接于見聞，且厭其煩勞，而莫之省也。則夫世教之軌則，人情之範防，果安在哉？橫渠張先生欲教學者一本於《禮》，惜其説不大行世，亦無能紹其學者。識者稍欲稽經諏傳，考覈儀文，世皆指爲闊遠，而不切於時用。夫孔庭之授受，自《詩》、《禮》之外無餘言，凡誨諸門弟子者，皆可徵也。學道而不由於《禮》，吾不知其説矣。嘗欲彙輯簡册所載六藝之略，若古《凡將》、《急就》等書，以便童習，使知爲學必始於此，雖未復古，猶愈於無聞也〔一〕。及來京師，得觀虞君舜民所爲《韻語》，則知世固有同余志者矣，可謂禮樂爲無傳也哉〔二〕？舜民嘗執業於廣信謝先生，氣尚伉直，守節不渝。舜民得於緒言者，不可以崖略，既若《韻語》，固其微爾。經傳自南曲臺所記，各本師承，自相矛盾〔三〕，至今讀者莫能折衷。此非初學所及，吾欲與舜民共商略之。

校勘記

〔一〕愈：明抄本、四庫本作「逾」。

〔二〕誚：明抄本作□。鮑批「謂」，并曰「別本謂」。

〔三〕自：明抄本、四庫本作「本」。

贈國子生太易朮南歸省親序〔一〕

近制，國家歲貢弟子員，稽其入學之次第而甲乙之，以登名於集賢及禮部，廼召而試其業，苟辭達者爲中選，而授爵自六品以下有差。夫士有淹洽經傳，槁死岩谷，而不獲一命，以信其志者，而國學弟子員日豐其餼廩，命師教之，計日而榮其身，朝廷之待國子亦優矣。待之之優，惟中人以上，知内愧而自盡。下焉者如小吏牽補歲月，徼幸禄秩而暴棄者，又不與焉。烏乎〔二〕！此豈上之人所望於國子，而國子所以自貴重其身者哉？有太易朮者，系出伊吾，讀書甚勤瘁，不間寒暑，無粱肉裘馬之慕。

或負聲勢，欲授之仕，輒辭。與之語古聖賢之道，竟充然若有得者。其先伯祖爲守於杭，雅重儒，多惠政可紀，與余厚善，知之深。此其家法有自來乎？今將往省其親於江之南，求余一言以自勗，余曰：「學患志不先立，志立矣，而守之不堅，將中道而畫。嘗見安澹泊者，或不能不動於紛華[三]，而勞久則弊。一爲惰心所乘，卒昧没不復振者多矣。生其毋急近效而忘遠圖也，毋狗小成而遺大業也[四]。若夫群居暇逸，次比而升，以獵取資級，此非生之意，亦非余所期於生者。」

校勘記

〔一〕序：明抄本、四庫本作「叙」。

〔二〕烏乎：明抄本作「乎」，四庫本作「如」。

〔三〕不：四庫本作「一」。

〔四〕狗：明抄本作「徇」。按：狗，同「徇」。明抄本多用「徇」，底本多用「狗」。兩可。下不出校。

克復齊箴爲國子伴讀康禮作

聖言肫肫，《易》道以弘。理欲之幾，剥復是徵。艮取碩果，窮上反下。是爲震初，無剥極者。物生萬化，即終爲始。仁根於生，匪人由己。艮止其所，而震以動。知止則克，動復斯中。未克匪虧，復已奚增？塵净鑑空，夙心淵澄。七日來復，往屈來伸。一日歸仁〔一〕，機應若神。聖人無復，克復爲賢。若頻若迷〔二〕，灾眚繫焉。咨爾内省，克之惟艱。知不遠復，庶其睎顔。

校勘記

〔一〕仁：明抄本前有「神」。

〔二〕頻：明抄本「類」或「頻」待考。鮑校「亡」。

孫氏先塋碑

孫氏之居汴者，值金亂，譜牒散軼，莫迹其始。今奉直大夫、京畿都漕運司判官元凱之父，早居燕，卒有二年，葬宛平縣之樊村。又十有五年，爲皇慶改元，聖上踐祚[一]，敦尚孝理，凡中外臣庶，身被光寵，而命數不逮其先者，詔中書議贈典有差。由是元凱得贈父爲奉直大夫、漷州知州、飛騎尉、武清縣男[二]，母時氏武清縣君。命下，元凱率子姓具牲醴展墓，白上所以嘉惠幽顯、勸飭臣子、俾勿替孝思之意甚厚。按禮別世祖不祧，則騎尉君爲孫氏居燕始祖。又得際遇文明，焜耀泉壤，施及來胤，慶譽何窮。而墓道無碑，曷以訓厥後。騎尉君嘗言幼聞諸父母，孫氏代有著稱，皆殖德勵行，資儉勤以給。顧兵興轉徙，父母亦蚤世，道其事不悉也。生子輒弗育，晚乃得元凱。涉書傳，即業於象胥氏，遂以其學得推擇掾中書，調承務郎、會同館副使。秩滿，授今任。元凱能於官，搢紳多飛章論薦，乃益謙冲約素，不苟援聲勢以躐躋華要，用是家道以充，而休問弗墜，繄騎尉君之教也。君倜儻尚氣義，每急人之私，傾貲貨必身先，好善若渴飢，至老益篤。卒以大德元年四月十四日，壽七十有九。時氏家雲中，金樞密參謀官□公□之女，婦道母儀，咸中壼則，後十三年卒。生子一人，元凱也。吾聞金亡，名家右族，走河南北，得脱性命草棘間，率一二爲幸。若騎尉君夫婦安且壽，又有子亢其宗，諸孫競爽未艾，非積善致然邪？元凱屬予爲文鑱諸石，不得辭。銘曰：

賢不必皆仕，惟善克令躬而慶以裕後。是爲本固而積厚，矧申之以眉壽。則天者信可必，視世之險詐眩巧徼幸榮名者，以死誰祐也。川流沄沄，西山其岼〔三〕。斯其騎尉，孫君之室。後千百年，過者猶式。

校勘記

〔一〕祚：明抄本、四庫本作「阼」。兩可。

〔二〕尉：底本闕，四庫本作「衛」。鮑校補「衛」。按：《元史·百官志》：「飛騎尉，從五品。」下文多處有「騎尉君」，知「尉」當是，據補。

〔三〕岼：明抄本作「岸」。

求心齋記

求心齋者，蘇文忠公之所書也。臨安羅君國賓得之，因以名其齋，且屬余爲記也。公之學本之孟子，以求放心爲學問之要。今公言「求心」者何居？求則既放矣，不放何求也？故不言放。然放而後求〔一〕，孰若不放之爲得也。孰能無放？「從心所欲不踰距」者，聖人之事；「出入無時，莫知其鄉」者，衆人之事也。君子則存焉以養性，正焉以修身，莫先於心。心既放矣，孰求之？將以心求心乎？曰：非然也。譬諸求水，流者爲川，止者爲澤也。止而能流，則川行不竭。心本乎静，能静而動，則非放矣。放者，物交物，非動之正也。吾所謂静者，非死灰之謂。鴻鵠將至者，失之動；死灰者〔二〕，失之静也。今國賓之居是齋也，花木竹石，溪山之景物畢具。圖書琴瑟，環列左右。尸居而淵澄，神運而天游，孰非此心之於求也〔三〕。不放而求，其蔽也惑；放而不求，其蔽也蕩。勿忘勿助者，求心之的也。羅氏圭組蟬聯，詩書之澤，有衍未艾。歸而求之有餘，言何爲哉？

校勘記

〔一〕後：明抄本「復」或「後」待考，四庫本作「復」。

〔二〕灰：底本無。據鮑校、僞鮑本補。

〔三〕於：四庫本作「所」。

雪山齋頌 并序

江浙行省中書右丞相曹公，羽儀天朝，出司藩翰，清聲雅望，烜著當今。翰林承旨公篤棣華之愛，大書「雪山」二字，以扁顔其齋，求取義高潔、屬深至文士〔一〕，作爲歌詩，以道盛美。高郵龔璛既序次其説，巴西鄧文原復爲之頌曰：

元化昆侖，天施地生。水涵太一，其歸清寧。肇自幽朔，肅以玄冥。布濩汗瀾〔二〕，盪浸飛霙。因時斂舒，值物虚盈。飭躬玉潔，躋世砥平。醇和不愆，氣與道并。仰瞻巉岩，旁達光晶。昉自膚寸，屹彼層城〔三〕。匪霖而澤，功配風霆。猗歟曹公，秉節亮貞。職在南服，維國之楨。塤篪其和，圭衮載榮。顧爲崧高，積壤攸成。象物示儆，如盤斯銘。在昔懿侯，仕漢宰衡。道本清静，民安繇征。守成之規，萬世準程。慶流祚胤，運際休明。高山景行，式揚頌聲。

校勘記

〔一〕屬：四庫本前有「吐」。鮑批「深至深之，俱他語」，「求字他衍，屬字下脱一字。至深至斷句，則得之矣」。按：原文「求」「屬」相對，亦通。文：四庫本作「之」。

〔二〕汗：底本作「汙」，據明抄本、四庫本改。鮑批「汙，别本作汙。按：汙，似由切。《説文》：浮行水火也。」按：汙，同「泅」。汗瀾，指大水。「汗」當是。

〔三〕層：明抄本作「曾」。按：「層城」、「曾城」兩可，指傳説中的仙山。

錢唐嚴處士墓碣

始余識處士時，以善琴名江湖者，皆言處士於斲琴爲善〔一〕。處士性坦夷，然頗嗜酒，酣極，執禮益謙下。遇人無少長賤貴，必盡懇悃。不立崖異，而人雅敬之。其斲琴雖世習，亦天巧然也。處士曾大父事宋高宗，以勇略脩顔行。暇則攻藝事，著《班經》一卷。高宗嘗夢神手劍而至，就視，琴也。明日，命製琴楕而長若劍者，名曰文夢。又遣使蜀購異材，仿唐雷氏式弦琴三百。宋雅樂散逸中原，而南渡後猶存古遺則。今世所傳宋尚方琴，腹有雷氏識者，皆處士曾大父時物也。處士幼知業其家〔二〕，不事它技，老益精敏，若扁之輪、慶之鐻，所謂技進於道者邪？宋内臣有以處士琴上進者，理宗欲官之，卒辭不受，自號「古清翁」，寧落魄湖山間終其身，處士殆隱於琴者也。自雷氏後，世稱郭諒、沈鐐、張鉞，率寥寥數百載一得其人。琴事豈易能哉？處士姓嚴氏，諱恭，字子安。其先家洛陽，靖康亂落，南來居湖州。曾大父振，武功大夫，浙西路分闔。大父致通，修職郎，主潭州瀏陽縣簿。父庚，以晦德終。處士生於紹定辛卯九月廿二日，至大戊申八月一日卒，壽七十有八。娶梅氏。男與敬學紹其世〔三〕，用儒先薦爲安定書院山長。女適茅山書院山長劉洪〔四〕。葬用皇慶□年月日，墓在□山之原，與梅氏合。處士篤孝，行年十四，嘗刲股和糜，以起父疾，與敬云。銘曰：

智創物，巧者述。諧互和，與道一。魂兮天游〔五〕，體安宅。

校勘記

〔一〕善：明抄本作「國」，四庫本作□。

〔二〕知：鮑批「知字或是習，當是世字」。

〔三〕與：明抄本作□。按：李格《（民國）杭州府志》卷一百四十九録此碑，内容大略作「子與紹爲安定書院山長」。然清光緒刻《潛園總集》本陸心源《吴興金石記》卷十四《郝中議生祠碑》云「正議謀遺歸安，宰李拱辰山長嚴與敬往視」，又云「延祐三年九月九日記，山長董庚孫、嚴與敬立石」。同書十四卷《湖州路安定書院田土錢糧碑記》一文云「延祐二年，經理田糧。書院山長嚴與敬……」，知底本是。

〔四〕洪：底本作「供」，據明抄本改。按：清嘉慶宛委别藏本元俞希魯《（至順）鎮江志》卷十七「茅山書院山長」條云「劉洪，字希聲，蜀人。」

〔五〕兮：明抄本前有「乎」，四庫本作「乎」。

浮梁州重建廟學記

聖天子即位之元年春三月，汴梁郭侯由江浙行中書省都事出守浮梁。莅事之始，祖見於先聖。顧瞻庭宇，褊陋弗葺，懼無以昭來格而承歲祀[一]，且曰：「在漢，文翁治成都，修學官[二]，由是蜀士比齊魯，而翁亦書最《循吏》。矧番故多儒先，豈下漢蜀郡哉？」政行令孚[三]，多士勸相。鳩工庀具，廓弘厥規。始是年六月，暨十一月廟成。齋廬堂垣、門序庖湢，悉隆舊觀。廼卜日率僚吏諸弟子員行釋菜禮，以告成事。既又聘耆德爲弟子師。公退則躬加飭勵，而稽考其惰勤[四]。由是編民佐吏[五]，咸競於學，而來者未有止也。越二年冬十一月，制詔天下郡縣，興其賢者、能者，充賦有司，敦尚德行經術，而黜浮華之士。此三代學校選舉遺制，而後世鮮克師古馴，至於風俗靡弊，致治亡繇。厥今聖天子孝崇繼述，丕闡文教，軼邁往聖，敷告萬方，士莫不澡刷以自振[六]。屬文原忝教胄子，而番士方玉甫等以書來曰：「郭侯嘉惠於學，願有紀也。」文原竊惟古之學者，自二十五家之閭，以里居之，選有道德者爲左右師，自是而升之黨、庠、術、序、國學，雖教成有漸，然其道必原於經術。傳曰：「時教必有正業。」言非是則險詖頗僻〔七〕，王政所不容。是以教化一而風俗淳。周衰，經術已不逮古，若晋韓起、吴季札，因適魯而始知《易象》、《魯春秋》與周樂，乃不若楚左史倚相能讀三墳、五典、八索、九丘也。吴晋猶爾，當時諸侯之國，其昧于經者有矣。秦禍有所自來，蓋至秦而後極。漢興至建武幾八十載，始克罷黜百家，表章六經。當儒道陻厄已久，奮然欲闢邪説以達仁義之途，其難如此，而卒未得儗古者得人之盛。然經籍之弗墜，繫漢儒是賴。俗儒卑陋，而莫之省，幸稍自振者，則又溺於章句訓詁，不能息心澄慮〔八〕，上求聖王所以參主宰而迪民彝者，遂使儒者名爲窮經，而實用不著，識者隱憂焉。辟諸百穀草木，德行其本也，經術則沃土之所封植，甘霖之所膏潤〔九〕。而霜露又以閟深而積厚，然後以華以衍，敷鬯旁達，此詞章之昭晰而不可掩者然耳。要其質文之相宣，體用之備具，皆天下之實理，而豈有假借炫飾於外也哉？夫學以爲已，而效可及於天下。一有干世取寵之私〔一〇〕，則所施必悖。士之游息藴修於此者，尚庶幾夙夜交儆，以毋負菁莪豐芑之澤，是亦郡太守承流宣化者之望也。侯名郁，字文卿。喜讀書，於《易》尤研賾。其守浮梁，嘗新三皇殿，建舟梁，均賦役，汰煩冗，雪滯冤，爲政號稱廉能云。

校勘記

〔一〕承歲祀：明抄本「藏承祀」，底本作「歲承祀」，鮑校同僞鮑本作「承歲祀」。鮑批「別本歲作藏。」今從鮑批。

〔二〕官：底本作「宮」。據《漢書・循吏列傳》及明抄本改。

〔三〕行：底本不清晰，明抄本作「斯」，四庫本作「新」，僞鮑本作「行」。今據僞鮑本。

〔四〕考：明抄本作「校」。

〔五〕吏：明抄本作「史」。按：《後漢書・城陽恭王劉祉傳》：「置嗇夫、佐吏各一人。」王先謙《集解》引劉攽云：「案後漢志：縣小吏有嗇夫，有佐史，則此吏字當作史也。」朱起鳳《辭通》「佐史、佐吏、佑吏」條按：「史、吏古通用。」

〔六〕自振：明抄本作「□報」。

〔七〕險詖頗：明抄本作「險詖」，四庫本作「憸邪詖」。

〔八〕息：明抄本、四庫本作「悉」。

〔九〕霖：明抄本作「植」。

〔一〇〕干：明抄本作「辭」，四庫本作「悦」。

醫學教授李君墓碣

醫之道，周于陰陽五行，盈虛消息之變，與《易經》相表裏。世傳《素問》、《難經》，皆本黄帝。羲黄心授，固自有淵奥哉。能通其説者，必穎悟該洽，工於儒者也。而昧者苟爲夸謾，以希幸中，徼近利，世亦鮮能辯其非是，以至於頓劇者，何可勝計？太史公記扁鵲、倉公，禁方多不傳，傳亦世不能用。不知古今人不同，而方藥廼異宜？此非瑰特士莫能究詰。若溧陽李君，乃所謂儒而醫者耶〔一〕，而不幸死矣。君諱芳，字子英。世居和之歷陽，本儒家。父蚤嗜韜略，善武事。宋季，淮土驛騷〔二〕，遂南徙占籍溧陽。主將上其能，補進義校尉，尋卒。君痛父死庸醫，且母在〔三〕，遂博涉古方書，若君臣佐使之辯，宣通、補泄、輕重、澀滑、燥濕之施，靡不研覈。由是抱疾者屨交户外，君亦不擇富貴爲診治輒愈，無少望。嘗謂伯氏曰：「吾慕《高士傳》韓伯休，賣藥長安市，不二價。」乃益居善藥，務廣厥施。至元丁卯，有司舉君以其學教邑之家子弟〔四〕。滿代，不復仕，其徒自言得君秘授多驗者。築別業城西偏，翰林承旨姚公時廉訪江東道，爲榜其居曰「誠齋」。園蒔花竹，日與伯氏酣歌嘯詠其中，甚樂。會建三皇殿，君以身先勞瘁，遂疾亟，惟語伯氏以「課諸子業詩書，勿墜其世。」言畢而瞑，時皇慶二年二月廿四日，享年五十有八。大父諱友直，父諱起潛。君娶居氏，生二男子，長曰士賢，業醫，爲文頗有聲譽；次曰士奇。孫男女五人。葬用延祐二年月日，墓在北山之原。士賢介君之友芮又斯爲君狀來請銘〔五〕，余曰：「李君，儒者也。銘其可哉！」銘曰：

世之言醫道者，類曰方技。方伎何可易言哉！若子英者，克孝克友，非隱非仕，恬養丘園，而樹善以没世〔六〕。與夫矜名狥利，老昧知止者，不亦異乎！死有不亡，垂慶來裔。

校勘記

〔一〕乃：明抄本作「有」，四庫本作「非」。
〔二〕驛：明抄本爲「繹」。按：二字相通。
〔三〕母在：明抄本作「母世」，四庫本作「早世」。
〔四〕家：明抄本「家」右邊有一小黑點，表删除。
〔五〕君：明抄本作「善」。
〔六〕没：明抄本、四庫本作「殁」。兩可。

容德齋箴 并序

鄄城邱以道〔一〕，幼從余執業，已穎悟異凡兒。長益務學，有操尚，以「容德」名齋，求余言。予惟容之義大矣，世之昧者，以厚貌深情爲容也。有忤於中，久而不釋，則憤裂潰決，其禍乃甚於不容者〔二〕。以道其亦審於理，欲善惡之辨焉，故與之箴〔三〕，且以自儆云。

惟人稟靈〔四〕，萬類攸司。執德務弘，燭理慎微。在《易》著象，謙吉莫比。包荒爲泰，包承爲否。容以虛受，恕視人已。匪曰尚同，混彼涇渭。趣舍或偏，薰蕕斯異。弗罪馭吏〔五〕，弗擾獄市。時稱善治，皆容之細。世俗道漓，交匪義合。或矯言笑，中乖外洽〔六〕。錦穽不戒〔七〕，禍逾衷甲。洛爾深省，中和是經。勿詭而慝，勿隘以爭。視嵩不高〔八〕，如衡持平。如水鑑物，而不留形。休休有容，我思孟明。式用箴言〔九〕，以配座銘。

校勘記

〔一〕鄄：四庫本作「甄」。邱：底本作「丘」，據明抄本、四庫本改。按：《四部叢刊續編》景明正統本元許謙《白雲集》卷一有詩《次韻邱以道》。

〔二〕禍：僞鮑本作「禍」。按：禍，用同「禍」。僞鮑本多將「禍」寫作「禍」，下不出校。

〔三〕與：明抄本作「爲」。

〔四〕靈：四庫本作「美」。

〔五〕弗：四庫本作「勿」。

〔六〕乖：底本作「華」，據明抄本、四庫本改。

〔七〕錦：四庫本作「鑊」。

〔八〕嵩：明抄本作「万」，四庫本作「萬」。按：萬，同「矩」，測量直角的工具。

〔九〕式：底本作「或」，據明抄本、四庫本改。

試院瑞梅詩序

延祐改元，聖天子詔興大比，江浙行中書省統領四道，治於杭。廼即宋故三省署爲校士之所，悉因其材而經度締構，以從斯規。中爲堂，南向靚麗敞爽。高唐某公廉訪浙西道，職在監糾，以文原等忝司攷擇也。季秋九日，置酒堂上，以爲燕樂。觴俎既陳，賓佐就列。嗚琴間作，笑語酢醻。酒半，有作而言者曰：「直堂北東，梅發枯枿，一幹而七花。夫梅，冬葩也，而榮於秋，其斯文之禎乎？」公起視徘徊，索酒酌客，竟夕歡甚。明日，命工畫者貌之，屬客賦之。文原曰：「物之異者，先聖所難言。然史傳所志，嘉禾、秀麦、靈芝等，率以爲美瑞，考諸時事多有徵。若梅之生，與歲寒松栢類，故君子以比德焉。先時而敷〔一〕，有作興之道，與菊同芳。若聲應氣求者，瘁久而復滋。其山澤之臞出，而應時須者乎？然則士之戰藝于此者，可以自期待。而藩墻扃鐍以遂其生，則又今之長育人才者之事也。」公囅然笑曰：「子其書之，以爲《瑞梅詩序》。」是爲序。

校勘記

〔一〕敷：底本作「旉」，明抄本、四庫本作「敷」。按：底本、僞鮑本多寫作「旉」，後統改爲「敷」，下不出校。

廣德路修建廟學記

古之學者，不惟詩書禮樂之教。薰濡涵育，習性易融。至於宫室、車馬、器物、奉身之具，皆有品式，以爲世範防，使人日由於善而不知。後世厭古狥俗，去道日遠。夫治莫先於建學，而古制莫之考徵。漢儒摭拾殘缺，若米廩、成均、瞽宗、東膠、虞庠、辟雍、頖宮之異〔一〕，其説各稟師承，義相牴牾。今郡學猶古鄉庠也，非復如《周官》會民射飲之舊，故堂室之制泯。昔之爲大夫士者，歸老於鄉，道尊而德孅〔二〕，廼爲弟子師，非若後世選於有司而授之職也。禮釋奠於先聖先師，自易之以像祠，儀文莫稱。世俗之士亦諰諰然〔三〕，莫辨其孰爲非是。然聖賢之道布在方册，學者猶可因言而求理，得理而忘言。內以藏器於身，外以施澤於天下，而又汨於膚見剽聞、異端曲説〔四〕。矜小才者希近名〔五〕，騖私智者趍末利，斯道幾何而能復古也？今之司民牧者，亦有思乎？廣德郡文學馬君元壽以書來曰：「自偰侯來守兹土，即以敦尚儒風，訓迪末學爲首務〔六〕。周視廷霤圮陋弗葺，懼無以宣上德意。以爲良二千石羞，則命馬君率諸生而告之以士有賜復，有設科，公侯皆得抗禮〔七〕，而氓隸不得并齒〔八〕。薦饌有廟，講習有所，將壓於風雨，盍撤而新之，以大厥宇？則皆應曰諾。由是朋分掄材，吉日肇工，敞殿疏堂，飛閣修廡，齋廬庖湢，丹雘墁塓，以次完美。門之外有小溪，昔爲橋其上。門薄溪流，瞻視蔽隘。侯徙建其南，以就深廣。而東西溪爲垣，下作石門，瀦水成池，蔭以嘉木。前眺青山平野，目曠神怡，亦藴修息遊之一助〔九〕。矧今聖天子詔興大比，風厲幅員，務求德行經術之士，丕闡文治。桐汭邈在江湖萬里之外，士莫不儆飭思奮。復際賢侯，嘉惠於學官〔一〇〕。先生幸記之，以昭示來者。」余曰：選士之不古久矣。在宋熙寧，明道先生建白學制，教規、考察、賓興之法，綱條具備。不幸王氏之學興，其議遂格。厥後晦菴先生極論貢舉之弊，語益激切。而群邪巧進，正道榛荒。先生之身不得一日安於朝廷之上，況能從其言也？距今二百餘四十年〔一一〕，而其説乃大行。則士之立身行道者，可以自信不惑。而公論不合於今者，必宜於古；見拙於當時者，必信於後世。與夫計是非得喪於旦莫之頃者〔一二〕，其賢不肖豈不大有逕庭哉？此學聖賢之事，而非常才所能與也。馬君亦以是爲諸生勉，若徒侈其輪奂以爲觀美，則非偰侯所以作斯之意〔一三〕。侯名大賢，字仲彬，高昌人。家以忠貞著，故名堂曰「三節」。其至不期月，而廟學悉隆舊規〔一四〕。又爲造祭器，繕官署，築舍以訓蒙，完廩以膳士，爲政可謂知本已。馬君清慎力學，克懋乃職，皆可書。

延祐元年日長至記。

校勘記

〔一〕頖宫：明抄本作「類宫」。按：頖宫，指西周諸侯所設的學宫。底本是。

〔二〕媺：明抄本作「微」。按：媺，同美，好、善之意。底本是。

〔三〕諰諰：四庫本作「鰓鰓」。按：兩者都是形容恐懼的樣子。兩可。

〔四〕説：四庫本作「學」。

〔五〕希：明抄本作「布」或「希」待考。底本作「□」，據四庫本改爲「希」。

〔六〕末：明抄本作「來」。

〔七〕得：明抄本作□，四庫本作「與」，僞鮑本作「淂」。

〔八〕并：明抄本、四庫本作「知」。

〔九〕藴：四庫本作「藏」。

〔一〇〕官：底本作「宫」，據明抄本改。

〔一一〕二百餘四十：明抄本作「余四十」，四庫本作「餘四十」，底本作「餘百十」。底本批

註：「宋熙寧至元延祐凡二百六十餘年。」按：宋熙寧（一〇六八—一〇七八），此文作於延祐元年（一三一四），其間相隔二三六—二四六年。所以或當增補爲「二百餘四十」。且《巴西集》中也有用「二百四十年」的例子。如季先生墓誌銘云：「爲文必援據經旨，極明二百四十二年興衰理亂之故，士咸宗之。」

〔一二〕莫：四庫本作「暮」。按：莫，通暮。

〔一三〕斯：底本作「新」，據明抄本改。

〔一四〕規：明抄本作「觀」。

天遊軒記

莊周多寓言，世之誕謾恣睢、蕩而忘歸者，常托焉以爲名。迺始流遁禮法，離外倫類。不知周之道，本峭厲峻深，矯一世而爲之。曲學之士，得其粗而遺其精，意其言而不究其所以言也。故放曰天放，不放而放也；遊曰天遊，不遊而遊也。孰能尸居淵默乎環堵之内，而蜕迹乎氛埃，御氣乎陰陽，造旬始而觀清莫寧者乎〔一〕？昧者惑而夸者肆矣。必有至道達德，博大而能化，如易所謂唯神，故不疾而速，不行而至者。而後足以與此，而莊周不盡言也。夫信莫大於權衡，固莫利於膠漆，方圓莫踰於規矩。而周之論曰：權衡非信，膠漆非固，而規矩不足爲方圓也。常即其所推〔二〕，以示道不泥於器。而或者因以廢權衡、膠漆、規矩，則非所以知周也。故曰：「周之道本峭厲峻深，矯一世而爲之。」周之道本於老子，老子一再變爲申韓。太史公以謂引繩墨、切事情、明是非、極慘礉少恩，皆原於道德之意。斯言深得之。余嘗惜周與孟子、屈原相後先不相值。孟子之語好遊曰：「人知之亦囂囂，人不知亦囂囂。」屈原之賦《遠遊》曰：「一氣孔神兮於中夜存，虛以待之兮無爲之先。」視天遊孰同異？必有能折衷者。真定范煥卿妙齡好修而尚友，以「天遊」名其軒，異乎誕謾恣睢、蕩而忘歸者。故余爲之説以諗焉。

校勘記

〔一〕莫寧：明抄本、四庫本作□。

〔二〕推：明抄本作「惟」，四庫本作「謂」。疑四庫本是。

翰林侍讀學士貫公文集序

余往在詞林，職司譔著，獲事翰林承旨姚先生，於當世文章士少許可〔一〕。然每稱貫公妙齡，才氣英邁，宜居代言之選。予私竊幸願，倘得從公言語文字間，先生之取人也必信。未幾，公入拜翰林侍講學士〔二〕，而余適外補，莫償所願。越二年，余以國子司業徵，日聚群弟子從呫嗶，每休沐，或牽以它事，又不得一接顔面〔三〕，如昔人所謂傾蓋而論交者。雖俗士之款洽吾門日千百，而其樂終不以此易彼也。亡何，而公與余相繼南還。别之一年〔四〕，公來遊錢唐，過余，相見若平生歡。示所著詩若文，予讀之盡編，而知公之才氣英邁，信如先生所言者。宜其詞章馳騁上下，如天驥擺脱馽羈，一踔千里，而王良造父猶爲之愕眙却顧。吁！然亦奇矣。儒先有言，古之名將必出於奇，然後能勝。然非審於爲計者不能，奇在速，速在果，此天下偉男子所爲，非拘牽常格之士所知也。公之先大父丞相長沙王，統師南伐，功在旂常。公襲其休澤，嘗爲萬夫長，韜略固其素諳〔五〕，詞章變化，豈亦有得於此乎？漢李廣、程不識俱稱善將，廣行無部曲行陣，不擊刁斗自衛，幕府省文書，其事甚疏略，然聲名常在不識右。如予者，自少好爲文，堇堇守繩尺自程〔六〕，終亦不能奇也。視公能不有愧哉？嘗觀古今能文之士，多出於羈愁草野。今公生長貴富，不爲燕酣綺靡是尚，而與布衣韋帶角其技〔七〕，以自爲樂，此誠世所不能者。夫名者，天下之公器也，公亦慎勿多取也夫。

校勘記

〔一〕章：四庫本作「學」。

〔二〕講：四庫本作「讀」。

〔三〕顏面：底本批註：「一接顏面句下，似有脫文。似脫『與酸齋相見』一節，否則『其樂』句并『別之一年』俱無著落。」

〔四〕别：明抄本、四庫本作□。底本批註：「元本空别字，今從館本補。或是歸之一年。」按：四庫本注闕字，不知鮑氏所言館本爲何本。

〔五〕諳：明抄本作□，四庫本作「裕者」。

〔六〕堇堇：四庫本作「謹」。

〔七〕韋帶：底本作「韋布」，據鮑校、明抄本改。按：韋帶，指平民或未仕者所繫皮帶。「布帶」當涉上文「布衣」而誤。

重建崇寧萬壽接待禪寺記

浙水出新安郡東，北流入海，每潮汐下上，排山連空，衡決慓悍。舟人日候其盈縮以濟〔一〕，或颶風至，則東西行人皆相戒以絶，而況沙需雨立，蒙冒暑寒，涉者以爲病。宋淳熙間，久上人嘗學於大慧杲公。宗其辯智，隨順化俗，廼結屋江上之清水閘，以便食息。由是割膏腴、傾貨財以施者迹接，而居益廣。歷百三十餘年，而堂構弗勗，圮於訟囂，過者惋息。聖元崇信佛乘，設官分理，乃立行宣政院於杭，今中書平章政事張閭公實領院事。鉏奸剔蠹，粃政具修。凡招提之頽敝不葺者，悉更其舊。因詢諸宿德，孰能繼久上人之志者？則皆曰：「兼受師名正傳，早登法會，植清浄因，宜被兹選。」公禮致彌敦，而師固辭，弗獲命，迺即席。時大德九年八月也。未幾，什器土田不召咸復，衆至如歸，遂作具章之輪，寶相之殿。既而隣居燎延，若有魔事，來試願力。師益堅忍精進，淅炊不輟〔二〕，惠周飢渴。�荒除礫，新以棟宇。中嚴像設，僧堂丈室，庫庾庖湢，以次完美。有信士徐氏曰珍者，義師之爲，不吝輸財，來相斯役。嘗鑿地得泉於寺西偏，築亭其上，以飲道渴，歲給米百石飯僧。又圖爲永久，則捨海鹽田爲畝者二百，視所給有贏，而其心樂檀施，未有止也。先是平章公捐己餐錢，以倡來者。微公，無以知師之果；微師，無以來徐氏之善。一寺廢興，繫得人與否，矧幅員之大，欲致政理，曷可不盡之思哉？唯如來氏設教，或因事假喻，闡示義諦。吾視驚濤駭浪，喧豗蕩潏，有異塵世之昧没於業緣妄識，而無有覺者乎？捍以石塘，即涅槃之岸；資以飄檣，即般若之航。其未渡則悲，已渡而樂者〔三〕，能察夫吾性之未始有夫去來悲樂者，然後不航而超，不岸而固。昔之若驚濤駭浪者，且將安舒恬夷，會乎真源。斯究竟之道已。師憙予言，請書以爲記。師台之黄岩人，始吴氏，從龍山崇福寺若虚師薙髪，受具足戒。遊諸方，所參禮皆名沙門。由淨慈上座，爲今崇寧萬壽寺住持。余聞其墨名而儒行者，故爲之記。

校勘記

〔一〕候：四庫本作「俟」。

〔二〕淅：明抄本「淅」「浙」不清。底本作「浙」，據四庫本改。按：「淅炊」，指淘米做飯。

〔三〕者：傅校、四庫本、明抄本作「有」。

鉼城軒銘 并序

吴興凌君德庸，博造君子也，摘朱文公《敬齋箴》，以「鉼城」名其軒。巴西後學鄧文原，竊唯守口莫先於防意，意苟誠矣，則多言不爲辯，寡言不爲訥。其道豈不簡且要與？遂爲之銘曰：

吾嘗博觀人己，默研道契〔一〕。雖善有萬殊，而本實不二。夫言以發志，志以帥氣。即物引喻，可以究終始，達源委。孰有干城之士，計周於崇墉，守嚴於百雉，而能辨羸缾之凶〔二〕，挈缾之智〔三〕？相彼心聲，語默異致，皆原於方寸神明，静鏡涵而動水駛。分然内省，言出於意。世俗澆漓〔四〕，靈府弗治。若居安而昧復隍之虞，寇至而乏守關之吏。是以口給屢憎，淫邪遁詖。不知挹清注潔，而乃夸夷滑稽之爲貴〔五〕。用乖物則，若苦窳類，咎始暗室，悔尤斯至。故《曲禮》「安定辭」而先之以「毋不敬者」，所以啟示學者入德之次也與？

校勘記

〔一〕契：明抄本作「器」。

〔二〕羸：底本作「嬴」。據明抄本、四庫本改。按：《周易・井卦》：「羸其瓶凶。」

〔三〕挈缾：底本作「挈瓶」，據明抄本、四庫本及篇名改。

〔四〕澆漓：明抄本、僞鮑本作「澆淳」。按：澆漓，指社會風氣浮薄不厚。澆淳，指浮薄的社會風氣破壞了淳厚的風氣。

〔五〕夸：明抄本作□，四庫本作「鴟」。

請恩斷江住天平白雲寺疏

家住四明山，因人賢增地勝，佛説一切法，以禪定爲宗乘。向長江獨斷衆流，於圓教是名妙覺。恩公長老觀空得性，住世隨緣。自從雪竇參來，見滄海淺清俱妄；却向天心平處，占白雲怡悦何妨？禪房覺花木生春，詩客具茶瓜款晝。人皆許墨名儒行，道祇在山色溪聲。況昌黎曾爲大顛留衣，而遠公欲邀淵明入社。居前勝事，企彼前脩，往瞻文正祠，尤想讀書在僧舍；豈必生公座，獨能説法動神聽〔一〕。傳祖宗不盡燈，祝聖人無量壽。

校勘記

〔一〕神：四庫本作「人」。

宜興王師尹真贊〔一〕

維師尹甫〔二〕，山澤臞也。逢衣章甫，美且都也。外涵笑矧，中恬舒也。介不爲矯〔三〕，通不污也〔四〕。樂山之静，竹中虚也。宜爾受慶，播令譽也。

校勘記

〔一〕贊：明抄本、四庫本作「讚」。兩可。下不出校。
〔二〕甫：明抄本作「父」。按：兩可，下不出校。
〔三〕介：底本作「分」，據四庫本改。
〔四〕通：鮑批：「通，别本作道。」

吴全節真人封誥副本贊[一]

至大三年，崇文弘道玄德真人臣全節蒙被上恩，封贈二代。歸榮父母，焜燿來今。玉語昭垂，爛若雲漢。書之副本，傳示無窮。國子司業臣文原拜首稽首，爲之贊曰：

粤若猶龍，道根繇邈。淵乎無爲，智周萬物。聖元啟運，宗其玄默。廼命賓師，弘教是立。吉蠲鳌事[二]，覃及九域。維臣全節，秉心亮直。式契道樞，申用儒術。帝曰予嘉，孝思類錫。綸言斯皇，泥封猶濕，羽旍歸覲，耀於鄉國。寵數便蕃，振古難匹[三]。報忠伊何？古訓是式。治若烹鮮，常德勿失。少私寡欲，清静寧一。爰啟嘉猷，益贊皇極。

校勘記

[一]《吴全節真人封誥副本贊》：此篇各本與《宜興王師尹真贊》合爲一篇，只底本鮑氏另補此篇名。

〔二〕吉：底本作「言」，據四庫本、明抄本改。按：吉蠲，指祭祀前選擇吉日，齋戒沐浴。蠲事，指祈福祈雨的祭祀活動。

〔三〕難：明抄本作「誰」。

請張伯雨提點住杭州福真觀疏〔一〕

培風來九萬里，不負真遊；出關說五千言，要敷玄教。睠武林之福地，企華表之高風。貞居講師道悟集虛，神全養素。登真陪鳳笙之駕，淩空泛牛斗之槎。好士平原，與爲東道；學仙玄嶠，不離西湖。翩然雲出岫以歸，允矣玉在川而媚。幾見紅蓮變，誰超住世之塵？欲從赤松游，自有傳家之法。祝聖人壽〔二〕，與太初隣。

校勘記

〔一〕雨：明抄本作「熙」。按：元陳鎰《午溪集》有《謁張伯雨外史》，《草堂雅集》卷三、卷六、卷十、卷十二有六首與張伯雨有關的詩。據《（民國）杭州府志》卷三十與卷一七三，杭州有張伯雨故居和墓。「雨」當是。

〔一二〕祝：明抄本作「祀」。

萬松菴記

杭昌化陳氏，宋靖康間自許南徙。按《漢史·陳太丘傳》，潁川許人，此蓋其苗裔云。陳氏有隱君子，讀書百丈溪上，没，門人私謚文節先生。其子斗龍，又以孝行著，胡君汲仲爲作傳。溪之西曰白水源，其南曰大園，擾塘直其北，又北曰兆塢。五世之墓，方里而近，塢有松数千章，緜亘岩谷，故山以萬松名。擾塘之麓有峰秀出，曰霞紫。斗龍愛其踞幽面勝，翔峙迴復〔一〕。且邇文節先生之兆，若公叔文子之樂瑕丘焉。廼劊茅規材〔二〕，構爲屠蘇。歲時展省，子孫將歸息於是，以致春雨霜露之思〔三〕，因榜曰萬松菴，集賢學士趙公書之。斗龍爲余言曰：「松，吾先世手植，視桑梓豈不益親且嚴？吾懼後有嚚子憸孫，將剪伐是，以隳先志。則囑浮屠氏守其業，益以腴田若干畝。匪儌福也，以存孝也。」予曰：「子之慮亦過遠矣。其能必浮屠氏之不爾負乎？」則又曰：「願先生一言，以昭示來者，庶有儆也。」余惟人與物異者，以知所本始，而生事死葬，情文交盡。上古不封不樹，然俗尚敦龐，非若後世觀美而誠意不屬。聖王制禮，墓祭有章，斬丘木有戒，弗帥教者，司徒有辟。所以崇風化，立人紀也。乃若學佛者言，欲離一切煩惱，清淨無垢，必先具戒行，斷貪嗔痴三不善根。故捨諸所重，雖毀膚體不厭，肯取非其有以爲己利益哉？昔季氏有嘉樹，韓宣子譽之。季氏曰：「宿敢不封殖此樹〔四〕，以無忘角弓。」然則萬松之山勿替，封殖焉可也？抑諺曰：「一年種之以穀，十年樹之以木，百年來之以德。」陳氏之子若孫，其亦念此也夫。斗龍，字南仲，謙素愿謹，喜藏書，作書院，教里子弟學，陳氏當有顯聞。浮屠氏者，鄉之大明山慧炤禪寺〔五〕，今住持僧曰某某，其傳以甲乙。田及規約著碑陰，此不書。

校勘記

〔一〕峙：明抄本作「跱」。復：明抄本作「伏」。
〔二〕劊：鮑批：「劊，若此字削或刜之譌。」按：劊，剪、剃。意思上講得通，當不誤。
〔三〕雨：鮑校、四庫本、僞鮑本作「秋」。
〔四〕殖：明抄本、四庫本作「植」。兩可。
〔五〕炤：明抄本作「照」。按：炤，同「照」。

季先生墓誌銘

《春秋》自三傳之説并興，學者各本師法，黨同訕異。而先聖人撥亂反正之旨，晦而弗彰。後世設科取士，益務爲新巧傅會，以中主司、釣禄位。訖宋季，滋弊不可復振。時國子祭酒楊公文仲守蜀，學不爲時好少屈撓，爲文必援據經旨，極明二百四十二年興衰理亂之故，士咸宗之〔一〕，而無能躋其堂閫者。咸淳戊辰，考試春官，得先生之文大喜，遂擢高第。蓋先生早以才敏著聞鄉邑〔二〕，又之永嘉，所從師若李貴蘭、徐天麟、潘景之，皆號鄉先生。交友則趙公順孫，以春秋魁多士，後嘗參預大政者也。故先生學粹而文日該洽，由兩浙漕司與計偕，卒受知楊公云，因楊公而先生之名益著。與夫膚剽以爲文而幸中者〔三〕，得失有逕庭矣。先生初調湖州歸安尉〔四〕，推用儒術，吏不敢紿以事。追逮訊鞫，文案旁午，能以治辦聞。洪君起畏持憲節浙右，好發密，不肯輕薦士，舉先生老成端謹，辟置節制司幕下，資其畫諾，藹其休譽。郡凡三易守，皆見器重。會漕司秋試，選明經士司攷擇，先生不得辭歸，數月，以疾卒，實癸酉十二月十七日也。先生生於宋嘉定壬申五月，壽六十有二。先是，在朝以先生祖妣高年，推恩擇山水勝地便禄養，授撫州臨汝書院山長〔五〕，未赴而卒。先生性樂易，善容物，不爲斬絶崖異之行〔六〕，然遇事不可撼以私，鄉閭族屬稱善人長者。嘗手抄《春秋左氏傳》，考摭《史記》、《國語》諸國名謚同異，及論著事變顛末，名曰《春秋貫串》。蓋先生於《春秋》雋永不釋，至忘其世者也。先生姓季氏，世居處之龍泉。曾祖□、祖□、父□。先生諱立道，字成甫，娶□氏。子男三人，大同、大有，皆卒。體仁，饒州路餘干州教授。孫四人，鎮、鼎、餘、彬。曾孫四人，尚幼。先生墓在邑南鄉高浦之原，葬用至元乙酉八月十二日。後三十有一年，體仁述先生之居里行業，屬文原以銘。嗚呼！　文原尚忍銘先生也哉？　癸酉歲，文原生十有五，蜀士試《春秋》者逾五十，而先生拔其文首。薦書嘗詣客館，先生進撫而誨之曰〔七〕：「子後當以文章顯，宜殖學以遲時，毋躁也。」顧庸鈍無以報知己，而年逾六十矣。昔柳子厚讀《春秋纂例》，願執業陸文通先生之門。及先生爲給事中，始得執弟子禮，未及卒業而先生亡。嗚呼！　文原與先生僅獲一執摯於將命者〔八〕，而先生之學，亦勿克究厥施，是豈不可永嘆也夫！　銘曰：

惟聖刪述，大闡人文。支詞曲説，堙其源。藝圃中雋〔九〕，章縫之慶。吁嗟先生！　而仕一命，身則罹殃，子孫受祉。陋彼籯金，遺經在几。我幼登堂，今髮且皤。示後勿忘，勒銘岩阿。

校勘記

〔一〕咸：明抄本作□，四庫本作「林」。

〔二〕著聞：明抄本、四庫本作「發聞」。

〔三〕與：明抄本作□，四庫本作「視」。

〔四〕初調湖州：明抄本作「□調潮州」，四庫本作「□調湖州」。

〔五〕撫州：底本本作「蕪湖」，明抄本「無□」、僞鮑本作「無□」，四庫本作「元□」。按：宋黄震《黄氏日鈔》卷九十二《修撫州儀禮跋》有「淳祐九年，本州初建臨汝書院」句，元程鉅夫《雪樓集》卷二十二《故常州路儒學教授袁君墓誌銘》有「改撫州臨汝書院山長」句，元吴澄《吴文正集》卷八十七《故池州路貴池縣尹致仕徐君墓碣銘》有「陞撫州路臨汝書院長」句、元虞集《道園學古録》卷三十八有文《撫州臨汝書院復南湖記》，可知「撫州」當是。

〔六〕斬：底本作「軒」，據四庫本、僞鮑本改。

〔七〕進：明抄本作□，四庫本作「手」。

〔八〕執：明抄本作「稱」。按：執摯：古代謁見時攜禮物相贈的禮制。底本是。

〔九〕藝：明抄本作「藝」，四庫本作「秇」，底本作「蓺」，據明抄本改。

送蒲廷瑞北游序

蜀人自罹兵禍[一]，轉徙東南。所至如羈臣逐客，呻嚬無聊。幸而仕且貴者，往往無由以周其家，僅若古所謂禄代耕者。不得仕則營他業，亦鮮克自給。蓋涉憂患者懲艾深，以禮法自繩者拙生事。自先人來吴，且餘八十年，計耳目所睹聞類若此。則夫人之安廬井、服耕桑、從親戚墳墓以終其身者，豈不甚可樂也哉！吾蜀尚鄉義，解后輒握手笑語，若平生驩。然性多亢直，有過亦面折不少恕。余生晚，猶得接諸故老而挹其遺風焉。廼今成都蒲君廷瑞始遊雲南，又自蜀沿江漢，歷閩嶠，由雁宕[二]、赤城、甬東以來錢唐。其生蓋後於余，而意氣瑰邁不群，且練習世故，皆余所愛慕，以爲不可及者。往爲儒官，馳士譽，憲府用薦者補佐史，不肯婞阿苟禄。去，將道金陵上京師。以子之抱負，吾知其必有合也。案蒲氏固蜀望[三]，宋熙寧、元豐間，尚書左丞以言論風儀居禁近，由翰林學士佩金鱼，爲世殊寵。作清風閣藏書，教子孫極嚴厲。族氏散居蜀土，宋季有列朝著、登虞庠、掇高科者，皆慎重富詞藻[四]。詩書流澤，其來蓋有自。今又獲交吾廷瑞也。廷瑞勉乎哉！《漢史》稱司馬相如好讀書，然作《子虛賦》，因狗監楊得意以進，此非余所望於廷瑞者。

校勘記

〔一〕自：底本作「士」，據明抄本、四庫本改。

〔二〕宕：明抄本作「蕩」，四庫本作「岩」。

〔三〕案：明抄本作□，四庫本作「考」。

〔四〕慎重：四庫本作「醇謹」。

送洪養源歸淳安省墓序

古之爲墓者，必有兆域以辨昭穆。凡丘封之度與其樹數，則又眂爵位爲差。先傳有言，祭墓非古也，然《周官》冢人祭於墓爲尸，先王制禮有權經，所以適人情、厚風教如此。後世宦游之士，死不克還葬於鄉，乃不若耕夫漁叟終世丘首，魂魄有依。而况牽於陰陽家説，士寧不還葬，而儌幸其吉，以施及其子孫者。江南川谷窈深，言禍福利害極毫髮，故其弊特甚中州也。吾友洪養源言：「上世家淳安，四世祖筮仕，始占籍錢唐。由是族屬之問遺，歲時之展省，禮或缺焉。由吾祖而下，未嘗不心折而涕交流也。今將往省〔一〕，以致君蒿悽愴之思，願先生一言以爲贈。」余曰：《禮》：「四世而緦服之窮也，五世祖免殺同姓也，六世親屬竭矣〔二〕。」夫服窮於五世者，制禮之節。若親親之道，雖歷百世，莫之有改。以其五世而盡其百世者，可乎哉？子歸矣，祭而合族尚有感於予言也。乃若過家上冢，俗人以爲榮。是殆以貴富加其親者，此不足爲養源道。養源名浚，嘗爲國史院編脩官云。

校勘記

〔一〕今：四庫本作「余」。

〔二〕竭：底本作「極」，據明抄本、四庫本改。按：今本《禮記・大傳》作「竭」，當是。

雪菴長語詩序

學釋氏者曰：佛以妙圓清浄，究竟真如，視語言文字，猶夢幻空華，本非實有。然方便設教，該括衆理，鉅細靡遺，曷嘗厭語言文字哉！說者謂此爲妄根塵識，冥迷無覺者。若上智，則不假世締〔一〕，直悟宗乘。法性既空，言於何有？幾於得意忘象，得象忘言者耶？佛有頭陀教，今大同李公玄暉爲宗師，遇手緇貝多，心研般若之暇，有所感發，輙爲歌詩，以宣道其意。或訊公曰：「頭陀氏草衣糲食，勤修苦行，何搰搰焉以詩爲事？」公笑曰：「此吾長語也。聽者能知長語爲非長語，則佛道可默識矣。」公早業儒，交友皆當世名卿相，工大字，所謂技進乎道者。受知聖朝，位昭文館大學士。而公不衒智能，不著貪欲，故爲詩沖淡粹美，有山林老學貞遁之風焉。昔高閑上人善草書，昌黎公言淡與泊相遭，若有疑於高閑者。然必先淡泊而後通變化，豈惟書哉？詩道亦由是爾。余曩在詞林，獲接公風采言論，知公之爲世貴重者，不獨深於詩也。故爲序其編首而歸之。

校勘記

〔一〕締：明抄本、僞鮑本作「諦」。

頭佗師李大方詩集序

大方李君，早習頭陀教，受業於藏真澄公。機警不群，衆推讓爲法器。既示寂東平，張君幼度爲狀其行履，乞言於當代之工爲文詞者。幼度與余同在詞林，素慎重，其許予必審。及觀大方所爲詩，而幼度之言益信。唐僧類能詩，往往以空玄爲工，視世故若不屑然。吾觀古之善學佛者，一垢淨，齊喧寂，等物我，不間有無，不著苦樂，必以空玄爲工〔二〕，是猶滯於一偏，而非其道之至也。大方之詩，融會貫徹，博周事物而非汙，窮極理奥而非隱，是殆有得於古之學佛者乎？凡學必有悟而入，若扁之斲輪，慶之削鐻，痀瘻之承蜩，凡伎皆然，而况於道也。知道者，視詩爲末，然非知道不足以言詩。昔大方嘗書《維摩經》，至不二法門，謂澄公曰：「法門至于不二，可謂無門。無門之中，一切法門倫矣。」大方之悟入，其在兹乎？經之言曰：「文字不內不外，不在中間，是故無離文字說解脱也。」知此，則佛道幾矣，豈惟詩哉？吾嘗聞釋氏云，因書以爲大方李君詩集序。李君，諱溥員，大方其字，自號如菴。家本河南芝田人，後居燕云。

校勘記

〔一〕玄：底本作「者」，鮑校作「言」。據明抄本、僞鮑本改。

新建南涇觀記

嘉興之東北六十里曰秀涇，涇之南，張君全真居焉。君早以才猷敏裕，發聞鄉邑。中仍世故，勞形怵心，乃益慕老氏學，求所謂恬淡冲漠、離塵絕俗者。遂著道士服，即所居爲道院，鳩工掄材，經度締搆。肇自至元丙戌，越十有八年而棟宇大備，始易名大德南涇觀，以地繫年。示端本君上，今三十八代天師爲之書。其制則中爲殿，南向，以事昊穹，若太乙、招摇、司命、玄武及里社之神，皆列祀於兩廡。又即門東西偏設城隍廣侯祠，以便夫水旱疾癘之有禱焉者。游間静脩之士，旦晝有寮〔一〕，食寢有所。直北爲堂，曰演妙，以揚道紀。環視深廣，流水四週，畦蔬於水東，庫廩庖湢，各就曠爽。門外爲迎仙之橋、放生之沼。堤亘東南，植檜柏杉松，築亭以待憩者，而表其道曰通玄。田爲畝者，千三百有奇〔二〕。觀成五年，而君六十有五矣。乃囑弟子張應珍嗣其業，而歸老於知止菴，謁余具識顛末，以諗來者。余曰：昔老氏爲周守藏史，蓋博聞多識，非絶學以爲知者，吾夫子嘗問禮焉。而世之學道者，樂虚誕而厭繩檢，外名教而守空寂，非老氏意也。其言「治大國若烹小鮮」，「小國寡民，可使甘食美服，雖有什伯人之器而不用」〔三〕，此豈死灰槁木、泊然遺世者所能與？間有岩居川飲〔四〕，鍊真養神，竊其術以久生者，私也而非公也。若夫噏之爲張也，奪之爲與也，柔弱之爲剛强也，是皆矯時之弊，行道之權，而昧者欲以智數勝，益悖矣。吾聞張君達者，惜其不能以老氏之道佐政理，而又嘉其慎知止之義，與世之酣醬聲利窮老而不已者，是非相逕庭也。君奉親以孝行著，建菴墓左，曰「崇孝」，又祠於觀。若宗族暨羽流信士之物故者咸在，合於老氏曰慈之旨。後之人尚勿替張君之志也夫！君號簡静凝妙中和法師，開山提點住持云。

校勘記

〔一〕旦晝：明抄本作「旦週」，四庫本作「□週」。

〔二〕三：四庫本作「二」。

〔三〕雖：底本作「非」，據明抄本、四庫本改。伯：四庫本作「百」。

〔四〕間：四庫本作「聞」。

送潘元卿赴徽州績溪教諭序

錢唐潘元卿，被江浙省檄，掌教新安之績溪。將行，謁余而言曰：「走也獲請見於將命者，先生常敘其詩，以爲可進於學。今往爲一邑師，惟譾薄弗任是懼。幸先生其終教之也。」余曰：古之人道德勳業，垂憲來世。夫人愛敬動於中，則爲式其閭，封其樹，尸而祝之，示弗忘。今新安，文公之故里，子之負笈而往也，亦有思乎？公之詩行於世，家傳而人誦之矣。然公在當時，爲群邪所詆詘擯辱〔一〕，而勁氣嵇論，不爲銷沮，從游之士，特立而不顧者有幾？或改迹它門以自異。後學自視，處此當何如，其於是非邪正之辨〔二〕，宜審也。公之學能至此者何哉？經傳之所探討，師友之所切劘，其散見於語言文字間者，皆精神心術之寓，而學者豈易以雷同勦説竊窺其涘哉！初公以詩薦，或語未爲知公者。然詩原本性情，亦學道之方。子嘗有事斯事，於公詩當有得矣。《孟子》曰：「誦其詩、讀其書，不知其人，可乎？是以論其世也，是尚友也。」元卿勉乎哉〔三〕！余友屠君存博爲新安郡博士，與世亦齟齬寡合。余嘗以爲自古聖賢皆然，不必置戚欣其間〔四〕。若文公之事可睹已。存博且將壻子，講學授受之暇，其亦有以語我乎！

校勘記

〔一〕詆：四庫本作「謗」。

〔二〕辨：底本作「之」，據明抄本、四庫本、僞鮑本改。

〔三〕哉：底本闕，據鮑校補。

〔四〕戚欣：明抄本、四庫本互乙。兩可。

錢唐諸友贈周古愚詩後序

余友俞觀光客錢塘，得痟首疾，更數醫弗治。弟子顧潤之走予曰：「吾師之病亟矣，惟先生圖之。」余曰：「頃過周君古愚，所見几上書盈帙〔一〕，皆手抄細字。余問曰：『何書？』周君曰：『傷寒書也。吾病世之言醫者，昧昧表裡、虛實、順逆之理，而妄藥人以死。乃輯古禁方，區分彙次，如老吏持三尺法，無枉撓者，蓋將翼仲景之書，以行於時也。』余私識其語，以爲周君博習醫事，於傷寒尤專攻者乎？潤之盍往請陽」。周君切其脉曰：「是伏陽焉。」潤之因余言見周君，君即策馬往，觀光已憒眊不知人。周君切其脉曰：「是伏陽也，謂陽病得陰脉者死〔二〕。其法當用大黄、芒硝若干，速下之，不且殆。」聽者愕眙。周君曰：「吾有以起觀光，毋怖也。」夜服藥，至明發少甦。已復進數劑，最後下瘀血乃愈，皆如周君言。始余亦未能必周君之速效也，今始信周君於傷寒果專家也〔三〕。傷寒有風、寒、濕、熱、温之辨，而六經治法亦殊。若太陽屬膀胱，宜汗；陽明屬胃，宜通泄；太陰屬脾，宜燥温；厥陰、少陽、少陰屬肝膽腎，又宜温平汗利，及諸傳變皆有候。陰陽少差，死生立異。古之醫，十全爲上，非必皆能藥而生之也。亦曰知其可治不可治，而毋苟試其術，斯良醫矣。今周君既善是，又遇人輒予善藥，不厚責報，若宋清之道，豈不誠賢矣哉？觀光既序其事，交友復詩以美之，而屬予爲後序，予不得以蕪陋辭。延祐乙卯秋八月朔序。

校勘記

〔一〕几：底本本作「凡」，據明抄本、四庫本、僞鮑本改。

〔二〕死：明抄本、四庫本作「非」。

〔三〕家：明抄本作「攻」。

皇元贈隴西郡公李公神道碑銘〔一〕

武宗踐阼，敦尚孝理，風厲幅員。凡中外臣僚，身被寵數，又得追榮其先代，視爵秩有差，以示顯揚之道，罔間歿存，庶俗化丕厚。至大二年，今江浙行中書省參知政事李公由同知宣政院參預江西省，未赴，領行工部官二品。明年，遂賜璽書。祖天祐，贈中奉大夫、隴西郡公。祖妣傅氏，隴西郡夫人。父昌，贈資善大夫、隴西郡公。妣梁氏，隴西郡夫人。公既率子姓群從，祭告以侈聖世湛恩周洽，昭天漏泉〔二〕，其曷克報稱！而又惟念墓道有碑，宜具著前人里系行業，所以劭躬憙後者。會守官於杭，而文原還自京師，屬紀載以詒永久。辭不可，則爲敘次其狀曰：「李氏世居寧州，胄本西夏。大兵有事於沙陲〔三〕，中奉公猶爲其國執戟郎，以上命徙家大同，即古雲中雁門地。中奉公樂其風土曠夷，稍治貲産，生資善公。父子相繼，皆樂爲善，處里閭族黨，甚獲休譽。遇耆老，必身禮下之。賑乏匱者，不以惠自多。顧再世所藴負，弗獲展用于時，故知其事者亦不悉。漢馬少游謂：「士生一世，但取衣食裁足，乘下澤車，御款段馬，爲郡縣吏守墳墓，鄉人稱善人，斯可矣。」世率以爲常言，然聖人亦以善人不可得見，見有恒者，善人豈易能哉？又嘗觀古今賢者，多冲約愿謹，不事表襮，其後益蕃遠。凡赫赫就功名者，世莫不羡慕，而流澤乃易終。天之報施人，與時好異也。中奉公生男三，而資善居長，仲曰□。季曰□，領諸路釋教。資善公生男三，而參政居仲，曰□。長曰安，季曰絹。寔子孫咸克紹先志，而尤鍾美於參政也。中奉公以庚辰年卒，壽八十有五。資善公以中統壬戌卒，壽七十有四，墓在大同路□山之原。參政早陪宿衛，恪慎厥職，際遇五朝，薦膺簡擢。自至元十七年授武略將軍、太原路堅州達魯花赤兼諸軍奥魯。歷總制宣政隆禧崇祥院，訖今三十有六年，積官至資政大夫。江浙爲東南重鎮，倚公藩翰且旌賢也。夫人鄒氏，封隴西郡夫人。子男四人，長曰□，知雅州。次曰□，寶具庫達魯花赤，皆承事郎〔四〕。又次曰慶安、壽安，尚幼。孫十有一人矣。李氏垂慶方來，演迤未有艾。所謂天之報施善人者，豈不較著明甚也耶？是宜爲銘。銘曰：

邈矣寧州，周豳所理。厥民敦龐，于貉于耜。被以皇風，耆德孰嗣。維隴西公，奕奕仙李。善根内植，錦絅其美。義方所程，是繼是似。積善之慶，施于孫子。圭璋廊廟，迄登膴仕。帝念勳庸，爾祖爾禰。孝思錫類，仁浹同軌。西壤疏封，爰復本始。於赫綸章，賁如珂里。有鶴云盤，佳城跡止〔五〕。伐石刻辭，以配幽誄。

校勘記

〔一〕公：底本闕，據鮑校、僞鮑補。按：據下文「祖天祐，贈中奉大夫、隴西郡公」，亦是其證。

〔二〕天：底本本作「于」，據明抄本、四庫本、僞鮑本改。又按：《漢書·朱買臣傳》卷六十四有「成於文武，顯於周公，德澤上昭，天下漏泉」，亦是其證。

〔三〕於沙陲：底本作「於涉陲」，四庫本作「沙陲」，據明抄本改。

〔四〕事：底本作「仕」，據明抄本、四庫本改。又按：《元史·百官志》：「文林郎、承事郎，以上正七品」。

〔五〕跡：明抄本、四庫本作「邇」。底本批註：「跡，别本邇。」

清寧報本道院記

漢太史公載老萊子楚人，著書十五篇，言道家之用，與孔子同時云。若孺慕事，見《高士傳》。雖里童巷叟，皆知其爲孝也。而世之學道者，遺外倫類，以從曠達，豈其旨哉？夫道莫先於孝，非孝則道無所本。聖人言「自天子至於庶人一也」。今有業宗老氏，而知厚其親，凡可致其孝思者，不以生死異，吾於錢唐吴君聖傳有取焉。吴君之言曰：「吾親之居，介吴山之址〔一〕。吾視層樓奥室，脩林敞軒，常若寢食宴笑其中。自諸孤仕而分徙，吾不忍故居之易姓，則傾貲以復之。又思夫移孝爲忠之道，有可誠格于幽顯者，故祀神以祝釐，作主以時享。齋廬庖湢，塗塈丹堊，悉更舊觀，匪麗其美〔二〕，處囂而寂，宜爲貞人逸士之所棲息。贍以腴田，爲畝百八十有奇。既成，名曰『清寧報本道院』，子盍爲我記之。」余曰：老氏之言邃矣。人知天地之清寧，而莫知其一，惟蒙莊能闡其妙曰：「天無爲，以之清；地無爲，以之寧。一故無爲，無爲所以一也。」余嘗以爲老氏之教，有與吾聖人不悖者，學者未可苟爲異説以歧之。《中庸》言高明博厚，而又曰「其爲物不貳，則其生物不測」。《易繫傳》曰：「天下之動，貞夫一者也，卒歸之乾坤之易簡。」易簡即不貳，不貳即一之動。爲清，爲高明，而靜，爲寧，爲博厚。動靜互根而物生焉。人本之父母，父母本之天地。天地者，人之大父母也。孟子深明夫天之生物一本，而夷子二本，故墨氏之事親，不可以訓天下。或曰：「道貴無爲，今吴君之爲事也，趣乎有矣。」余曰：「無爲而無不爲者，道之至也，而曲士焉足以知之。」吴君請書而鑱諸石。君名存真，能以恬養智，不與事物攖。嘗佐教事于杭，甚獲休譽。璽書錫寵，號冲靜純素通玄法師，提點佑聖觀。君既隆于報本〔三〕，而其弟頤素與弟子蔣頤正，皆克愿勤以成其志，後之人其亦思慎守勿替也夫。

校勘記

〔一〕介：底本作「分」。按：「介」當是，遂改。「介」、「分」手寫體往往易混淆，本書多處涉及。

〔二〕其：明抄本作「具」。

〔三〕報：底本作「根」，據明抄本改。按：據篇名《清寧報本道院記》，知明抄本是。

通鑑音釋質疑序

字音義本諸六書，古者小學皆通習之，後世頭童項槁，有不一涉其流者矣。漢去古未遠，學童自十七以上，試諷籀書九千字，乃得爲吏。又以八體試之郡，移太史，并課最者爲尚書史，書不工者輒舉劾〔一〕。《爾雅》嘗置博士〔二〕，列於五經。傳記故訓，詁師轉相傳受，習其讀者，有所持循而不敢失。世率以是訾漢儒，然而訓詁曷可少哉？自篆籀變而字法日趨便簡，諸所記注，方言假借，蝟起絲棼，學者不得於音，故昧於義也。而况亥豕魚魯，襲訛踵誤，讎校者類若掃塵焉。遷固書自徐廣、裴駰、鄒誕生、服虔、應劭、晉灼而下，互爲訓釋，而莫能一。歷代史異同，又不可勝紀。宋司馬文正公《通鑑》成書，蓋上與遷父子纂太史之業，以承《春秋》不刊之典，與它史依放而爲之者異其道也。史炤有《音釋》行于世。吾友毘陵董子衍考繹《通鑑》善本，爲之辨證，名曰《質疑》。間爲余言：「吾學得之祖父及外氏，非敢希古論著，將以啟初學之士云爾。」子衍冲約静修，其言有開余者，因復之曰：「昔文正公與劉范諸君子，繙閲中秘外郡圖籍餘二十年。今讀其書而莫究所繇來，則公之去取詳略，有不得而知者矣。乃若經緯綜理，則有前例及考異歷年圖稽古録，學者由是以求之，其殆庶幾焉。公當宋全盛時，尤言洛中士大夫文章清節〔三〕，談空説性者多矣，史傳無所啟口也。矧今復後二百五十餘載，是可不爲學者三太息也哉！

校勘記

〔一〕工：明抄本、四庫本作「正」。

〔二〕《爾雅》：底本作「爾疋」，據明抄本、四庫本改。按：疋，雅的古字。

〔三〕尤：四庫本、僞鮑本作「猶」。

松江府華藏懺院記〔一〕

松江故華亭邑，今爲州，民物殷阜，賓坊雲構，絢麗相屬。直府之西曰華藏懺院者，慧光融照大師從得之所剏立也。師世家越之南明，蚤受業華藏寺，既乃遊方參禮，刻意修習，傳天台教觀于台之掖峰、杭之天竺，最後從困叟湛公居華亭延慶寺。學由志臻，表于叢林，職躋衆右，於今且四十祀。嘗曰：「自吾絶浙河而西，意未嘗不在華藏也。倘卜數弓之地，鉏荒剃奥，規爲蘭若，庶以永華藏之恩乎？」龔氏有故宅，曠迥窅深，心境冥會。至元己丑，輸貲以售，稍就經度。越四年，名聞帝師所，俾正席余山之普照，嘉卑稱號。而師不著貪欲，惟念夙志未竟，益堅弘願。甓斸陶甓，傭役具興。爲殿周阿，中嚴像設。崇門飛閣，翼以兩廡。棟宇既備，凡諸道具，鉅細完美，十年而訖工。又庋經四大部，買田若干畝，教養之道，皆可淑諸來者。每歲元日，修金光明懺，期七晝夜。與諸比丘等掃諸塵翳，攝入善根，敬以祝釐于君上，示不忘其初，名曰華藏懺院。介佛海法師澄公，屬予爲文，以紀成事。余聞佛以妙圓清淨，具大總持，視山河大地，普同法界，無量恒河沙衆，悉歸性海。師作如是觀，則一念不異華藏，即不異昔天台挈止觀之義，爲世津筏，而學者知寂靜可以証解脱，慧照可以通般若，乃若懺悔，則又息妄之真機，歸真之要路也。然而道本乎身，身非實有，身空則諸法亦空，而不空者未嘗忘是道。吾聖人嘗著之《易》曰：「不遠復，無祇悔。」曰：「艮其背，不獲其身；行其庭，不見其人。」其義困矣、博矣。師能從吾遊，吾爲師發藥焉。師性愿質，廣植善行，既老而彌勤。舊業之在南明者，祲于畢方〔二〕，復傾槖以新之。度弟子曰居簡、宗矩、宗權，皆克纘師之志，其傳以甲乙云。延祐三年，歲次丙辰，儒林郎前國子司業鄧文原撰并書。

校勘記

〔一〕華藏：四庫本前增「華亭」，明抄本作「華亭藏」，「亭」字右邊有一小黑點，表删除，即爲「華藏」，底本作「華亭藏」，據明抄本改。按：據下文「意未嘗不在華藏也」，「名曰華藏懺院」，知明抄本是，四庫本也可，但明抄本更接近原貌。

〔二〕祲于畢方：四庫本作「寖就頹廢」。

静修堂記

博陵李希微，世居恒山之麓，少年登覽豪縱，思得偏游朔南，以極雲林川澤之觀。會文軌混合，道無關譏。廼下金陵，眺鍾阜，識古所謂江南佳麗者，逌然結屋讀書其下〔一〕，曰虚白山房。又爲堂以備燕處，取諸葛武侯戒子語，名曰「静修」，屬予爲文以記之。武侯當西漢季世，戈甲蜂午，方身奮壟畂，志圖康復，而家庭訓告，猶若老師持論，取訾流俗。蓋漢儒之學，類多質實醇固，其師法宜有自來，而世不可攷矣。凡動必本于静，古未有離動而言静者。乾坤翕專，即闢直之機。《易》無思無爲，寂然不動，與感而遂通者同乎槖籥。希微亦嘗觀之水乎？撓風而擊石，則號怒奔放，蕩舟潰隄，動非其正矣。逮乎風恬石平，然後涵空鑑浄，明燭鬚眉。人生而静，其性亦若是。静以修之，復其初也。今希微岩居川觀，脱離聲華餘三十載，一旦加之以銀黄垂組，事物者膠轕乎其前，吾將觀希微之動而能静者。因歌曰：澄觀兮止水，山峻嶒兮石畏壘，守泰定兮無營〔二〕，妙凝神兮太始。又歌曰：川逝兮雲驤，樂魚鳥兮泳翔。孰守株兮匏繫？日樂道兮徜徉〔三〕。歌闋，希微請書以爲記。李氏本儒家，大父登亡金進士科，任德州户曹。希微得雙峰饒氏之傳，故其學知本云。

校勘記

〔一〕逌：明抄本作「固」。按：逌：同「攸」，意爲安閒從容。底本是。

〔二〕守：明抄本作「宇」，四庫本作「兮」。

〔三〕樂：明抄本作□，四庫本作「與」。

夫人李氏墓誌銘

延祐三年四月三日，大名劉元亨母夫人李氏卒于杭〔一〕。與元亨友者，皆戚嗟相告，爲營其喪，而人亦因以知元亨之賢，足以得其友也。舟具，得還葬。介方仲容以狀來謁銘，余故知元亨者，銘其可辭？夫人世居大名之開州，祖仕金爲總統。父當聖世混一初，官司候。司候，若今郡録事云，母完顔氏。夫人幼歸於元亨之父武略將軍千户ム。奉舅姑孝，能使舅姑臺愛之若己女〔二〕。機織賓祭，以儉勤身先。武略故將家，負才氣，更戍它方，或携所愛妾自隨。夫人爲治裝具，無難色，撫妾子如一。武略早世，夫人盛年嫠居，勵志潔嚴，雖媚黨罕見其面〔三〕。教養諸孤，誓不負武略也。元亨襲父爵南駐，迎傳娱適，在戎壘間最號才敏善治辨，由是省臺中外多屬以事。往歲使安南還，復平寇江西閩嶺〔四〕。夫人曰：「爾勿以親遠弗盡力，以貽吾憂。」故元亨效業日著。歲中三錫命，由忠顯校尉遷武德將軍、江浙行中書省□鎮撫，方益思樹善以顯其親，而夫人已矣。夫人生癸卯四月五日，壽七十有四，子男五人，長即元亨，次曰元義、元英，皆夫人出。又次曰元貞、元誠。女九人，長適傳鑑，死，表貞節于門。餘適□。孫男女□人。曾孫男女□人。元亨卜□月之□日，葬夫人于留犢鄉長卿村祖塋，與武略同窆。余唯女德不外炫，因夫若子而始彰。若夫人於婦儀母道，尚無愧哉。銘曰：

貞而能容，婦德以充。居約能勤，善慶施於後昆。是爲夫人李氏之藏，後百千年，尚勿毀傷。

校勘記

〔一〕李：明抄本、四庫本作「劉」。按：據後文「是爲夫人李氏之藏」，知底本是。

〔二〕使：鮑校「得」。臺愛：四庫本作「至愛」。

〔三〕黨：明抄本作「族」。

〔四〕復：明抄本、四庫本作「後」。

送梅仁父赴湖州教授任序

宋慶曆、皇祐間，言師道之盛，必曰海陵胡先生。先生之道，倡始於吴興，而大被於東南之士，因先生而知尚經術、敦行義，如工用陶甄，器無呰窳〔一〕。前是豈無以文華絢耀取名斯世者？至是而始知聖賢之道有本有原，則後之學者可以審所先後矣。先生職止經筵，位不過博士〔二〕，又不見用當時，寶惜名器，不苟以軒裳圭衮爲先生榮，而道德之重，有逾於禄爵者。然自始議樂，已落落取訕娼，其澤不大施於時，識者又爲先生太息也。先生之墓在何山之原，邇年囿於僧居，士不得展祭以爲禮。今郡侯郝公，峭直潔廉，惠孚而化洽，克復其舊，人謂先生之教，其將復興。通訥梅君仁父〔三〕，往爲文學掾，雖時有今昔之異，而峨冠講道，先生之席在焉。仁父其亦有思乎？余幼猶及相識仁父之伯父右司公〔四〕，蓋菲言厚行，儒之通懿者也，家法有由來矣。吴興多名士，昔烏程李公恂，最爲胡先生所知。俾表儀群弟子，聲聞以著。安知今無若人者，仁父其往求之。世常言古今人不相及，豈通論哉？

校勘記

〔一〕呰窳：底本作「咎呰窳」，四庫本作「皆窳」，僞鮑本作「呰窳」，據明抄本改。按：呰窳：同「呰窳」，出自《漢書・地理志下》：「果窳嬴蛤，食物常足。故呰窳媮生，而亡積聚。」顔師古註：「呰，短也。窳，弱也。言短力弱材不能勤作，故朝夕取給而無儲偫也。」

〔二〕位：四庫本作「任」。

〔三〕通：明抄本作「適」。底本鮑校朱批：「通訥、適訥俱未詳，通或是適，訥或是衍文。」又曰：「通海之誤，元時臨安府有此縣。」墨批：「九十五頁按：《故温州宣課都提舉趙公墓誌銘》文有『適智如王亨』，則通訥或非誤，不必曲以求。」按：墨批之「亨」當屬下句。

〔四〕相識：明抄本作「相」，四庫本作「見」，僞鮑本作「相□」。

得一齋銘 并序

龍虎山高士傅君以「得一」名其齋，乞言於巴西鄧文原，乃爲之銘曰：

惟太始，御萬物。誠無爲〔一〕，神不測。至道簡，玄化闢〔二〕。超希夷，絶芒芴。會衆妙，聖合德。得環樞，退藏密。有根元，孰爲一？一不失，復奚得。嗟傅君，宜專寂。室虚白，心太極。

校勘記

〔一〕無爲：明抄本互乙。

〔二〕至道簡，玄化闢：明抄本作「簡玄化闢」，四庫本作「簡玄化，司開闢」。

故太中大夫刑部尚書高公行狀

曾祖某，祖樂道，父亨。公諱克恭，字彦敬。其先西域人，後占籍大同。譜牒散佚〔一〕，莫迹其所始。公之父嘉甫以力學〔二〕，不苟媚事權貴，爲六部尚書器重〔三〕，歸以其女，因奉母夫人翟氏居燕。時皆知名士，嘉甫朝夕講肄，遂得大究於《易》、

《詩》、《書》、《春秋》及關洛諸先生緒言。搢紳交章論薦，世祖召見便殿，奏對皆經世要務。而嘉甫雅不樂仕，歸老房山。生子五人，公其長也。公蚤習父訓，於經籍奥義，靡不口誦心研，務極源委，識悟弘深。至元十二年，由京師貢補工部令史。江南歸附，選充行臺掾，復遷内臺掾，復擢山東西道按察司經歷〔四〕，自工部爲經歷，率間歲一遷。經歷之明年，入掾中書。未幾，授户部主事〔五〕。一時公卿大臣，多魁儒碩彦，而公以文雅，裨論其間，故望譽日著。廿二年，除河南道提刑按察司判官。鉏治强梗，儕類脅息。明年，改山東西道〔六〕，其治如在河南。又明年，爲監察御史，臺臣奏公都事守法，持議棘棘不阿，而綱條具舉，經公所建明者，皆經久不廢。時二十五年也。是歲桑葛爲相，每汙用善良，期思附已，遂擢公右司都事〔七〕，知終不可以權勢懾。明年，遣使江淮省考覈簿書，當時文法吏多希旨〔八〕，務從刻深，而公一用平恕。浙右風物繁會，衆亦莫能浼以私。李仲方，公故人也，以兩浙運司經歷卒於杭。公爲卜地，葬之西溪，且爲文志其墓。與郭佑之、李仲賓、鮮于伯機、王子慶等祭之，哭盡哀。還授兵部郎中。未幾，桑葛伏誅。議江淮視他省劇煩，如得端介練達之士長省幕其可，則以公爲左右司郎中，前是籍户口，有司期會火急，文書旁午。儒士例蠲徭役，而故籍漫不可省。執政持論可否，期歲不能决。公至，則凡以儒籍占者，皆定爲户。士得自拔於甿隸，皆感激泣下〔九〕。凡舊政之不便于民者，一切罷去。擇中外有才望之士爲守臣，聞諸朝，後往往擢用，而不知公所薦也。都省以浙西公田多隱漏失實〔一〇〕，命公檢括。公言：「成歲輸粮，爲石者四百萬，内公田餘七十五萬一千頃，粮爲石者一百三十九，號浙右居諸路三之二，公租視民所輸且二十倍〔一一〕。良由宋季賈似道斂怨誤國，田有虚額而官無蠲征〔一二〕，急期則負逋者衆，吏民交病。方今宜講行良法，保固邦本，不當重爲煩擾，復循舊弊政。」不報。有言利臣以朝命至杭，增湖東夏税，自執政以下皆取認狀，獨公久不署，其人亦不敢以盛氣加公。比去，公徐謂曰：「吾才不逮子遠甚，子嘗司畫諾於是而不能增，而諉吾能邪？子毋重瘠斯民也。」卒不署。杭州歲調民司庫或值他爲姦利，大折耗，民賣子女猶不能償〔一三〕。公爲選州縣之踐更者〔一四〕，役一歲，則升其任，民用安息，至今以爲常。税司或植桁楊于門，以伺匿税者，公即召官吏，問税入幾何，則皆應曰：「不足。」公曰：「吾將白之上官，桁楊若等〔一五〕，以威不職也。」詰旦往視，則桁楊已不復植，而税亦有贏。公之周恤民隱，率行省所理〔一六〕。易江淮爲江浙，尚書荐復歸中書〔一七〕，故公由郎中再歲被璽書者三。元貞改元之明年，遷山西河北道廉訪副使〔一八〕。時暢公純甫爲僉事，公疏詣臺，言不可居純甫之上者有三，大概謂：「純甫自大師南征，即掾行省，敭歷中外幾二十年，而某資歷尚淺。純甫文學行誼，敻出倫輩，高風勁節，夙所景慕而不能及。况兄事純甫，義則兄弟，情均骨肉。躐等居上，情實未安〔一九〕。」明年，爲大德元年，擢公江南行臺治書侍御史，而純甫亦它遷，時人皆多公之讓。王敬父與公同歷臺省，情義款密。後敬父稍跅弛，使酒難近，出語輒詆公，人不能堪，而公一不以介意，且力薦之朝，言敬父趣尚高〔二〇〕，不宜以小過擯廢，語極懇切。公在臺言聖代累頒詔旨，議行貢舉法，而權臣賣官營私，扳引朋類，沮格不行，令所至乏才。宜急舉行〔二一〕，以副上意。又言敦學校，選賢才〔二二〕，汰冗官，增吏俸，慎刑獄數事〔二三〕。同列多齟齬，或訕公迂，惟大夫徹理公知之深，每識公語不忘。三年，復召入爲工部侍郎。會江西有盗十三人，夜手刃入客舍〔二四〕，刼絹數千匹而去〔二五〕。客舍長曰：「是必吾里中惡少年嘗爲盜者也。」逮捕驗問百端，既論報，有冤語聞，亟命公驛往，乃獲真盜，而十三人已尸諸市。還奏，官吏悉杖罷，禁錮終其身。越十年，有賂尚書省奏將復用者，還舍暴疾死〔二六〕。識者欲傳其事以爲世誡。公由工曹轉翰林直學士，會五年，京師水〔二七〕，公與直學士王公約，賑濟畿縣，惠利周浹，民咸德之。明年，授吏部侍郎。又明年，河東地大震，公使平陽，廪饑櫓死〔二八〕，審録冤滯，復平反若干事。尋除彰德路總管，未赴。八年，改刑部侍郎。有訴御史案問枉法〔二九〕，上命雜治御史，罪且不測。與御史聯事者，規自脱免，語右訴者，由是御史首服。會赦，猶議其罰，公深不直聯事者，議與同罪，忤執政意，廷辨至數百言，終不易。京師旱，自秋八月不雨，至於六月。公陞尚書，言：「明刑本以弼教，人道莫大於君臣父子、夫婦兄弟之叙。今子證父、婦證夫、弟證兄、奴證主，搒掠成獄，大傷風化，理宜禁絶。又中外囚繫，歲度死不下數百人，凡此足干陰陽之和者也〔三〇〕。高平章政事廣平何公素雅重公〔三一〕，公爲歷陳當世之務及自昔大臣保全名節者，詞氣剴直。未幾，何公謝事歸，公亦除大名路總管。在刑部時，與同官論事，不肯隨聲應和。及去，凡公所行，胥吏皆傳以爲式。守大名，以廣平致理，吏職而民舒。上在淵潛，郡取花石，擔負輦輸，民不知擾〔三二〕。嘗賜綺穀〔三三〕，以旌其能。至大三年春二月，還京師，客城南。將入覲，得寒疾〔三四〕，久不愈，至九月初四日卒。即以是月二十九日，葬在佐山北山之原〔三五〕，從嘉甫先生之兆。公生於戊申十一月□日，享年六十有三，積官至太中大夫〔三六〕。先娶夫人曹氏，□之女，生男一人，曰秬〔三七〕，今爲秘書著作郎，餘早世。女二人，長適李□，次適中書平章政事烏伯都剌。再娶夫人劉氏，實爲便宜公之孫〔三八〕，生女一人，未行。妾之子□，尚幼。公性極坦易，然與世落落寡合，遇知己則傾肝鬲與交，終身亦不復疑貳。在杭，愛其山水清麗。公退，即命僮挈榼杖屨適山中，世慮冰釋，竟日忘歸。好作墨竹，妙處不減文湖州。畫山水，初學米氏父子，後乃用李成、董元、巨然法，造詣精絕。公卒後，購公遺墨者，一紙率百千緡。爲詩不尚鈎棘，自得天趣。嘗見公作畫，時雖貴交在側，或不暇顧。揖有指謂公簡傲者〔三九〕，久乃識其真。浙江所在多豪門右族，或飛語汙公，公亦不爲辨。暨北歸，行李無長物，貸於人而後具舟費。公掾行臺時，嘗從大夫相威公〔四〇〕，入見世祖，顧問再四，曰：

「是高嘉甫兒邪？」賜中統鈔二千五百緡。公嘗言：自筮仕，月給餐錢外〔四一〕，所得僅止此〔四二〕。房山有田二頃，課僮奴耕作，歲入不能供。及卒之日，家無餘貲，識與不識皆爲流涕。易簀，命喪葬用朱文公法，及區畫家事甚悉。此心不以生死亂，衆謂講學之驗。平昔於諸弟友愛深篤〔四三〕，所喪弟孤嫠，皆衣食於公。嘗舉江南文學之士敖君善、姚子敬、陳無逸、倪仲深于朝〔四四〕，皆官郡博士。敖、陳相繼死〔四五〕，公每念子敬貧〔四六〕，且年逾五十，自刑部白之都堂曰：「薦賢非秋官職，然不敢以辟嫌後賢士。」宰相從其言，將官之七品，吏部厄以銓法，不果行。疾革，語及猶太息。文原自公爲都事使杭，首受公知，亦與在舉中，後忝詞林屬，同公在朝相從〔四七〕，後十年，每歎公之立言操行，有古君子之風。子敬言，一日公問人生至貴者何，子敬方隱度以對，公曰：「無求。」子敬每誦斯語，交相儆勵，期不負公知。惟公名實終始，宜得當世善爲文辭者銘其墓，謹序其歷官行業可傳於來者如右。

校勘記

〔一〕佚：明抄本作「逸」。

〔二〕嘉甫：明抄本、四庫本無，僞鮑本作「嘉父」。底本批：「嘉甫二字，原本別本俱無。」按：據《新元史·高克恭傳》：「父亨，字嘉甫。」知底本是。

〔三〕六部尚書：鮑批：「六部尚書有誤，六或兵字之誤，然終有脱文。」按：《元史·百官志》有六部尚書一職。

〔四〕西道：明抄本上文「東」後有重文符號，作「東西道」。

〔五〕授：明抄本、四庫本作「發」。

〔六〕西道：明抄本上文「東」後有重文符號，作「東西道」。

〔七〕擢：明抄本、四庫本作「攙」。

〔八〕吏：四庫本後增「每」。

〔九〕激：明抄本作「欷」。

〔一〇〕漏：明抄本作「陋」。

〔一一〕租：明抄本作「祖」，傅校作「相」。

〔一二〕征：明抄本作「證」。

〔一三〕子女猶：明抄本作「妻子尤」，底本本作「子女幾」，據僞鮑本改。

〔一四〕踐：明抄本、四庫本作「終」。按：踐更，指受錢代人服役。

〔一五〕等：傅校作「篷」。按：桁楊，指刑具，此處名詞動用，底本是。

〔一六〕率行省所理：鮑批：「率行省句似有脱文，率下疑脱□此二字，行省上似有脱文。」

〔一七〕荐：明抄本、四庫本作「省」。

〔一八〕西：明抄本、四庫本作「南」。

〔一九〕實：明抄本後增「本」。

〔二〇〕尚高：明抄本、四庫本作「尚甚」，底本本作「向甚」，鮑校爲「尚高」。

〔二一〕舉行：明抄本作「舉明」，四庫本作「登明」。

〔二二〕賢：明抄本作「實」，四庫本作「寔」。

〔二三〕刑獄：明抄本互乙。

〔二四〕手：四庫本作「以」。

〔二五〕絹：明抄本作「木綿」。

〔二六〕還舍：底本本作「遂合家」。鮑校、明抄本、四庫本作「還舍」，并曰「禁錮獄中，故曰還舍，疑館本是。」

〔二七〕京：底本「京」前衍「人」字，據明抄本、四庫本、僞鮑本删。

〔二八〕饑：四庫本作「餓」。

〔二九〕問：四庫本作「開」。

〔三〇〕足干：四庫本作「逆於」，底本、僞鮑本作「逆干」，鮑校「足干」。「足干」是。

〔三一〕高：明抄本作「□高」，第一字「十」「干」待考。四庫本作「示」，僞鮑本作「時」。

雅：明抄本作「推」。

〔三二〕民：明抄本作「户」。

〔三三〕綺縠：明抄本作「綺縠段」。

〔三四〕疾：四庫本作「病」。

〔三五〕北：明抄本「北」或「化」待考，四庫本作「花」，僞鮑本作「化」。

〔三六〕太中大夫：明抄本作「太中太夫」，底本、四庫本、僞鮑本作「大中大夫」，今改爲「太中大夫」。

〔三七〕秬：明抄本似爲「柩」。

〔三八〕實爲：明抄本、四庫本作□□。鮑批：「實爲，無。二字從館本，似有誤。」按：鮑氏所言館本當指四庫本，然四庫本亦無。

〔三九〕揖有指：明抄本作「指有」，四庫本、僞鮑本闕「揖」，底本批註：「揖字欄，《鐵網珊瑚》補。」按：《珊瑚網》、《式古堂書畫彙考》「揖有指謂公」作「揖有譏其」。

〔四〇〕大夫相威公：鮑批曰「大夫官相威名也。見《元史》。」按：《新元史・高克恭傳》作「御史大夫相威」。

〔四一〕月：四庫本、僞鮑本作「日」。

〔四二〕止此：明抄本互乙。

〔四三〕深篤：明抄本作「得篤」，四庫本作「甚篤」，底本同僞鮑本作「尤篤」，鮑校「深篤」。

〔四四〕倪仲深：四庫本作「倪仲標」。按：袁桷《清容居士集》有文《三十年前與倪仲深泛湖作中秋今幸同與校文中庭月色如畫短句叙舊》，朱晞顏《瓢泉吟稿》有詩《韓伯皐僉事移湖學講堂時倪仲深作教韓爲作堂記予因賦詩》，知底本是。

〔四五〕敖：僞鮑本作「姚」。按：下文「公每念子敬貧，且年逾五十」，可知姚子敬尚在，「相繼死」的不當有姚子敬。

〔四六〕每：四庫本作「亟」。

〔四七〕同：底本、明抄本、四庫本作「而」，僞鮑本、鮑校作「同」。

故處州青田縣税務大使陳君墓誌銘

延祐二年夏四月二十九日〔一〕，溧陽陳君奎甫卒于京師。其子德修扶服號籲，星行露宿三月，奉其柩還南。卜以明年□月□日，葬於舍北海棠山之原。前期，命其弟德澤以武昌路儒學教授湯佑孫之狀來謁銘。余聞有表貞婦欒氏其里者，即奎甫之母，而奎甫又以好義名〔二〕，銘其可哉！按陳氏占籍溧陽，始宋建炎南渡，紀于世牒。君諱斗輝，字奎甫。迪功郎福州福清縣丞諱勳之曾孫，將仕郎諱日新之孫，溧陽縣學教諭諱暨之子。幼嗜學，讀書一過輒强記，不爲童習擩染。教諭蚤世，將仕撫愛之異諸孫。君亦夙夜澡刷，思亢其宗。欒氏嫠居，君順承以孝，迄堅誓志。至元二十四年，辛公仲實爲守〔三〕，素陗厲，不肯輕用士，即任君副在城税使，衆謂才選。息苛屏煩，課以羨最。將仕哀其父之瘁而發于奎甫，則居以研池之别業，不幸將仕又卒。君與伯父治喪葬，禮無孅嗇，鄉黨賢之。已而諸父相繼物故，君綜理家務，如官劇煩，無曠弛者。行省署君處州青田縣税務大使，移疾不赴。每課諸子從師問學，益廣蓄構。得趙相國北園，幽迥窈深，敞爲宫室，以適燕處。直軒種竹萬个，江東憲使盧公爲榜其額。疏池于門外，南有地數百弓，佳花美卉，娱心絢目，日與親友觴詠其間。藏書數千卷，購古法書名畫、鼎彝器物，若泊然終身、遺外聲利者。會癸卯歲祲，丙午、丁未復大祲。君設糜以食餓者，不足，則發廩下其直以振之；又不足，則施錢〔四〕，計爲石者餘三千。近制，饑歲輸粟者，賜爵有差。由是有司以君名聞〔五〕，或勸之仕，君亦不固拒，遂北上。朝廷下其事銓曹，相將命下〔六〕，疾作，遂卒。先是，饑氓日虞寇至，行省命君攝山前巡徼，以遏姦萌，小試而效已著，鄉人之期君深也。嗚呼！自閭井友助之禮、縣都委積之法廢，歲有凶荒，而民無蓋藏，富家豪右惟坐視流殍〔七〕，而莫之恤。若奎甫者，豈不尚有古之遺風也哉！而卒不克究〔八〕，厥施以死。傳所謂天地福善，非邪！君生於宋咸淳丁卯十二月一日，年四十有九。娶王氏，生男二人。德修，通國朝字訓，用薦者表在文學選[九]。德擇，前徽州晦庵書院教諭。女二人，長適吕公孫，次未行。孫男四人。陳氏之昌未有艾，是宜銘。銘曰：

緊人生之遷斡兮，天道窅其無垠[一〇]。憸壬有幸而登榮兮[一一]，或砥行而隱淪。惟奎甫之好修兮，蚤才裕而氣振。急翳桑之道饉兮[一二]，樂白華以娱親。胡降年之不永兮，嗟一命其尤屯。雖達人之委順兮，詰化理其何因？後嗣尚熾昌兮，庶往屈而來信。託遺體於山阿兮，耿千載其弗泯[一三]。

校勘記

〔一〕二年：四庫本作「六年」，明抄本、僞鮑本同底本。按：據下文「君生於宋咸淳丁卯（一二六七）十二月一日，年四十有九」，知，當生於延祐二年（一三一五），故底本是。

〔二〕名：明抄本作「著」。

〔三〕辛：僞鮑本作「卒」，底本作「幸」，鮑校、明抄本、四庫本作「辛」，鮑批：「辛幸二字宜兩存。」按：據元俞希魯《(至順)鎮江志》卷八云「大德六年行工部尚書辛仲實重修，海陵陳膺爲記」句，卷十九又云：「辛仲實，字仲和，彰德人，居鎮江。至元十二年，以行省掾從平江南有功，累遷至行户部尚書、兩淮都轉運鹽使佩虎符，歷太平路嘉興路總管、江西等處榷茶都轉運使，卒年七十七。」知「辛」是。

〔四〕錢：明抄本作「予」，四庫本作「手」。

〔五〕以君：四庫本、僞鮑本作「以」。鮑批「君字從别本補」。

〔六〕相將命下：明抄本作「將相命」，四庫本作「將相命下」。

〔七〕富家豪右惟：明抄本作「家豪右姓」。

〔八〕究：明抄本前增「不」。

〔九〕者表：明抄本、四庫本作「者」，底本同僞鮑本作「表」，鮑校補爲「者表」。文：底本本作「太」，據明抄本、四庫本、鮑校改。

〔一〇〕垠：明抄本、四庫本作「根」。

〔一一〕榮：明抄本作「崇」。

〔一二〕饉：明抄本作「墐」。按：據《左傳》宣公二年：春秋晋靈輒餓於翳桑，趙盾見而賜以飲食。後輒爲晉靈公甲士。會靈公欲殺盾，輒倒戈相衛，盾乃得免。後「翳桑」爲餓餒絶糧的典故，所以底本是。

〔一三〕耿：四庫本作「映」。

跋高忠襄公生賢閣記石刻〔一〕

文原兒時侍先人側，聞吾蜀文獻，有若臨邛高氏，皆掇巍科，登膴仕，家學淵奥，具有原本。時恥堂先生爲名侍從〔二〕，嘗得挹餘光而拜下風焉〔三〕。迄今餘五十年，獲交三世先生之孫恥傳，示忠襄公所記《生賢閣石刻》，則先生之父也。先生名斯得〔四〕，字不妄。記中名斯術者，於先生爲從弟。生賢閣之所以名，備詳於記。獨念忠襄公以利路憲守沔陽〔五〕，屢上書制閫，言梁鳳階文支安七方仙源武林攻守之策〔六〕，不果用，竟死之。蜀亡，宋亦不復支，馴至改玉。而恥堂先生以端明學士參政，爲吴興寄公，閉門修宋遺史以卒。自昔生賢之難，以能善其死之不易也。孟子言

「所欲有甚於生者」，厥有旨哉。忠襄公有《縮齋集》三十卷，淳祐間丞相清獻游公爲之序，實文原之外伯祖父。後之來者，論先世事契，尚有攷云。

校勘記

〔一〕閤：明抄本、四庫本作作「閣」。兩可。

〔二〕恥堂：底本、四庫本作「阯堂」，傅校作「眇堂」。今從鮑校、明抄本、僞鮑本作「恥堂」。鮑批「恥堂是也，高有《恥堂集》」。按：清倪燦《宋史藝文志補》云：「高斯得，《恥堂存稿》七卷，今八卷。」知「恥堂」是。侍：明抄本作「法」。

〔三〕拜：明抄本作□，四庫本作「希」。

〔四〕斯得：明抄本、四庫本作「期得」。按：文天祥《文山集》文《與文侍郎及翁》曰：「高恥堂名斯得，川人，參政本心，癸丑榜眼，後來廬陵省。」《宋史》有《高斯得傳》。知底本是。

〔五〕汚陽：底本作「汴陽」，今據鮑校、明抄本、四庫本改。

〔六〕支：鮑校、明抄本作「大」。源：明抄本、四庫本作「原」。

處州龍泉縣重修學記

古之學者[一]，家塾、黨庠、鄉序、國學[二]，皆有常制。其教詩書禮樂，其行孝弟忠信，其道則堯舜禹湯文武周公孔子之所授受，無有曲學詭論干乎其間，故士多端厚温良，日進於善。後世廣其室盧，豐其稍食，又以設爲選舉之法[三]，以淬厲之[四]，視古昔若周密備具，而士乃益舍本競末，趨於文而昧於質也。間有超見特立之士，則曰：「上之人廣其室廬，豐其稍食，所以使吾不累於口體，以專志於學；而選舉則又使學者不恨於遺才[五]，而國家收教養之效。吾其毋溺於飽安[六]，勿誘於禄利，惟古學是師。」而世或詆訕以爲迂遠不切於時用[七]。由是士之堅其所守者亦寡矣。儒先有憂焉，嘗極陳其弊而莫能捄，至宋季滋甚。廼今聖上詔興大比，勝務求經術德行之士，以佐政理，而黜詞章浮靡之習，士風復古，則俗化以淳。然而守令於民爲近，作興之道，將於是乎觀。處州之龍泉縣舊有學，自宋天禧至紹興、乾道間[八]，凡再建而一葺。至元戊寅，寇至復燬。越九年，而府判朱君升與校官趙必銻新之於瓦礫蔽茀之餘，距今三十有一年。昔之梁橑圬墐黝堊之工〔九〕，率多傾腐漫漶，不治且壞。武昌徐君傑來尹斯邑，顧視興慨，謂諸生曰：「子之父兄子弟絃誦於此〔一〇〕，而簡陋是安，非所以崇學官而表衆庶也。」士既相率聽命，則鳩工掄材，傾輸恐後。殿堂廡舍，門墉庖廩，陶甓礱斲〔一一〕，悉就完堅。既又具祭器，嚴繪像，考成歲祀。計其經始于夏六月〔一二〕，凡三月而訖工，用錢萬五千緡有奇。役無民勞，財不官費。蓋徐君莅事方半歲〔一三〕，而治效已可睹。聖人論爲政，有期月、三年、百年、必世之異〔一四〕，學者能習其讀〔一五〕，而不深求其故，故儒者之效常鮮。蓋徐君者〔一六〕，可謂善爲政也已。士其勿以末棄本，勿以文先質，勿惑於奇衺故〔一七〕，而悊道義之正，勿狃於習俗，而忘聖賢之歸〔一八〕，則庶幾徐君之望也。昔子游爲武城宰，深明夫君子學道愛人之訓，故能得士如澹臺滅明者。而微子游，烏足以知之？龍泉故壯邑，世傳歐治子鑄劍其地。安有山川盤礴鬱積之氣，獨鍾於物者乎？豈無明經飭行之士，出而應時需者乎？予將翹企而俟。士之躬是役者，曰季亞孫、季大任等〔一九〕，其名氏鑱之碑陰。是歲爲延祐三年，秋八月上丁日記。

校勘記

〔一〕者：僞鮑本作「考」。

〔二〕鄉：明抄本作「術」，四庫本作「州」。

〔三〕又以：四庫本作「而又」，鮑校作「又」。

〔四〕淬厲：底本同僞鮑本作「詳考」，今從明抄本、四庫本、鮑校作「淬厲」。按：淬厲，激勵意，當是。

〔五〕恨：底本本作「限」，據明抄本、四庫本改。

〔六〕其：底本本作「再」，據明抄本、四庫本改。

〔七〕遠：明抄本作「左」。

〔八〕乾：底本作「乹」，據明抄本改。

〔九〕橑：四庫本作「潦」。圬塓：四庫本作「折□」，底本、僞鮑本作「折崩」。鮑校作「圬塓」，并批註：「《左傳》襄公三十一年：圬人以時塓館公室。」又曰：「十字當作一句讀。原本圬誤作折□，空一字。後人遂改爲折崩矣。」

〔一〇〕絃誦：明抄本作互乙。

〔一一〕斷：鮑校、四庫本作「斲」。

〔一二〕計其：明抄本作「言言翼翼」。鮑批：「別本有言言翼翼四字。言言，高大也。見《詩·大雅》『崇墉言言』。」

〔一三〕莅事方：明抄本、鮑校作「莅事僅」，僞鮑本作「董事方」。

〔一四〕三年百年必世：明抄本作「三千百必必」。

〔一五〕能：明抄本作「惟」。讀：四庫本作「書」。

〔一六〕蓋：明抄本作「若」。

〔一七〕故：底本作□，據明抄本補。

〔一八〕聖賢：明抄本作互乙。

〔一九〕扂：四庫本作「屋」。兩處「季」：明抄本作「李」。

常州路學重建尊經閣記

六經之書，先聖王之道在焉。前乎書契，言未有聞也。然道非言不傳，既有言矣，又必因人而行。故六經在天地，亘萬古無敝。而世有興衰理亂之不常者，人也，而非書也。古者時教必有正蒙〔一〕，凡諸子百氏非先王之典者，皆不足以蔽其聰明、易其趨向。及考校〔二〕，則自一年視離經辨志，以至九年知類通達，强立而不反〔三〕，然後謂之大成。夫惟蒙養端，故教化一而治道可興也。更秦歷漢，經籍復振於燔滅堙絶之餘，諸儒分文析義，各立訓説，多者逾數十家。弟子轉承師授，於是專己守殘，黨同門而妒道真者〔四〕，蜂午而起。後世習其讀者，不患書之不多，而患夫是非棼亂，無所折衷；不患文之不勝，而患夫矜奇衒巧〔五〕，卒莫能復歸於質也。而况權利興而正教微〔六〕，淫哇競而雅樂廢〔七〕，禮制蕩於刑名，陰陽雜於巫祝。離道器重者窒偏見〔八〕，崇虚無者昧倫理，而經之用幾息。歷代以明經取士，士亦以博聞强記相尚，本真知而實踐者鮮矣〔九〕。學校者，風化之原也。昔文翁守蜀郡，脩起學官〔一〇〕，招下縣弟子以爲學官弟子。每出行縣，益從明經飭行者與俱，由是蜀學儗齊魯，夷攷其人，則少好學通《春秋》者也，故爲政知本始如此。毘陵於浙西爲劇郡，郡有學，學有經閣，閣前左以貯石經〔一一〕，石亡而閣存。復爲閣堂北以庋諸書，扁曰「尊經」，而地圮已久。後徙其扁于前閣，稍加繕治。既與昔戾，又併與閣易置校官之署，失名實矣。延祐初，元真定史侯來守兹土，上際聖明，稽若祖訓，詔告中外，其選德行經術之士而賓興之。侯曰：「二千石視古卿大夫，職司教令，曷敢不欽承以帥多士！」始事祖謁于先聖先師〔一二〕，即計其廩稍，節縮浮沉，歲有奇羨，支傾補敝，咸就規度，謂教授李敏之曰：「前閣石既亡，盍即尊經閣故基而新之，以表其瞻〔一三〕，且示講習者有所宗也。」士既驩感聽命，則屬鄉之有爵齒者董其役〔一四〕，而佐史庀具〔一五〕。經始於乙卯冬十月，至明年秋八月落成。土木陶甓黝堊之工，視昔益靚麗敞爽，而名仍舊貫，若未嘗改作者。既又買書櫝閣上，臚分彙列〔一六〕，學者如登群玉之府〔一七〕，瑰奇眩晃〔一八〕，靡求弗獲。斯可爲進修之地矣。抑人有父兄師長，知知事之〔一九〕，則必服行其言。今學者早莫圖史〔二〇〕，呻其呫嗶，祇以資記問勦説而不究實用，則非昔人尊經之道也。蘇文忠公有言：「近歲市人轉相摹刻，日傳不絶〔二一〕，而士皆束書不觀，游談無根。」有一於此，豈惟學者之羞，亦承流宣化學者之憂〔二二〕。侯名壎，字□，昔祖父衛忠武公身□將於殊勳茂績，烜著策書，而侯又能效古良牧，興教勸學，政成奏最，其濟美尚無窮哉！董其役者，謂常德路教授袁攀龍，肇慶路教授道良僖，及王□陶□也〔二三〕，佐史徐□。余素諗侯名，而江浙副提學强君以德致侯命，屬余紀成事。辭不可，則爲具識顛末，使來者有考焉。

校勘記

〔一〕蒙：明抄本、四庫本作「業」。
〔二〕及：明抄本、四庫本後增「其」。
〔三〕强立而不反：明抄本作「彊之立不及」，四庫本作「彊立不反」。
〔四〕門：明抄本作「聞」。真：四庫本作「異」。
〔五〕奇：明抄本作「智」。
〔六〕正：四庫本作「政」。
〔七〕雅樂：四庫本作「和樂」。
〔八〕窒：僞鮑本作「空」。
〔九〕本：明抄本、四庫本作「有」。

〔一〇〕官：底本作「宫」，據明抄本改。

〔一一〕郡有學學有經閣閣：明抄本作「郡有學，學有經閣二」，四庫本、僞鮑本作「有學有經閣閣」。

〔一二〕祖：四庫本作「祇」。

〔一三〕其瞻：四庫本作「其檐」，底本作「具瞻」，據明抄本、僞鮑本改。

〔一四〕爵：明抄本、四庫本作「壽」。

〔一五〕庀具：四庫本作「元其」。底本批註「元其二字有誤，一本作他具，亦未詳。當是庀具，二字從別本。他字悟到快甚，甲戌二月初八日，別本重校記此，八十七叟。」

〔一六〕彙：四庫本、僞鮑本作「堂」。

〔一七〕群：明抄本作「賨」。

〔一八〕眩晃：明抄本、四庫本作「珍晃」。

〔一九〕知知：明抄本、四庫本作「知□」，僞鮑本作「知祇」。

〔二〇〕早莫：明抄本、四庫本作「早暮」，傅校作「旦暮」。

〔二一〕不絶：明抄本作「萬經」。底本批註「別本萬紙。」

〔二二二〕學：明抄本作「先」，四庫本無。
〔二二三〕陶：四庫本、僞鮑本作「隨」。

重建廣惠廟記

廣德郡之西五里曰横山，山之陽爲廣惠廟。神始遁迹兹土，威靈於鑠，惠浹遐迹〔一〕。廟祀徧諸郡邑，而横山爲之宗。其世系綿歷，見唐顔魯公所書碑。公以精誠師表百代，其事當可信不誣。由唐暨宋，封號册書，皮襲林谷〔二〕，如大圭琬琰，山之鎮也。大德壬寅，廟燬于火。越明年，鳩工庀具，採木惟良，斵石用堅，陶甓畚鍤，傭役具舉〔三〕。爲殿周阿，翼以修廡。子姓群從，靈官羽衛，各有攸處。塗塈丹堊之工，視昔益絢麗靚好。逮延祐丙辰，凡十有三載，郡四易守，至今高昌偰侯〔四〕，始克有成。緒費皆資諸四方之來助者〔五〕。原自聖元混一函夏，神功薦著〔六〕。至元癸巳，海艘輸粟京師〔七〕，颶風僨作〔八〕，舟人遥望雲旂際空，若神戾止。須臾風晏浪恬，巨艦以濟。上嘉殊烈，是命近臣〔九〕，揭虔歲祀。郡有水旱，禱焉咸格。歲比有秋，侯以旄倪之請，屬余爲文以記。按郡志，神之先事夏后氏，分治水土。至神生於漢，廼自長興之荆溪，導流入郡界青林塘，俗號曰聖瀆。又鑿東亭湖其傍，溉田以腴，民蒙其利。意神者世習水官〔一〇〕，訖於漢不廢。唐始封水部，報功之道，知本始矣。五行一曰水，水得其理，則陰陽不愆。歲功敘成〔一一〕，元化之昆侖磅礴者，神與司之。及其神變不測，有若應龍之畫〔一二〕、黄熊之化，參稽傳記，理或然也。在昔申甫之生，實本嵩嶽，故凡山川，瑰特環互，必有神人者出。後世因爲殊廷邃館〔一三〕，以栖其神，而神亦用之以靈。横山下瞰，岡巒屏峙，郊原綺錯，拱揖萬狀〔一四〕。神之妥靈，於斯千五百餘年矣。每歲風穌景舒，士女咸會，笙鼓驩呶，來薦牲醑，瞻視僂俯，若喜若惕，孰敢不敬信而嚴事者？乃若先聖言精氣游魂與體物而不可遺，則其道至矣。有能深燭乎幽明之故，而達諸參贊化育者〔一五〕，然後足以語神之大，此非庸人孺子所及，故余因紀其事而併以諗夫知道之士焉。建廟始末，郡人陳友諒司其任，章邦寧相協厥成，董役者戴天佑，皆宜牽連得書。

校勘記

〔一〕浹：僞鮑本作「俠」，傅校作「洽」。

〔二〕庋：僞鮑本作「交」。

〔三〕具舉：僞鮑本作「其末」。

〔四〕僰侯：明抄本作「僥侯」，僞鮑本作「微役」。底本、四庫本作「敖侯」，鮑校作「僰侯」。

按：《廣德路修建廟學》記：云「自僰侯來守兹土」，知鮑校是。

〔五〕資：僞鮑本作「賈」。

〔六〕薦著：僞鮑本作「養若」。

〔七〕京：僞鮑本作「宋」。

〔八〕饋：四庫本、僞鮑本作「憒」。

〔九〕是：明抄本作「爰」。

〔一〇〕神：僞鮑本作「掃」。

〔一一〕功：僞鮑本作「方」。

〔一二〕應龍：僞鮑本作「名饒」。

〔一三〕因：明抄本、僞鮑本作「國」。　邃館：四庫本作「遂鍰」。
〔一四〕拱揖萬狀：明抄本作「拱挹萬狀」，四庫本作「拱揖萬代狀」，僞鮑本作「措拱萬狀」。
〔一五〕達：四庫本作「逢」。

故江陵公安縣尉馬君墓誌銘

延祐丙辰十一月一日，江陵公安縣尉馬君卒於宛陵。先是辛亥歲，君攖未疾〔一〕，不復仕。其子稱德，由江浙行中書省員外郎擢宛陵別駕，君就禄養。藥食順宜，忘其瘁憊。至是劇寒，疾遂革。既卒之三日，余適至，見行道多戚嗟相語曰：「別駕之字我民，摩撫燠休之〔二〕，樹善如不逮，而喪其父。將宣之人不幸而不得終被其澤也。」自薦紳文士〔三〕，下及閭巷耋穉，惜其去者，如出一口。別駕奉其柩還葬，謁余以銘，余交別駕久，且重宣民之思，而推其教忠所自，銘其可哉。按狀，馬氏世居廣平，祖諱仁，父諱晋，俱力農，以善聞鄉里。縣尉君諱興，蚤從淮南忠武王南師，擐甲負戈，遇敵每伉勇身先，然性不嗜殺。有一卒穿距〔四〕，止斷其髻，釋之。咸曰：「馬君長者，宜有後。」論功授百夫長。凡四調巡徼泰州之西溪、海安，襄陽之安營，江陵之河西市。寇敓屏迹〔五〕，恩浹甿廬〔六〕。秩滿，尉公安，老益練達於事，而君病矣。家素無贏儲，兄弟六人，以丁籍更戍，弟在行而君亦代同里雷氏者以往。弟不任勞敝徑歸，君兼其任，終始無間言，其友愛類如此。平昔輕財尚義，遇事輒分〔七〕。殆天禀，非學所能致。娶韓氏，惠淑而有操〔八〕。爲母爲婦，皆中儀軌〔九〕。生子五人，長即□□，稱德，次舍僧，早世。又次正德、俊德、元德，皆未仕。一女尚幼。孫男六人，孫女三人。君生於己酉十一月□日〔一〇〕，壽六十有八。韓氏先十四年卒。卜以明年月日合葬永平縣中路砦之原〔一一〕。别駕官奉議大夫，以近制得追榮其父母，由是縣尉贈某官，韓氏廣平縣君。惟君生不獲豐於禄位，殁而遇榮寵。有子克致顯揚之道〔一二〕，斯可無憾也夫！銘曰：吁嗟馬君，奮自戎屯〔一三〕，易悍暴以仁，以列薦紳。有子能仕，君曷不壽考，以慰宣之人。歸安兹丘〔一四〕，尚利於後昆。

校勘記

〔一〕攖末：明抄本作「嬰末」，四庫本作「攖末」。

〔二〕休：僞鮑本作「咻」。兩可。

〔三〕文：明抄本作「之」。

〔四〕距：僞鮑本作「鉅」，傅校「矩」。

〔五〕跛：明抄本作「彼」，僞鮑本作「戾」。

〔六〕恩：明抄本作「惠」。

〔七〕分：底本作「奮」，據明抄本、四庫本、僞鮑本改。

〔八〕操：明抄本、四庫本、僞鮑本作「立」。

〔九〕軌：明抄本作「軓」。

〔一〇〕十一：僞鮑本作「十二」。

〔一一〕永平：傅校作「永年」。　路：四庫、僞鮑本作「洛」。

〔一二〕揚：明抄本、僞鮑本作「物」。

〔一三〕奮自戎屯：四庫本作「舊自戎屯」，僞鮑本作「舊自我屯」。

〔一四〕兹：明抄本作「玄」。

拙逸齋記

凡世之資以徼榮名、希寵利者〔一〕，率多慧給狡厲、便儇姿媚。視椎鈍少文者，衆必訕笑之以爲拙，而人亦恥其名而不肯居。由是巧者日相羨於無窮，惟知道之士，每喜拙而厭巧，若周元公之賦，世亦鮮有深究其隱者也。余嘗以爲巧拙之相形，苟於其暫而視〔二〕，則巧者常勝而拙者常負。要諸久，則禍福利害、得喪榮辱，巧者始有慕於拙而不可得。然人情常求快目前，安得待其久而後定？幸而巧者不敗，則拙者終不能以其道取信於人人之口。愚與拙同出而異名。孔子之道大而能博，獨顔子得之如愚。若甯俞之於衛，徐穉之於漢，皆因時而名，非性焉安焉者也。柳宗元之愚，視二子風斯下矣〔三〕。蒙莊好寓言，要不軌於聖道，然而丈人之甕畦，匠氏之社櫟，支離疏之終其天年，是皆有得於無用之用，故學道者亦有取焉。元公之賦拙，顔氏之如愚也。世有夫子，知顔氏子之不愚〔四〕。元公無聖人爲之師，此拙賦所由作也。拙不求逸而逸，求逸而拙，巧莫甚焉。赤子之初，倥侗顓蒙，無它巧也。上古鶉衣而轂食〔五〕，展也其逸乎？保定王君克繼，與余生同年，余兄事之，嘗曰：「吾性耻夫巧宦者，迺今薦膺清要，端居而念，深有味乎拙逸之言，遂以名其齋。子盍爲我記之。」余曰：「世之拙者，莫吾若也。而君同之乎？吾方屐山而嬉，航川而漁，酣謔嘯歌，以極拙者之適〔六〕，君能從吾逸也乎？」語訖，囅然而笑，俾書其語識壁間。君名□，今爲江東建康道廉訪副使云。

校勘記

〔一〕徼：四庫本、僞鮑本作「徹」。
〔二〕視：僞鮑本作「親」，明抄本、四庫本、傅校作「觀」。
〔三〕矣：明抄本作「風」。
〔四〕氏：明抄本、四庫本闕。

〔五〕轂：底本作「穀」，據明抄本、四庫本、傅校改。

〔六〕適：四庫本作「道」。

故温州宣課都提舉趙公墓誌銘

公姓趙氏，諱安世，字賢佐〔一〕，世爲歸德人。自聖世用師中原，大父始携負耄穉走睢州。壬辰，金失汴，父瑄又自睢徙名數於真定〔二〕。時兵革蝟棼，鄉里器其清慎善籌畫，推擇爲財賦官。生二子，長曰安國，隱德弗耀。公居次，性敏悟，知讀書，負才略，號爲能治煩冗。中統初元，世皇龍德在御，豪儁雲附。太保劉文正公最被簡知，不肯輕薦士，嘗舉公可信用。上深嘉納，命左右識其名氏，時啟朕也。明年，有事於朔方，召對，皆經國要務。未幾，李璮叛，山東驛騷，議討平之。太保復舉公宜備顔行〔三〕，上以屬主將史公，丞相忠武公子，韜略克紹其父。公被堅引强，毗贊碩畫。師還，論功最，擢中都路同知諸軍奥魯。公以親老，禄養弗及，移疾歸。杜門屏交息游，泊然仕進。會中書遴選廉能吏，首起公，署冀州同知，鉏姦擢良，郡無遺事。朝廷益有意旌庸，而銓曹限以資格，再調鄆城縣尹。訟牒造庭，明燭隱伏，吏戢而民安。秩滿[四]，遷高郵同知[五]。凡軍需和市，丁戍征徭，前政所甚病者，公一繩以簡静，户驩里愉。安損抑衣食，賓禮賢士大夫，譽望焯著。自鄆城至是，憲府薦牒屢上[六]，尋除温州路宣課都提舉。衆謂遷公爲左，惜其才不大弘於時。而公冲約自持，不加愠喜。會汰提舉司，公即治任還鄉里。舟次維揚，以疾終，實至元癸未五月二十日也。公生於乙未十月二十四日，享年四十有九，積官至奉政大夫。以是年月日還葬先壟之兆。公娶郭氏，儉勤爲母婦表儀，雖貴仕，猶職筥筲絲枲如常[七]。子五人[八]，長曰茂，以父蔭讓其次弟亨，時人多其孝友。又次曰顯、曰紀、曰良。女二人，適智如王[九]。亨始由安吉宜春以簿[一〇]，爲江浙行省架閣，尹饒之安仁，調廣德推官，其却吏餽及平反冤獄，具有徵。忽病殤卒。紀嘗刲股吮瘡，皆世所難能。推官介郡博士馬景仁[一一]，謁予銘公之墓，未及而易簀。今諸孤始以狀來請，予悲之。公之大父言：「自吾事刀筆，嘗懼文法刻深以禍人[一二]。吾子若孫，其務爲儒業，不則力農，尚克保厥後。」故再世爲政，希古循吏風，是宜銘。銘曰：

惟時奮武，推臣疏附。有嘉連茹，雲鵠振羽。孰扼中道，齎志弗宣。堂之構之，裕後能賢。嚚俗嗜利，錐刀尤競。伯也讓仕，仲承其慶。德善在久〔一三〕，勿亟勿歎。鬱其堂封，營魄是安〔一四〕。

校勘記

〔一〕賢佐：四庫本、僞鮑本作「言佐」。

〔二〕名數：鮑校「合族」。又曰「名數蓋合族二字，形似而誤矣。」又曰「王菏澤云：名數屢見《史記》、《漢書》。」按：名數：名籍、户籍。《史記·萬石張叔列傳》：「元封四年中，關東流民二百萬口，無名數者四十萬。」司馬貞《索隱》引顔師古曰：「無名數，若今之無户籍。」名數是。

〔三〕公：底本、四庫本、僞鮑本作「以」，鮑校、明抄本作「公」。

〔四〕秩滿：僞鮑本、四庫本作「秋歸」，明抄本、傅校作「秩歸」。

〔五〕郪：明抄本作「唐」。

〔六〕屢：明抄本作「委」。

〔七〕如常：明抄本作「如□」，僞鮑本作「□」，四庫本作「如故」。

〔八〕子：明抄本作「男」。

〔九〕如：底本作□，據鮑校補。鮑批云：「如字元本空格，從館本補，智如即前修一訥之例，別本亦空一格。」

〔一〇〕亨：底本作「享」，據明抄本、四庫本、僞鮑本及上文改。

〔一一〕介：底本作「分」，据四庫本、僞鮑本作改。

〔一二〕人：明抄本作「仁」。

〔一三〕德：明抄本、四庫本作「福」。

〔一四〕營：底本作「瑩」，據明抄本、四庫本、僞鮑本改。

淮安忠武王廟田記

至大己酉□〔一〕，聖天子龍德在淵，功贊位育，浹於幽明。追推元勳茂德，宜修祀典，以示崇褒。廼命江浙行中書省，建淮安忠武王廟於杭。廟成，申飭詞臣，勒文貞石。凡厥有位，知聖世旌善報功、儆勵百執事之意甚厚[二]。視昔著丹書、刑白馬者[三]，規摹宏遠矣。時行省左丞高公昉，實董其事，又屬萬户郭侯震、千户劉侯元亨[四]，計徒庸、慮財用。咸曰：「棟宇既備，像設孔嚴，必有腴田，以供粢盛，庶用資永久。」於是撙工費之贏鈔，爲錠者七百四十有奇，買田三百七十三畆，俾朱君慶掌其契要[五]，副藏有司，歲司出納，以給祠祭。君早負才諝，事忠武王，嘗被璽書，爲王府長官。建廟始終，躬任勤瘁，請于行省，屬文原書廟田之始末。辭不可，則爲之記曰：按《周官》司勳掌賞地之法，以等其功。凡有功者，銘書於王之太常，祭於大烝，司勳詔之。凡賞無常，輕重眡功。凡頒賞地，參之一食，惟加田無國正[六]。釋者曰[七]：有大功者，既賞以地，復有加賜之田，則無國征。凡賦税皆免，所以優有功而厚報之也。又按，伯禽始侯於魯，則有山川土田附庸之錫。是則勳勞焯著，生備茅土，播諸聲詩。若今忠武王既没，而九重睠思不忘[八]，光賁封爵[九]，享有廟祀[一〇]。藩翰之臣，又克昭布湛恩，謂加錫之田。國有令典，爰積羡錢。相厥衍沃，菑播以時。

歲時吉蠲，薦其嘉穀。牲酒肥旨，駿奔在列。陟降左右，若有風馬雲車，肹蠁來假〔二〕。生榮死哀，今古鮮儷。王之精靈不昧，亦思相佑皇圖，於億萬斯年，曷有窮已？猗歟盛哉！田始延祐二年〔三〕，越明年，龍集丙辰。十一月丁卯日南至記。

校勘記

〔一〕□：四庫本作「歲」，僞鮑本作「時」。按：□當是因下句的「聖天子」而空，不是闕字。

〔二〕勵：明抄本作「厲」，四庫本無。厚：僞鮑本作「有」。

〔三〕白馬：僞鮑本作「爲」。按：刑白馬：《史記·吕太后本紀》：「高帝刑白馬盟曰：『非劉氏而王，天下共擊之！』」底本是。

〔四〕劉侯：僞鮑本作「封侯」。

〔五〕俾：僞鮑本作「得」。

〔六〕正：四庫本作「征」。

〔七〕釋：明抄本作「什」，僞鮑本作「行」。

〔八〕忘：明抄本作「悉」。

〔九〕光：明抄本、僞鮑本作「先」，四庫本作「忘」。

〔一〇〕亨：四庫本作「富」。

〔一一〕鑾：底本作「嚮」，據明抄本、四庫本改。按：肸鑾，瀰漫彌散意，引申爲連綿不絕。

〔一二〕田始：四庫本無，僞鮑本作「日始」。

故東昌徐君夫人趙氏墓誌銘

徐氏籍東昌之聊城，世力農。自軍興，中原俶擾，系牒散軼，莫迹其所始。夫人姓趙氏，諱□。幼慧悟，習女工，甚敏而藝。父母愛之，爲擇嘉對，以歸于徐君諱成。早歲當金季，崎嶇兵革間，能忍茹□艱〔一〕，以全徐氏。父亡，夫人事其姑具滫瀡〔二〕，時燠寒，躬饎□，以孝聞里閈〔三〕。每與徐君泣念兵亂，大父而下藁葬，莫識其處。日曳鞍於野，冀展哀恫之窮〔四〕。神或啟之，鞍止，忽得故穴，發而視之信。先是卜地者言舍而吉，遂從葬焉。徐君當訌阻時，盡散田業，以遺宗戚，止存祖塋，爲畝者二十，及先廬，南直官道。夫人相其夫以義，歲祲，輒報貸無吝嗇。撫婢妾僮奴，一以和厚。條理家事皆有緒，縮衣節食。課其子文質業詩書，稍長，從商慶甫授律。弱冠游京師，得推擇爲吏，中外敭歷，號稱善治辦。省臺交章論薦，且將顯用。自徐君没，文質事夫人盡孝。歲時，夫婦帥諸稚幼，帣韝起舞〔五〕，進觴酒爲壽。時人皆榮夫人而美文質也。會官毗陵別駕，秩滿而夫人卒，於是年九十矣。夫人生於丙戌二月二日，卒於延祐乙卯九月二十四日，葬用丁巳二月□日，祔於徐君之兆。夫人生男二人，長即文質〔六〕。次文勝，蚤世。一女適馮。徐君先娶孫氏〔七〕，生一男二女〔八〕，夫人惠愛均一。文質之子曰遜，由崇德建康郡博士，入見聖上於潛邸，眷注周渥，今爲江浙行中書省都事。孫男女四人〔九〕。文質官品，以邇制宜膺封典〔一〇〕，夫人不及待而卒。將請於有司，藉以紓風木之哀〔一一〕，且以狀謁余。銘曰：

閫門之淑，肇著於良。良人是毘，以協姑章。殷時多屯，卒壽且康〔一二〕。笄珈委佗，豈必姬姜。石窌疏封，尚賁幽堂。徐由遜繇，徽古勿忘。

校勘記

〔一〕□：明抄本、僞鮑本作「一日」，四庫本作「苦」。

〔二〕滫瀡：明抄本、僞鮑本作「滫」，四庫本作「滫髓」。底本是。滫瀡，指用澱粉拌食物，使之柔軟爽滑的烹飪方法。

〔三〕閈：四庫本作「閭」。

〔四〕冀展：明抄本闕「展」，四庫本、僞鮑本作「冀辰」。

〔五〕韏：明抄本作「養」。韏韝，指卷束衣袖并加臂套。蘇軾《送宋朝散知彭州迎侍二亲》詩：「韏韝上壽白玉壺，公堂登歌鳳將雛。」底本是。

〔六〕質：明抄本作「盤」。按：據上下文知底本是。

〔七〕徐君：明抄本、四庫本作「君」。

〔八〕二女：明抄本、四庫本作「女」。

〔九〕四人：明抄本作「人」，四庫本作「□人」。

〔一〇〕膺封：明抄本作「□到」，底本作「□封」，據四庫本改。

〔一一〕藉：明抄本作「山」，四庫本作「上」。　木：僞鮑本作「水」。按：底本是。風木之哀，指父母去世，來不及奉養父母而生的哀思。

〔一二〕卒：底本作「率」，據明抄本、四庫本改。

祭黃可玉鍊師文

惟君秉德内植，勵志先修。匡廬雙井，望於南州。家學淵奧，圖籍校讎。老氏宗工，日搜玄抉幽〔一〕。尊彝几陳，籤軸奩收。瑰詞藻思，鼓琴鳴球。匪黄冠師，拔儒之尤。我還自燕，鄰巷相求。晤言鍼芬〔二〕，樂從天遊。元日之章，八九賡疇。山僧東來，抵掌和謳。名士十韻，細書顔歐。山晴荷輿，湖雨放舟。酣歌慷慨，俛仰千秋。我老倦遊，君病憂幽。清權之齋，竹風颼颼。時來扣扃，情義綢繆。俗士與語，百不一酬。我知君懷，君無競絿。寧亢毋枉〔三〕，寧狷毋偷。寧直取娼〔四〕，毋佞包羞〔五〕。相古端士〔六〕，病於憸柔。棄鼎寶瓠，紉薰雜蕕。君何戚咨，與道同謀。我嘗爲君，大書宜休。茫茫巨壤，孰爲菟裘？別未浹旬，疾痼莫瘳。蒙莊有言，人生若浮。胡夢弗覺，見詆髑髏。登雲御風，碧落丹丘。君豈不樂，我獨無儔。傾哀一酹，老淚迸流。尚饗！

校勘記

〔一〕日搜：明抄本作「月揬」，四庫本作「搜」，僞鮑本作「校」。
〔二〕鋮芬：四庫本作「鋮芥」，僞鮑本作「鉞芥」。
〔三〕亢：底本作「直」，今從鮑校、明抄本、四庫本作「亢」。
〔四〕娟：四庫本作「憎」。
〔五〕包：底本作「色」，據明抄本、四庫本、傅校改。按：包羞，意爲忍受羞辱。
〔六〕相古：明抄本作「右」，四庫本作「自古」，鮑校作「相惟古」。

静清先生文集序

先生名蒙卿，姓史氏，字景正，鄞人。五世祖當宋大觀年間，舉八行，不就，贈太師越國公，是爲丞相越忠定王之祖〔一〕。蓋史氏之澤，基於八行，而大顯於忠定王。其後聲華相躡，日蕃以大。先生嘗授平江首郡博士，皆不果仕。家貧無貲，門弟子執業者，屨交户外。甲子一週而殁，其孤壁孫輯其遺文二十卷〔二〕，屬余序。異時薦紳之士，多奮身儒科。逮一再傳，則習尚漸遠〔三〕，不復知窮巷藿菽，朝安劬瘁。往往從舞姬歌兒，酣謔豪縱，至隳其基構不自覺，奚暇留情於詩書研席間哉！先生年未弱冠，已由六館掇取進士第。使生不後時，當偕諸父群從簪橐蟬聯，小却猶當持麾列郡。雖文字性所甚嗜，或以事廢。自罹兵訌，幽憂窮蹐，屏迹林谷間，始得大放厥辭，以宣道其志。考自古立言之士〔四〕，阨於當時者，必信於後世。識者較其優劣，未易以彼易此也。先生蚤知覃思六經〔五〕，長益雋永關洛之緒言，以推窮化幾，探索理奥。故其言精覈雅贍，可規古作者之材〔六〕。譬之美麯蘖以爲酒醴，均律吕以中琴瑟，有本者固如是夫！時有所憤激，若太史公述屈原《離騷》，方之《小雅》怨誹而不亂，此先生之志也。先生有《易究》十卷，未及見。然所論河圖洛書，足以抉先儒未發之藴〔七〕，又以見學者踵襲固滯，寧使先聖王之旨鬱而不彰者〔八〕，可悲也。先生摘周元公《通書》語〔九〕，扁其居曰「静清」，故稱謂因以著云。

校勘記

〔一〕越：僞鮑本作「趙」，據前後文，知底本是。

〔二〕壁：底本作「璧」，據明抄本、僞鮑本改。按：袁桷《清容居士集》卷二十八《静清處士史君墓誌銘》云「後二十年，子壁孫橐其書橐以示」「子壁孫、□孫、坒孫、臺孫」「而壁孫能遵守不貳奉遺言以請碣」，知「壁孫」是。

〔三〕遠：明抄本前增「道」。

〔四〕考：明抄本、四庫本作「故」。

〔五〕覃：四庫本作「殫」。

〔六〕材：明抄本、四庫本、僞鮑本作「林」。

〔七〕先儒：明抄本作「儒先生」。

〔八〕旨：四庫本作「書」。

〔九〕先生：明抄本前增「巴」。

樂古堂記

武川距嘉興逾一舍而近，吴氏常以好義聞于朝，因表其門曰「義士」。義士之子景良，甚敏而愿，喜從賢士大夫游，益思積善以亢其宗。築室舍後，爲堂三間，鑿池疏泉。其北中有石屹立，清瑩可愛〔一〕，名曰「浮壁」〔二〕。又北叠石爲山，最峭特者曰層雲，左右各三峰如拱。甃空穴爲洞，曰「小隱」。有亭翼池〔三〕，東曰「禊」、西曰「隱」，隱言志，禊言事也。奇葩美卉，蔽虧池曲，植两槐若偃蓋。在堂南總軒序寢室，爲屋若干楹，而榜其堂曰「樂古」，翰林承旨趙公寫作大篆。凡琴奕几研、書畫圖史、鼎彝器物，可以娱玩心目者，靡不在列，以奉其母及伯氏，孝友之道著焉。間謁余爲文以記。余曰：子之所樂者古，而今將來未定也。往者之古，即來者之今，今復爲古，古今之相襲也，是非之無涯也，安知古皆是而今皆非乎？古莫尚於天地、日月、星辰、山川、草木，人日與之處，而自視則今也。是世之薄待其身者也，心乎古，則隨寓而樂。巾屨裘葛，豈必皆珮舄玄端？酒醪脯胾，豈必皆尊罍鉶鼎？弓矢良，不必皆和與垂。鐘磬正，不必皆襄與曠。治必結繩，則文書爲煩。居必巢穴，則棟宇爲侈。然聖王作法制以教後世，豈有戾於古哉？昔之貞遯者自比羲皇[四]，而好事功者，以伊、傅、稷、契自命，其心有不囿於時者矣[五]。今景良燕坐一室，達觀萬物，而究其終始，雖琴奕几研、書畫圖史、鼎彝器物[六]，遠者未能越三代也[七]，而此心常超乎物表，則其樂可勝既邪？景良有會乎予言，請書而識諸座間。景良，名漢傑，今爲江浙行中書省屬，衆謂才諝，宜顯用云。

校勘記

〔一〕愛：明抄本作「交」，四庫本作「友」。
〔二〕璧：僞鮑本作「壁」。
〔三〕池：明抄本作「地」。
〔四〕貞：明抄本作「真」。
〔五〕心：明抄本作「志」。

〔六〕几研：明抄本前增「禮」，四庫本作「几硯」。

〔七〕未：明抄本作「不」。

祭姚子敬文

歷觀人生，芝菌殊倫。禍福糾纏，孰運化鈞。彼庸瑣類，振武要津。子好姱修〔一〕，自貽蹇屯。蚤馳英茂，凌厲無群。探幽河洛，考賾典墳。九流百氏，羅絡輪囷。瑰詞藻思，玉櫝之珎〔二〕。峨冠被褐，長揖搢紳。藐視雲浮，不見戚欣。解后朋簪〔三〕，酒酣氣振。俗子顔汗，唾若垢塵。諸賢論薦，梯之青雲。一官陸沉，賫志莫伸〔四〕。我材若樗，匠石弗斤。子辱與友〔五〕，踰三十春。子歗且歌，視我性真。子加悻直，我無怒嗔。江樓酣飲，由夜達晨。湖隄芳草〔六〕，苕洲白蘋。鑑湖五月，采蓮風薰。携壺放舟，其樂無垠。我走北南〔七〕，鬢霜日臻。今歸聞子，病臥顰呻。致書與詩，一何諄勤！曾未浹旬，死生以分。念我好友，艱若鳳麟。子其逝矣，揮涕曷云！

敷山天寒，墓木猶新。矢辭酹觴〔八〕，聞乎不聞？

校勘記

〔一〕姱修：明抄本、四庫本互乙。

〔二〕玉：明抄本作「圭」。

〔三〕解后朋：明抄本作「解后用」，四庫本作「邂逅朋」。

〔四〕賫：明抄本作「齎」。兩可。

〔五〕友：明抄本作「交」。

〔六〕草：底本、四庫本、僞鮑本作「林」，明抄本、鮑校作「草」。

〔七〕北南：四庫本互乙。

〔八〕酹：四庫本作「酬」。

皇元贈亞中大夫淮東淮西道同知宣慰司事輕車都尉廬江郡侯王公神道碑

延祐初元，朝請大夫嘉興路總管兼管内勸農事王公惟一〔一〕，以廉平守官，劇郡致理，考成課最。會天子敦崇孝治〔二〕，推恩中外，臣僚得追榮先代，視爵秩有差。江浙行中書省以公名聞〔三〕，制曰可。由是祖父之永，贈亞中大夫、同知淮東淮西道宣慰司事、輕車都尉、廬江郡侯。拜命之日，公既率子姓群從，祗奉牲醑，告於祖廟，于以侈被上賜〔四〕。而嘉議年七十有九，眉龐齒兒，康强尚無恙。金章象笏，光炫閭里。咸謂王氏有子，克遂顯揚，教忠誠有自哉！王氏世居淮安之天長縣〔五〕，曾大父而上，多韜德不仕。亞中公早業儒〔六〕，性愿樸，不立崖異，每稱士不得位〔七〕，而善利物者莫若醫，故古者良醫儗諸相。自黄帝、岐伯、雷公、桐君諸書〔八〕，莫不口誦心研〔九〕，究極標本〔一〇〕，又擇禁方，居善藥。求療疾者常履交户外，貧者輒予藥，或賑貸之，不以富厚責償也。嘉議公克繩先志，醫道益廣淮楚間，好任氣俠。公晚歲益磊落權奇，如高人逸士，鄉人皆禮下之。生總管公，八歲而喪母徐氏。又明年，喪祖母葛氏。值德祐乙亥，宋季兵氣訌阻，徙家秦郵，遂藳葬焉。江南款附，世祖收賢雋，廣羅方伎。至元廿一年，公用薦者，得召見便殿，顧問周渥，俾與上方太醫聯事。王公大臣有疾，輒命公診治，皆有驗。馳勞中外，匪頒旁午。上器公才可屬以政，凡七膺綸寵，皆裕財放牧民，治效焯著。遂獲貤恩幽顯，勳爵比隆，善者用勸。公娶張氏[一一]，宋忠烈循王之孫，亦封盧江郡夫人[一二]。蓋自亞中公至於今，以醫名三世矣。世傳有陰德者，子孫必興。豈惟治獄然哉？活人惟醫爲近，王氏之昌，尚未艾也。公間爲文原言：「亞中公墓在天長之樵梁鄉，今將奉葛氏還葬，而徐氏祔於姑，庶近古乎，且以永孝思。子幸爲我銘。」銘曰：

惟古上醫，契道之玄。相厥民生，形流化遷。元氣沕穆，藥石奇偏[一三]。金匱靈樞，奥賾以宣。得意忘言，匪術伊仙。曲學徇利，夸詼便儇。允矣王氏[一四]，奮於淮壖。疾病疕瘍，造請駢肩。拔人於厄，弗利貨錢。業專藝成，三世其傳。惟帝湛恩，周浹壤泉。嘉爾孫子，司牧能賢。錫類維何，命紵蟬聯。公拜稽首，承渥自天。有親耆艾，金紫後先。孰云龍光，下燭埃涓。惟孝惟忠，食報罔愆。天長之墟，鬱其松阡。勒石銘詩，昭示慶緜。

校勘記

〔一〕一：四庫本作「二」。
〔二〕孝治：底本同四庫本、僞鮑本作「老儒」，今據明抄本、鮑校改。
〔三〕名聞：明抄本互乙。
〔四〕賜：四庫本作「福」。
〔五〕淮安：僞鮑本、鮑校「淮南」。
〔六〕公：四庫本作「父」。
〔七〕位：底本同四庫本、僞鮑本作「仕」，今從明抄本、鮑校。
〔八〕岐伯：僞鮑本作「歧伯」。
〔九〕心：底本、四庫本、僞鮑本作「心維」。明抄本、鮑校作「心」。
〔一〇〕標本：底本作「靜」，鮑校作「標本」，明抄本作「摽木」，四庫本作「深」，僞鮑本作

「精」。
〔一一〕娶：底本作「配」，據明抄本、四庫本改。
〔一二〕盧江郡：明抄本作「盧王江都」。
〔一三〕石：明抄本、四庫本作「其」。鮑批「別本與原本俱作其」。
〔一四〕允：四庫本作「久」。

三畏齋銘 并序

南陽羅君賓，趣尚狷介，以「三畏」名其齋，請銘巴西鄧文原〔一〕，希一言以自儆。予嘉其有志乎古也，乃爲之銘。銘曰：我觀玄化，懸斡無迹。巽言風靡，正道日棘〔二〕。謂天伊何，蒼蒼正色。此以形矚，匪道之極。民生厥初，秉彝物則。受命弗忒，是曰迪吉。稽古有位，民獻予翼。貴貴匪私，聿尊有德。末世狥名，諂瀆交慝。若聖垂訓〔三〕，炳其繩式。服膺允蹈，乃入聖域。彼哉昪耳〔四〕，陋若埏埴〔五〕。君子進修，乾乾夕惕〔六〕。天命邇止，敬斯内直。大人聖言，一是齋慄。畏天樂天，造道之的。復焉性焉，中非爾力。維君實甫，省躬勿逸。慎三有畏，百爾令德。我銘此詩，以效三益。

校勘記

〔一〕銘：四庫本、明抄本作「於」。

〔二〕正：四庫本作「王」。

〔三〕若：四庫本作「古」。

〔四〕咠耳：明抄本作「咠」，僞鮑本、四庫本作「口耳」，傅校作「咠耳」。底本作「□耳」，□待考。今從傅校。

〔五〕埏埴：傅校作「摘埏埴」。

〔六〕乾乾：僞鮑本作「朝乹」，明抄本作「乾乾」，底本本作「朝乾」，據明抄本改。按：《周易・乾卦》：「九三：君子終日乾乾，夕惕若厲，無咎。」

南山延恩衍慶寺藏經閣記

寺肇始於吴越錢氏，曰報國看經院。宋熙寧初，易名「壽聖」。紹興間，又更曰「廣福」。其曰「延恩衍慶」者，淳祐六年賜額也。壽聖故圮陋，莫能庇風雨。時辨才師謝事天竺來居之，咄嗟而檀施嚮臻，棟宇雲構。搢紳大夫士慕望而與之游者，迹接乎茲山之内。由是人境之勝，甲于西湖。余嘗過龍井，訪方圓菴，登潮音堂〔一〕，高風逸韻，洒然心目，若見其人。信知一念所攝，即清静妙圓覺境，亦古今之常理也。一日，寺僧居奕來謁曰：「元貞初，比丘德祐，嗣茲法席，崇臺敞殿，像設廬居，丹堊墁墘之工，咸增舊觀。又買上腴一頃有半以飯僧；復捐己田，爲畝者百，以重追遠。居奕纘承其志，購四大部及《華嚴合論》、《宗鏡録》。耆德時演、時集、居億等悉聚力具一大藏〔二〕，襲以髹函，庋以飛閣。觀者挹其亢爽，可以抉幽闡微，於是寺有成績。今住山者，德泉也。公幸爲記之，以諗來者。」予曰：寺之初基，幾傳而至辨才師，又幾傳而至德祐、德泉。其間道行化洽，儒釋同歸，惟熙寧、元豐時爲然。豈湖山清淑之氣，必渟涵蘊積之久〔三〕，而始大震耀於時也？ 自佛道漸被中土，學者各因其根器而生證悟，乃若具大辨慧，不假修習，超最上乘者，固不數數然也。 要其初，佛以語言，開示方便妙門，不爲凡夫上智而生差别。 如月行空，普照一切，聞者罔覺。 如川澤林藪，丹珠貝玉，隨其所得，以爲饒富。 或望洋而返，莫窺際涯。 彼以語言求佛者，其失滯碍，舍是則又多虚誕無所宗。 故其徒率以是相詬病。 今子之居是也，試觀夫輪奂翬飛，巾鉢萃止，鐘磬魚鼓，梵唄之音，響振林谷，種種完好，以爲佛事，則知是諸法色相〔四〕，□偏恒沙界無有窮盡。 又遡而求其未始有此也者，惟見山高溪深，花開木脱，猨鳥所居，魚龍所擇，林莽榛翳，寂無人迹。 是諸法空相，若涉有爲，即成虚幻。 逮夫無有俱遺，不即不離，照了實際，是則無量修多羅之義也。」居奕曰：「公甚善語我，抑亦多言矣夫。」余曰：「有能以無聞聞者，則知予未嘗以有言也。」居奕蘧然曰：「有是哉！ 請書而鑱諸石。」時延祐七年十月既望記。

校勘記

〔一〕潮：四庫本作「湖」。按：《浙江通志》卷二百六十《秦觀龍井題名》碑文曰「始至壽聖院，謁辨才於潮音堂，明日乃還。」知「潮」是。

〔二〕億：底本作「奕」，據明抄本、四庫本、僞鮑本改。底本批註「奕，元本及别本俱作億。」按：上文已講居奕所爲，此處不當是「居奕」。聚：明抄本作「衆」。

〔三〕渟：明抄本作「停」。

〔四〕色：明抄本、四庫本闕。

旌表義士夏君墓誌銘

松江故華亭邑，其地多上腴。自鴟夷子皮以善居積〔一〕，致累貲鉅萬，故俗喜矜富。邇歲夏氏以義士聞於鄉，余嘗迹其所以名者。至元丁亥歲祲，出粟賤賈以糶。庚寅又祲，賤糶猶不給，則設糜於僧寺。大德丁未旱，明年大飢，越尤甚。死相跆藉，幸不死，則氣息僅屬，携持老幼歸夏氏。始至，爲闢廬舍，具饘藥，視其羸壯，食飲必時。生則贐之歸，死則給櫝以瘞。而書其姓名邑里於木，以俟來收骨者。鄉之耇老嘆曰：「義哉！夏氏之爲也。」既白於有司曰：「夏氏名椿，字壽之。凶歲，所賑施錙若干，米若干，全活者口若干，願以聞。」有司以次具其事達於朝，將官之〔二〕。夏君曰：「吾老矣。」乃官其長子，而表其門曰「義士」，且旌其家云〔三〕。時僉浙西憲吴君彦升，剛直士也，以劾時相，去爲都事行臺者。於交游，慎許可，獨雅重君〔四〕。君嘗橐裝往金陵餽彦升〔五〕，既見，傾肝鬲〔六〕，語驩甚，卒辭其餽。未幾，彦升死，君哭盡哀，賻葬弗及。逾年，以遺其子曰：「吾亦不忘彦升也。」御史周君景遠爲作義士碑，徵其文，而君之爲義也尤信。去年春，余以臬事之松江，甫識君，蓋魁然無它崖異者。及今而其孤世澤等以吴興守李道坦之狀來告曰〔七〕：「孤不天，喪吾父，卜葬有日，敢以銘請。」余遂矜而銘之。按夏氏世居長興，曾祖遜、祖先、考彬，皆晦迹田里。君蚤孤，事兄杞猶父〔八〕。宋景定間，兄爲華亭典押。至元丙子，大兵薄境上，邑令徐乘窮怖，不知所爲。君謂其兄曰：「蕞爾邑，無守戰具，不趣降，民且屠矣。」典押即與令出迎師，一邑安堵。丞相忠武王署典押爲軍鎮撫，因占籍爲邑人。丁丑入覲，即用尹其君至毀邑。秩滿，調餘姚尹。君既篤於友順，遇事籌畫裨益爲多。餘姚興病歸，卒。君至毀瘠，喪葬無違禮，每語輒淚下，蓋天性厚倫類然也。松江地瀕海，潮汐道城中，橋久圮弗治，君爲甃石陶甓而新之。凡徑術所經，孤老所廬，悉爲完繕。每朔望，則飯囚徒，予善藥，貧而瘐死者給棺斂。前是，分憲無治所，君爲建公署，勞費身先，邦人爲紀其事於石。君嘗慨然曰：「古稱既富而教，自閭左有戍，而里塾之制壞。敦化善俗者，盍先焉。」乃剏義學，延師以訓鄉之子弟〔九〕。捐上田五百畝，以周廩稍樽度贏縮，用貽永久。嗚呼！世有結駟連騎、富儗封君，而急義如夏君者乎？幸而有，則飢寒轉死者有歸，逸居者有教，庶幾鄉鄙友助之遺意也。君病且屬纊，猶語諸子曰：「我死，若等毋爭財致訟，以辱吾義門。」語畢而逝。君生於宋丙午七月廿四日，卒於延祐庚申六月十日，壽七十有五。娶胡氏，先半歲卒。子男四人，長世澤，杭州獄丞，次世英、世傑。又女七人，壻邵□、蘇□、陳□。一女許適任□，餘在室。孫男七人，曾孫男一人。葬用□年□月□日，墓在城西神山〔一〇〕，從餘姚君之兆。銘曰：是爲義士夏君之藏，君非能梯榮弋譽，垂組銀黃。而豆區之入，惠周翳桑。彼仕者之於民，若越視秦人肥瘠，亦獨何心哉？ 故爲義名〔一二〕，恩常施於不報，名益遠而彌彰。 雖死猶不忘也。 嗟嗟夏君，歸安於神罔。 垂慶千祀，過者尚勿毀傷。

校勘記

〔一〕鴟：明抄本作「鷗」。按：《史記·越王勾踐世家》：「范蠡浮海出齊，變姓名自謂鴟夷子皮。」，底本是。

〔二〕將：明抄本作「明」。

〔三〕旌：明抄本作「復」。

〔四〕雅：明抄本、四庫本闕。

〔五〕橐：僞鮑本作「臺」，傅校作「彙」。 往：四庫本作「經」。

〔六〕肝鬲：明抄本作「干鬲」，四庫本作「肝膈」。

〔七〕等以吳興守：明抄本作「守以吳興」，四庫本作「以守吳興」，底本作「以吳興守」，鮑校補「等」字。

〔八〕杞：傅校、四庫本作「禮」。按：據上文「夏氏名椿，字壽之」，其兄之名當與「椿」近，疑

「杞」是。

〔九〕訓：四庫本作「教」。

〔一〇〕神：四庫本作「持」。底本朱批：「神，元本持，今從館本改定。銘中有神罔字，則神字是。館本或因神罔而改持作神，亦未可知。似當兩存。神罔可通用，或用持罔則生眼矣。」墨批：「别本神，無可疑。」

〔一一〕名：明抄本作「者」。

故朝散大夫同知饒州路總管府事史公墓銘

聖元啟運，文武儁髦之士，各奮其才猷，風動六合〔一〕。世祖纂紹基圖，總宅函夏〔二〕。時則有若金紫光禄大夫、河北東西都元帥史公天倪，與其仲氏開封府儀同三司、平章軍國重事、中書左丞相天澤，皆以籌畫重臣，勳業烜著，紀於信史。史氏世居大興之武清，自金紫公爲帥，始占籍真定。會金將武仙爲副，欲陰爲不法，賊公於酒所。凡五郡之賓僚、將校、民吏聞公之死，咸雪涕相語曰：「金紫之德之美，而遽止是〔三〕。天之福善，其在後人乎？」金紫生權，爲鎮國上將軍、江漢大都督、河間總管〔四〕。都督生烜，爲大中大夫、同知兩淮都轉運司事〔五〕。公諱元亨，字太初，大中之長子。先是金紫薨，二子檝、權皆幼，未能嗣父爵，丞相以弟代。及長，丞相辭，上弗許，併官其二子，全金紫、丞相之友愛也〔六〕。大中兄弟六人。比易簀，季弟𤇆猶未得祿。張夫人呼公曰：「元亨，爾其以父爵讓而叔父𤇆，以毋忘爾父之撫其弟也。」公奉母訓弗敢違〔七〕，由是𤇆得調善化尹。蓋史氏之讓，有自來云。至元壬辰，公以大臣薦，入見皇太子於隆福殿〔八〕，遂給事宿衛。越三年，龍興路守臣請用公爲佐，乃權其郡同知。自是，擢黄州、婺州，三爲通守，皆以考最聞。中書以公閥閲禁近臣〔九〕，不宜限年勞，由奉訓超朝列大夫〔一〇〕。其居官能以公持平，深燭吏隱。有豪右武斷凌轢，詐乘傳，肆爲姦利，公即繩以法，餘皆惕息〔一一〕。歲祲，勸富者出粟，以廪飢人，病者即官貸藥〔一二〕，則捐己奉錢，市善藥給之。士兵負恃其衆，以毒鄉民，則屏諸其境。婺土不産銅，請罷鑄泉貨。諸若平冤獄，墾荒田，民皆德之。自金華歸里〔一三〕，首構宇以祠金紫公，示敦報本。且議興義塾，以訓史氏之子姓群從，及鄉里之樂學者。築堂貯書[一四]，號曰萬卷。其經度皆有序，祠未成而公已疾革。夫人戒其子庸工卒事，以承先志。夫人同郡嘉議大夫、順德總管趙公世美之女[一五]。總管娶史氏，鎮國公之女也[一六]。自夫人歸公，母儀婦則，咸克嗣其家。生男一人，曰鎮。鎮生子尚幼。公以延祐丁巳拜朝散大夫、饒州路同知，未赴而卒，實己未五月□日，享年五十有四。即以是月二十二日[一七]，葬真定縣姜故村新莊金紫公之兆。夫人命鎮曰：「爾叔祖父爲御史南臺，交友皆當世知名士，爾往丐銘以志父祖之墓。」御史乃以鎮所狀同知歷官行實屬余銘，義不得辭。余惟開府丞相以宗工碩輔，明哲終始，易名進爵，禮極優崇。而金紫秉其忠貞，見娼凶慝，憤志弗抒。聖明貤恩賜類，申行贈典[一八]，尚以慰同知之孝思無窮焉。銘曰：

於皇聖武，耆定屬縣[一九]。多士爰集，鷹揚虎變。我觀世禄，湎於宴佚。孰屬官常，視民飢溺？或榮帶礪，而恥詩書。名不蓋銜[二〇]，先猷翳如。猗與史氏，赳赳孔武。翩其棣華，蔚彼大樹。自昔忠藎，憸壬所憎。金紫之哀，志士憤膺。師行南紀，釋其摩壘般輪。鎮國先馳，衆讋以馴。太中繩之，匪牟利臣。惟太初甫，展矣王孫。易轝戎韜，三佐侯藩。剗夷悍嚚，民安條教。藥人於瘥，飢死流殍〔二一〕。圜土不冤，裕後則以笑。若刃發硎〔二二〕，技中肯綮。孰扼其塗〔二三〕？中道瘁止。命嗇於躬，響聞曷窮。豐。從爾高曾，以安幽宫〔二四〕。形魄有歸〔二五〕，

校勘記

〔一〕風動六合：明抄本作「風動云合」，四庫本作「以康夫庶事」。

〔二〕總宅：明抄本作「撫定」。

〔三〕止：鮑批：「止似至字之訛」。

〔四〕爲：明抄本作「爲」，似「百」字，四庫本作「官」，底本作「百」，據明抄本改。下文「二子楖、權皆幼」，知「百」誤。

〔五〕太中大夫：明抄本作「太中太夫」。下不出校。

〔六〕全：明抄本作「以銓」。

〔七〕弗：四庫本作「勿」。

〔八〕太子：明抄本作「太子后」，四庫本作「太子向」。
〔九〕閥：明抄本作「伐」。
〔一〇〕超：四庫、僞鮑本作「進」。
〔一一〕惕：明抄本作「脇」。
〔一二〕病：明抄本、四庫本作「貧」。
〔一三〕金：明抄本後增「章」。
〔一四〕貯：明抄本作「購」。
〔一五〕大夫：明抄本作「夫人」。
〔一六〕公：明抄本、四庫本作「兄」。鮑批「元本别本俱作兄。」
〔一七〕二：明抄本作「三」。
〔一八〕申：明抄本作「中」。
〔一九〕耆：鮑批「别本首」。
〔二〇〕銜：四庫本作「銜」，僞鮑本作「棺」。
〔二一〕死：明抄本作「無」。

〔二二〕發：明抄本作「嚴」。

〔二三〕扼：底本本作「坭」，據明抄本、四庫本、僞鮑本改。按：扼，止之意。

〔二四〕安：明抄本作「妥」，四庫本作「要」。

〔二五〕行魄有歸：明抄本作「行魄歸有」，底本、僞鮑本、四庫本作「行既有歸」，鮑校改「既」爲「魄」。

贈奉訓大夫婺源州知州飛騎尉祁門縣男陳君墓表〔一〕

至元癸未春正月晦，陳君斗祥字敬伯卒，即以是年十月丁酉葬方山之北，其子大鈞等已礱石志其墓。越三十有四年，爲延祐丙辰，幼子大年以承事郎，常熟等處海運副千户、佩金符，遷承務郎、崑山、崇明等處海運副千户，秩五品，承制得推恩及其父母。由是斗祥贈徽州路婺源州知州、飛騎尉、祁門縣男。母吴氏、鳳氏，祁門縣君。先是，大年嘗爲丞饒之餘干、台之寧海，遷無爲州判官，後調衢州龍游丞〔二〕。顯揚之思，尚鬱於州縣佐。及今始獲昭被寵光〔三〕，下賁泉壤。而風木之哀，早夜弗能釋，則泣涕走書，以告其友巴西鄧文原曰：「願子有述，以彰先美，且以侈上賜於無窮焉。」文原曰：「子以孝語我，其得以寡陋辭？」按陳氏世居祁門〔四〕，君之曾祖震，祖立源〔五〕，考應和〔六〕，皆韜德内植。生君而警悟異群兒，讀書一過成誦〔七〕。及長，工文詞，見推朋儕間。每戰藝輒北，君不爲挫沮曰：「人固有利不利時，吾豈苟哉？」或勸之仕，則欿然謝弗任。益蒔花竹，搆亭榭，疏泉壘畦，以池以圃。親友至，則娱玩芳陰，觴咏談謔，至忘其老。視周人之急甚己之私，度不能償，則焚券已責，終無德色。道逢棄兒，收畜之〔八〕。藥病櫝死，輒傾貲以繼。待族姓鄉鄰，不爲親疎薄厚。延禮名師課督子弟〔九〕。家庭詩禮之教〔一〇〕，濡染以熟。故大鈞自妙齡游六館爲諸生，而大年亦早筮仕，董餉道長千，大考最比〔一一〕。復擢守崇明州，勁翮雲途，振奮未有艾，然則義方誠有自來哉！君喜友方外士，於死生禍福若有得，而未嘗以自矜。丙子歲，江南臣附。浮沉閭里〔一二〕，如此八年而終。兹古所謂有道君子者耶？君享年六十有四。先配吴氏，宋丞相許國公之兄女，再配鳳氏，皆以勤儉克相其夫家。男八人，大鏞、大京、大中、大圭、大用〔一三〕，皆蚤世，餘即大鈞、大年也。女五人，孫男女□

人。吾觀古之官人者，於居家攷察其德業，而知其善爲政也。使君得展用於時，則人蒙惠利，當不止如今所書。然生而運蹇，不得信其志，歿膺顯錫，夫婦比隆，後嗣益演迤以大。天之報施善人，豈不烜著可信！是宜爲銘，銘曰：

粤昔敬仲，聞於五正〔一四〕。史稱修德，曰太丘令。其善信然，亦由用顯。翮勵於風，矢激則遠。孰肥遁者，榮被身後。惟已弗抒，子克締搆〔一五〕。嗟哉震伯，侃侃和惠。我田我盧，圭組非貴。壽符於《易》，以終「未濟」。《易》變則通，慶詒後昆〔一六〕。方山崒止，濟美勿諼。

校勘記

〔一〕祁：明抄本作「祈」。按：據《江南通志》、《浙江通志》、《新安文獻志》等知「祁門縣」是。下不出校。

〔二〕後：明抄本作「復」。

〔三〕昭：底本作「詔」，今从明抄本、鮑校。　寵：明抄本、四庫本作「龍」。

〔四〕祁門：底本同四庫本、僞鮑本作□□，明抄本脱。今从鮑校補。鮑批：「世居下有脱文，當是祁門。」

〔五〕源：明抄本作「誠」。

〔六〕考：明抄本、四庫本作「父」。

〔七〕過：明抄本作「週」，僞鮑本作「遇」。

〔八〕畜：底本作「留」，今從明抄本、鮑校。

〔九〕禮：底本脱，據鮑校、明抄本補。

〔一〇〕教：四庫本作「所」。

〔一一〕長千大：明抄本作「長千夫」，四庫本作「長干大」，底本作「長千大」，鮑校作「千夫長」。

〔一二〕沉：明抄本作「湛」。

〔一三〕圭：明抄本作「寶」。

〔一四〕五：底本作「工」，據明抄本、傅校改。

〔一五〕締：明抄本作「播」。

〔一六〕慶：底本作「庶」，今據鮑校、明抄本改。

應昌府判張公夫人胡氏墓誌銘

鄱之胡氏〔一〕，望族也。始繇丹陽徙洪，宋天聖間有諱楹者，又自洪徙鄱，居於越洪崖之東原。世傳其地有仙壇，蓋洪崖仙人故宅，與張氏里居相望。家故饒於貲，而樂樹善。自夫人之曾大父君委、大父望之〔二〕，皆以業奮家庭〔三〕，父子自相師友。至夫人之父憲，益稱贍蔚〔四〕，爲鄉閭群弟子所崇。由是張氏同知公遣其子良孫來受業，同硯席者，莫敢與比肩〔五〕，遂以大比舉於鄱。先生曰：「吾得壻矣。」迺妻以女，故夫人歸張氏，詩書之教，著於中閨〔六〕，本家訓然也。同知公通守太平，夫人與其良經紀家事〔七〕，甘滑瀡瀡之奉，弗克日進於舅姑，嘗愀然弗懌〔八〕。逾年而同知病，夫婦倉皇往省，至則病且殆，未幾卒。即扶柩歸奉襄〔九〕，事終始，禮無違者。同知公再配朱氏夫人，事之無弛容。嘗謂其夫曰：「士孰不欲仕，然仕以爲親也。君不幸弗克終養於嚴父，其忍棄朱夫人遠遊乎？」中書承制，良孫授將仕郎、應昌總管府判官，府判以母七衮辭。自是亦不復仕，奉朱氏若已所自出，是雖府判之孝，根於性成，夫人亦職有助哉！夫人幼通《論語》大義，長益勤儉，躬理蠶事〔一〇〕，無珠玉錦繡之習。藥病槽死，廪飢衣寒，終其身，姻族鄉鄙無間言，撫諸子無異嫡庶〔一一〕。通佛老氏，或請興廢者，亦施予弗倦。曰：「吾非以希福利，於修身繕性，亦有取也。」晚尤喜誦唐人絶句，詩雋永若有得。蓋夫人來主饋，幾五十年。延祐丙辰，府判即世。迄丁未〔一二〕，朱夫人喪。齊斬相仍，哀毀至瘠，病日增加。以戊午正月十有三日卒。壽六十有九。夫人諱至静。男三人。振，饒州鄱陽縣牧民户提領。拱辰，承務郎、江淮等處寶泉監丞〔一三〕，授進義校尉、台州行用庫副使〔一四〕。女一人，適宋元善〔一五〕。拱辰，夫人子也。孫男女十有餘人。拱辰以狀來請曰：「夫人葬堂溪，與先君考合窆。寔己巳十二月□日。願公賜之銘。」乃銘曰：

温温儒門，肅肅閫模。粤自傳訓，咻以詩書。緊博士女，匪中郎妹。有美東床，克承步趨。自姬來相，賓敬弗渝。室家既孺，協於舅姑。歸寧邇止，塲桑里榆。繩繩孫子，笑語攜扶。率其義方，以勗諸孤。嫠居孔哀，壽亦中徂。誓彼同穴，常溪之墟。後裔顯揚，尚表龜趺。

校勘記

〔一〕鄱：明抄本作「番」。下不出校。

〔二〕君委：明抄本似作「君委」，四庫本作「名委」，僞鮑本作「君度」，底本漫漶，從明抄本。

〔三〕業：四庫本作「儒業」。

〔四〕益：明抄本作「蓋」，傅校作「孟」。

〔五〕與比肩：明抄本作「與肩」，四庫本作「比肩」。

〔六〕著：明抄本作「藹」。

〔七〕其良：四庫本作「良孫」。疑四庫本是。

〔八〕愀然弗懌：四庫本作「愀勿懌」。

〔九〕襄：明抄本作「養」。

〔一〇〕蠶：傅校、四庫本作「家」。

〔一一〕無：明抄本作「不」。嫡庶：底本同僞鮑本作「庶」，明抄本作「庶適」，四庫本作「適遮」，今改作「嫡遮」。

〔一二〕迄：明抄本作「訖」。

〔一三〕寶：明抄本作「貨」。

〔一四〕授：明抄本作「揆」。

〔一五〕善：明抄本作「喜」。

四書類編序

《四書類編》者，新安汪君又善之所輯也。四書之學，始明於河南二程先生〔一〕，而大闡於考亭朱夫子。今家有其書，學者傳誦以熟。其於進道也，有涯矣。然河南諸弟子之論，不能無醇疵，學者不遡源而求，則亦莫知子朱子取舍之意。況後於子朱子，其流益濫〔二〕，不會其極，曷從而折衷之？今汪君博採先儒之所紀著〔三〕，區分彙列，繁而不雜〔四〕，簡而不疏，既以自淑，且以勗夫人。又善之用心，亦勤矣。又善讀《易》者也〔五〕，吾爲君舉《易》以明其略。萃之《彖》曰：「萃，聚也。觀其所聚，而天地萬物之情可見矣。」夫復可以見天地之心，而不及其情，大壯見天地而不及萬物〔六〕。維咸、恒、萃，則天地萬物之情皆可見，而萃又統咸、恒之萬而歸於一者也。其象澤上於地，若陂水以濡其盈，以沛厥施，與麗澤講習之義，可以類觀。故學之有資於萃聚又如此。吾夫子之言曰：「既會通〔七〕，以行其典禮。」惟會故通，不會不通也。後世始爲類書〔八〕，以便學者。學者喜其捷而研索不精，適以啓膚剽陵躐之病〔九〕。故吾於汪君，既嘉有講學之益而成是書〔一〇〕，復慮學者因是書而廢講學之益，則非汪君成書意也。觀吾言者，其亦有所警也夫？

校勘記

〔一〕始：明抄本作「昉」。按：昉，天方明，引申爲開始。兩可。

〔二〕其流益濫：明抄本作「其説益滋」。

〔三〕儒：底本作「德」，今據明抄本、四庫本改。
〔四〕繁：底本同四庫本、僞鮑本作「純」，今從明抄本、鮑校。
〔五〕讀：傅校、四庫本作「體」。
〔六〕天地：明抄本作「其情」。
〔七〕既：明抄本作「觀」。
〔八〕世：四庫本作「士」。
〔九〕啓：四庫本作「咨」。
〔一〇〕成：底本作「愛」，今從明抄本、鮑校。

成季真人畫贊

敦禮度，延陵裔。法清静，猶龍氏。《德充符》，經在笥。中秉直，佐玄治。親受祉〔一〕，湛恩沛。玉温如，鳴佩琚。馭埃風〔二〕，遊清都。儼岩廊，際都俞。宇泰定，存若虚。神得一，化萬殊。應環中，合道樞。

校勘記

〔一〕親：僞鮑本作「規」。

〔二〕埃：傅校作「涘」。

故汀州上杭主簿徐君墓誌銘

豫章南昌之東湖，其南小洲上，世傳徐孺子讀書處。子孫有居清江之檀溪者，君其後也。君諱必茂，字幼學。宋朝奉郎尚書兵部侍郎諱鄉孫之子，贈宣教郎諱森之孫，贈承事郎諱大經之曾孫。母令人黄氏，生君而警敏，舉止慎重，不類常兒。侍郎自官衡山，居朝所從師皆名當世士〔一〕，講授經學，涉知源委。家庭因事設教，雖酧接萬變〔二〕，必本深厚。君服行唯謹，嘗輯其語作家傳遺事，以誡子孫〔三〕。德祐乙亥，宋事日棘，君奉令人自杭道浙東逾閩以歸，而侍郎亦且憂憤，無復當世志。明年辭〔四〕，避地斗山寺〔五〕，歎曰：「吾死後，囑吾兒其善理家政〔六〕，毋慁我爲也。」時君方弱冠，已能調娛順志，使父母得遺外世故。如是者五年，而丁侍郎憂〔七〕，葬祭禮無違者。每之墓所，輒孺慕如初喪〔八〕。侍郎有文稾若干卷，燼於火，君購求百艱〔九〕，卒校讐爲定本。思弗泯先德，得侑祠於學官〔一〇〕。令人老且病，教一同姓子准方書用藥〔一一〕，劑必良。自奉疏糲，而甘旨滑柔，能以志養。舅氏黄密崒曉無嗣〔一二〕，君爲經紀其家。及死，又以令人命，拒不當爲後者，而擇其宗子之賢者〔一三〕，而振立之。遇它緩急，君居其間爲輸財，終不言我所給也。姑適黄氏，生一女，女再嫁，夫輒死。君字其孤，爲授室，又及其孫之當婚嫁者。鄭氏姑諸孫〔一四〕，或貧無業，則教以藝自給，終不使淪廢。族有煩言，待君持平。收育孤遺之在樵牧與從釋老氏者，屢施輒復敗，則益厚其貲，俾有歸乃止〔一五〕。同里張道甫死〔一六〕，一子登落閣皂山，著道士服，君百計復之，竟全張後。侍郎先娶楊氏，有遇龍者絶，則厚其壻王炎，如楊氏之存。侍郎歿且二十年，一日所善友吴提刑敏子之子攜鶉衣女〔一七〕，君遇之，若事吴公，令人亦與女爲賓主禮，周以贐。蜀有計氏、趙氏，嘗爲僚衡山，君皆恤其後。而計子尤窮，歸君，然不自持，至壞屋，赭其旁山，君振惠不爲止。待侍郎之師及已所從師子弟，必曲盡恩意。令人季女適文丞相之子陞，館屋西偏，情義款洽，研訂經史，日書一事，取切於進修者。夜聚群從講習，及所著《談藂》，多要語也。嘗受命尉潭之長沙，主汀州上杭簿，以母老，不肯晨昏離左右，最後遣其子鑑從師王某遊京師，得廣交道〔一八〕，益見聞。數月而君訃至，實至大庚戌四月九日卒，年五十有三。余時職在詞林，聞訃往吊，鑑迎哭慟。余問故，曰：「吾父多疾，日服黄硫雄附如啖飯〔一九〕，未病三月，盡却藥。卒前三日，起止如常時，書『大盡夫人尊重』六字而逝。」余不獲交君，而聞其易簀不亂，庶幾知道者。君三娶鄭氏、葉氏、湯氏。男二，長鑑也，次曰章。女三，壻朱紱、皮植，一未行。孫男一人。君卒之十一月，葬清江縣留墓之原。余唯侍郎公才猷贍給，遭宋季，不獲大展用，齎志以歿。而君能菲躬厚行，承其素風。待鄉黨姻族必周盡，其施於政可知也，而卒止於是，悲夫！銘曰：

嗟嗟斯世，賢喪滋弊〔二〇〕。多藏身累，多才娼忌。居以冲約，保終遂志。徐君有之，温温令器〔二一〕。行由義方，恩周倫類。恢厥猷爲〔二二〕，刃有餘地〔二三〕。云胡中壽，高丘永閟。天乎哀哉，誠可增喟〔二四〕。在昔孺子，以愚養智。百世之師，千載之嗣。

詒爾後昆，垂休勿替。

校勘記

〔一〕名當世士：四庫本作「當世名士」。

〔二〕酧：明抄本作□，四庫本作「酬」。按：酧，同酬。　萬：明抄本作「萬狀」。

〔三〕誡：明抄本作「訓」。

〔四〕辭：四庫本作「辭官」，僞鮑本作「亂」。

〔五〕避：明抄本作「辟」。

〔六〕囑：明抄本作「矣」。鮑批：「死字與下毋慁我爲也不合，似誤。或是吾今後，或是吾此後，别本同誤。」

〔七〕丁：底本作「于」，據明抄本、四庫本、僞鮑本改。

〔八〕慕：明抄本作「墓」。按：《禮記·檀弓下》：「有子與子游立，見孺子慕者。有子謂子游曰：『予壹不知夫喪之踊也，予欲去之久矣，情在于斯，其是也夫。』」鄭玄註：「喪之踊，猶孺子之號慕。」後謂對父母的哀悼、悼念爲「孺慕」。底本是。

〔九〕百：四庫本作「爲」。

〔一〇〕官：底本作「宫」，今據明抄本改。

〔一一〕准：明抄本、四庫本作「治」。鮑批：「别本治，准字是。」

〔一二〕宻嵂：四庫本作「崇律」。

〔一三〕擇：明抄本、四庫本、傅校、鮑校作「後」，僞鮑本作「妙道」。賢：鮑校作「嫡」。

〔一四〕諸：鮑校、僞鮑本作「胤」。

〔一五〕俾：底本、四庫本、僞鮑本作「使」，明抄本、鮑校作「俾」。按：俾，使也。

〔一六〕道：明抄本作「通」。

〔一七〕攜鶉衣女：明抄本作「攜鶉衣女」，四庫本作「穆鶉衣女」，底本作「穆及女皆鶉衣」，今據明抄本改。鮑批：「原本及别本之敏子之子攜鶉衣女云云。按：穆疑攜字之訛。今云及女皆鶉衣，或校者潤色之也。俟他本訂定。」

〔一八〕得：明抄本前增「俾」。

〔一九〕硫：明抄本、四庫本作「芳」。

〔二〇〕賢喪：四庫本作「風俗」。

〔二一〕令：明抄本作□，四庫本作「全」。

〔二二〕恢：四庫本作「建」。

〔二三〕刃：四庫本作「辨」。

〔二四〕誠可：鮑校、明抄本作「識者」。

文集補遺

巴西文集鮑廷博補遺一

許衡妻敬氏封魏國夫人制[一]

魯國有真儒，實弘宣於道統。《周南》得淑女，必肇正於人倫。肆予社稷之臣，夙有閨門之化。爰旌令德[二]，特示崇褒。具官許衡妻敬氏，性静以貞，行恭而順。自職居主饋，孝克奉於旨甘。逮貴被展衣，儉猶親於澣濯。惟我宗工，盡贊襄之道。由爾内助，秉柔正之儀。雖善慶之報方來，而哀榮之典未備[三]。庸視茅封而進秩，式頒芝檢以疏恩。於戲！夫婦相敬如賓，亦既追榮于偕老。公侯必復其始，尚期啟迪於後人[四]。

校勘記

〔一〕鮑批：「以下補遺見《元文類》，嘉慶甲戌二月八日借留畊堂抄本校正一過，頗有裨益，介叟記，時年八十又七，目漸昏眊，不能細讀矣。」以下五篇爲明抄本、四庫本《巴西集》無，底本爲上圖鮑抄本，校以僞鮑本、四庫本《元文類》。

〔二〕德：《元文類》作「則」。

〔三〕備：《元文類》作「稱」。

〔四〕期：《元文類》作「其」。

賀聖節表

天開景運，篤有道之曾孫。電繞神樞，受介福於王母。觚棱瑞靄，閶闔臚傳。中謝誕紹鴻圖〔一〕，丕承駿命。至仁育物，得秋而萬寶成。盛德在躬，居所而衆星拱。當立經陳紀之始，爲施仁發政之規。郊廟肇禋，朝野胥樂。臣等名叨玉署，目極璇霄。廣《文王有聲》之詩，載歌律吕。衍殷宗《無逸》之壽，虔祝華嵩。

校勘記

〔一〕謝：《元文類》作「中」。

帝禹廟碑

至大辛亥，紹興路重修帝禹廟成，江浙行中書省平章政事臣某等遣使驛聞，請紀其事，鑱諸樂石，而以命臣文原。制曰可。顧臣膚陋，嘗待罪詞林，今又職司儒校，敢不對揚丕顯，式昭毖祀，垂憲來今。謹按史載帝即位，會諸侯江南計功而崩，因葬焉。其事與《禮記》言虞帝南巡葬蒼梧者，合語初□以久〔一〕。至於封泰山、禪會稽，則尤爲後世好大侈功之論〔二〕，而非聖人崇德務本意也。嘗以五服計其道里遐邇，則會稽實在要荒之外〔三〕。先王省方肆覲，政教是敷，非若御八駿、樂游觀〔四〕，除道周衞而勤民于遠。然帝自肇功疏鑿，告成錫圭，躬膺歷數，年逾百歲矣。然猶不肯一日自暇逸，以居於萬民之上。則夫子所謂「有天下而不與」者，豈非萬世之大訓哉！厥初巨浸稽天，民用昏墊，孰任已溺，懋於畲庸？天啟聖仁[五]，聲律身度[六]。勚功胝胈[七]，以宣地利，以奠民極，功施無窮。考禮報本，非越人所私[八]，爰自少康之庶子無餘，始封而命祀。葢少康距帝僅五世，嬰時投艱，復修墜緒。一成一旅，視夏配天[九]，不失舊物。緊帝之德，足以繫屬天下。而庶子無餘，亦克胙于東土。世席休光，以及周之末季。凡越之人，群居耕鑿，服習聲教，遡原而上，曷可食息忘也[一〇]？矧覩其因山之制，而遺衣服藏焉。歷世推崇，或著禎祥，神兹顧享。皇元受命[一一]，義周仁洽，綏定幅員。稽諸版圖貢輸，則在昔九州區域，止及海內。職方之大，軼古無倫。追惟有夏，治格幽明。山川鬼神，壹是寧謐。列聖繼承，用弘兹道。誕降璽書，凡在祀典者，命有司肅修時祭。棟宇傾圮，官爲繕完。若江浙所理，聖王之祀，宜莫先會稽焉。戊申歲，土荐饑，疾癘仍臻，民多流殍。臣某以季冬來領郡事，慨然曰：「古者二千石，期以共理，當爲民省憂。吾其敢怠忽！」明年春，白于宰臣，凡荒政若干事。既得請，還謁祠下[一二]，周視梁橑，風雨欹壓。黻冕弗治，丹雘漫漶。先是，宋政和間，即廟爲觀，逾年更爲寺。歲侵視蔭，百廢莫興。乃首議復廟田之私質于民者以贍衆，鳩工庀具〔一三〕，傭役惟時。鉏荒斧堅，民士止勸〔一四〕。礱石以楹，陶甓以甃。庭觀嚴敞，殿廡翼衞。若帝臨止，川谷賁輝。以帥府命，給中統楮幣二百七十一定有奇。是役之興，庶幾乎知臣民〔一五〕，而後致力於神者矣。竊惟帝之平水土也，九賦既均，又曰六府三事，以示天下萬世治道之本。獨《洪範》九疇，未嘗爲虞帝敷陳其說。後千有餘年，箕子始以爲武王告。使箕子蒙難而不獲信其志，又無武王者興，則九疇將遂湮而無傳乎？自夏歷商，孰傳之而至箕子？其事遠，莫可考。世知帝功與天地并，而《洪範》九疇，鮮有能研精理奧、究諸力行者。使其書徒以言語傳，漢儒旁摭庶徵〔一六〕，推致五行，其言非不較著明甚，而先王綜理天人之要，亦已微矣。八卦九疇，道相經緯，天所以畀聖人者，豈偶然哉？聖上纘承大寶，丕建皇極，中外大臣，務肩忠藎，謨協贊襄，蓋將絜斯世而躋之三五之盛〔一七〕。神人具孚，歲則順成，慶浹華裔，惟帝妥靈茲土〔一八〕，嘉飫德馨，亦永永億萬年無斁。臣謹再拜稽首而詩之〔一九〕。其詩曰：

浙河之東，有山鬱蒼。鎮于南土，夷視崇岡。昔帝會同，圭璧斯皇。翩其飈馭，若帝陟方。若彼橋山，弓劒是藏〔二〇〕。維是横流，潰潰懷襄。爍川静谷，成賦定壃。帝躬菲惡，俾民樂康。鑄鼎象列，謨訓範防。功加九有，道尊百王。世嚴秩祀，登薦肅將。牧臣有惕，顧視榛荒。乃堂乃構，邃宇周墻。吉蠲來享，雲旆龍章。緊帝贊育，時厥雨暘。物消疵癘，歲詠茨梁。永佑皇圖，儲慶發祥。即山勒銘，德遠彌光。

校勘記

〔一〕合語初□：《元文類》作「皆語相傳」。

〔二〕好大侈功：《元文類》作「侈功好大者」。

〔三〕實：《元文類》作「寔」，底本作「尚」，今从鮑校。

〔四〕游觀：《元文類》互乙。

〔五〕仁：《元文類》作「人」。

〔六〕身：僞鮑本作「自」。

〔七〕功胝胈：僞鮑本作「功胝□」，元文類作「躬胝胈」。

〔八〕非：《元文類》作「匪」。

〔九〕視：《元文類》作「祀」。

〔一〇〕忘：僞鮑本作「忌」。

〔一一〕元：底本作「上」，今從《元文類》、鮑校。

〔一二〕還：僞鮑本作「遂」。

〔一三〕庀：《元文類》作「克」。

〔一四〕止：四庫本作「競」，底本「止」旁批「競」，今從《元文類》、鮑校。鮑批：「止勸似誤，疑其。」

〔一五〕乎知臣民：底本作「有知成名」，《元文類》作「乎知成民」。今據鮑校改。

〔一六〕庶：底本作「散」，據《元文類》、鮑校改。

〔一七〕絜：僞鮑本作「挈」。　五：《元文類》作「王」，「王」當是。

〔一八〕茲：元文類作「於」。

〔一九〕再拜稽首：《元文類》作「稽首再拜」。

〔二〇〕藏維是横流……俾民樂：此二十四字底本無，今從鮑校、《元文類》補。

蘇府君墓碑〔一〕

蘇氏世居真定郡之真定縣〔二〕，君之曾大父公彦、大父元老、父誠，咸韞德弗仕。君諱榮祖，字顯之，益樹善以亢其宗，然歲止三十有七，實至元十二年五月十六日也。越四十三年，爲延祐丁巳，君子志道，官奉直大夫樞密院斷事官經歷，秩視五品，得追榮其父母。由是制贈榮祖奉直大夫同知中山府事飛騎尉真定縣男，妻吴氏真定縣君〔三〕，咸曰：「天之報施善人信遠，益有徵哉！」志道將刻石墓左，以昭被寵光于無斁。其子天爵嘗爲國子生，而予職教于兹也。以君之壻劉從道所著居里行業謁予文，余其可辭？按狀：君性潁異，童齓已若成人，從鄉人賈先生授業，讀書一過輒成誦。事大父孝，疾病湯液必親，雖躬溲矢不厭〔四〕，鄉閭葢以比古黔婁云。大父年高，寢必温，一夕誤火其席。大父曰：「吾孫勿異也。」然猶肉袒謝罪久之。早嗜學，每歸至夜分，戒叩户者勿亟，曰：「大父方安寢也。」時南北兵阻，售書價視珍貝，君得書必手鈔，校讐無毫忽舛異迺已。曆法自唐一行師推大衍定歲差法，後世多倣用之，然司曆或失其傳。君因《金大明曆》積算爲書數十篇，多易其舊。其學自經史百氏陰陽卜筮書，靡不研頤，尤邃伊洛之旨，必以孝弟忠信爲主〔五〕。嘗曰：「學貴適用也。」故素尚操履，有古愿直風。曾鬻白金於市，過友家墜焉。友故收之，以觀其恚，而君神氣自如。友徐歸之曰：「君之量過人遠矣。」歲疫，鄰有窶人，君爲具藥食，至舉家全活。里閈之婚媚喪葬者，每從君問禮，君援古訓式，縷解銖分，不爲世俗陰陽家拘忌之説，訟者亦就君持平。才諝日聞，轉運司辟君領真定税，然非其意也。賦入有常，司征者率利其贏，君一無所污。未期，以大父病歸，終孝養者七年而卒。大父泣曰：「天胡奪吾孝孫之亟也！」朋友族媚皆戚嗟相弔。明年，大父卒。越十年，夫人吴氏卒。夫人宋宣和故家，婉婉有禮節〔六〕，相其夫克慎中饋。既嫠，奉舅姑若夫之存。君儀容高潔，不事表襮，處昆弟雍睦，衣食不先。撫諸弟妹族屬，咸盡恩意。内外子姪群從指數百〔七〕，皆通財同爨〔八〕。君卒，諸弟稍欲分析〔九〕，吴夫人不能止，惟取薄田二頃〔一〇〕，書數篋。皆曰：「君之教行閨閫若是夫！」嘗欲辨宗法以合昭穆，建家廟以嚴祭祀，設門塾以訓鄉之子弟，志未就而歿。取《易》家人之上九，牓其齋曰「威如」，故學者因號「威如先生」。男二人，長即志道，次殤。或勸君止一息，教宜稍從寬。君曰：「教可以愛弛耶？」故志道由憲司户部樞密中書掾，長幕僚，司畫諾，皆以治辦稱。女三人，長壻即從道，次賈玖、馮慶。孫男五人，長天爵，力學蹟文〔一一〕，中國子高等，調薊州判官，累遷應奉翰林文字承直郎同知制誥兼國史院編修官，餘早世。女三人，適宫天禎、張蒙、何安道〔一二〕。葬以卒之五日，墓在府北新市鄉新城原，從先塋之兆。嗚呼！人情孰不欲貴且壽也？然古之知道者，以德崇爲貴，令名不朽爲壽，而世之高車駟馬以矜華寵，鍊氣服食以希高年，卒泯滅堙絶者何可勝道！其視賤且夭者，相去得失幾何也？若君之年與位皆弗克究厥施，而以善終始，可不謂賢乎？而況教忠有裕〔一三〕，命數哀榮，又可慰顯揚之思於無窮云。

校勘記

〔一〕碑：《元文類》作「表」。

〔二〕郡之：僞鮑本作「郡」，《元文類》作「之」。

〔三〕妻吴氏真定縣君：底本作「人」，今從鮑校、《元文類》。

〔四〕不：《元文類》作「弗」。

〔五〕主：《元文類》作「本」。

〔六〕婉婉：僞鮑本作「婉娩」。

〔七〕子姪：僞鮑本作「子之姪」，《元文類》作「子之姓」。

〔八〕皆：《元文類》作「獨」，鮑校删「皆」。

〔九〕諸：底本作「子」，今從鮑校、《元文類》。

〔一〇〕二：僞鮑本作「三」。

〔一一〕賾：《元文類》作「績」。

〔一二〕宫天禎：僞鮑本作「官天禎」，《元文類》作「宫天正」。按：袁桷《道園學古録》卷十四《真定蘇氏先塋碑》：「女孫三，適勸農司大使宫天禎。」卷十五《嶺北等處行中書省左右司郎中蘇公墓碑》：「女三人，適勸農司大使宫天禎」。知底本是。

〔一三〕忠：《元文類》作「終」。

絅齋箴

元坦使君以「絅」名齋，屬巴西鄧文原敷繹其義，乃作箴曰：維古哲人，德美内植。揚休勿矜〔一〕，反躬藏密。在《易》坤厚，含章可貞。明夷莅衆，用晦而明。善欲淵潛，志無衒飾。辟諸裼襲，身章之則。彼夸毗者，内視欲如。迺崇澆僞，以眩群愚。鼓鐘有聞，屋漏滋愧。爾車甚澤，而人斯瘁。緊南郭子，尚絅是遵。匪曰隱几，式企書紳。

校勘記

〔一〕勿：《元文類》作「弗」。

巴西文集鮑廷博補遺二

跋歐陽率更子奇帖

率更所書《夢奠》及《子奇帖》，嘗獲觀於祐之郭公山房，今三十年矣。俛仰疇昔，爲之慨然。泰定乙丑十二月廿又六日，巴西鄧文原書。

跋唐臨十七帖

此帖唐人書無疑。得子昂完補，遂成全物。當與蘇子美補《懷素自敘》同一珍秘，視朱繇爲道玄者異矣。

跋米南宫書

米南宫喜懸筆書，故小楷往往攲側，然筆力遒健，意度蕭散，宜爲一代書法之冠也。泰定四年秋分日，鄧文原識。

與本齋書〔一〕

文原頓首再拜〔二〕，總管相公本齋先生閣下：文原不意慶門爲福所倚，堂上竟以微疾奄至大故，聞訃驚怛，曷能爲情。然壽母以貞節終始，有子克盡孝道，爲時良二千石，亦可無憾九泉矣。銘文見委，義不得辭。屬體中略苦風寒，而來使以河冰不能久留，未免力疾屬稿，且繕寫納去，其於發潛德則未之有取也。遺貺益重愧恧，地遠不能引却，悚然而已。人還，率爾具復。冬令嚴寒，惟順理節哀是禱。總干照察。文原頓首再拜。

來諭一一爲嗣明言之，自有書奉答。銘文中爲字有失筆，别篆紙末。《壽康菴記》，來使趣行，當俟驛使便納上〔三〕。來使勞中統一定。

校勘記

〔一〕又見《式古堂書畫彙考》卷十七、《六藝之一録》卷三九七、《趙氏鐵網珊瑚》卷五、《珊瑚木難》卷八。

〔二〕拜：底本作「行」，據《式古堂書畫彙考》改。

〔三〕俟驛：《式古堂書畫彙考》作「行馹」。

跋鮮于伯機遺墨〔一〕

伯機於書法用功極深，至每數日相見，輒云近見子某帖，孰離孰合，言語心相劘切〔二〕，率以爲常。伯機仙去十載，非特書法如伯機者不可得。而朋友箴規之道，亦使人慨然。此詩乃元貞乙未，遊高亭廣嚴寺所作，用筆遒勁，與詩律精嚴，是或一道。卷中所及巘翁井西無逸，亦相繼云亡。郊遊凋謝，雅道寥落，益增隕涕。至大辛亥十二月望日，巴西鄧文原書於素履齋。

校勘記

〔一〕又見《歷代名人書跋》，《趙氏鐵網珊瑚》卷五又作《跋戲題廣嚴僧房壁》。

〔二〕心：《歷代名人書跋》作「必」。

跋顔魯公書朱巨川誥

《唐告》多出善書者之手，亦足以見一代文物之盛。矧魯公道義風節，師表百世，其所書尤可寶也。至大辛亥仲春廿又二日，古涪鄧文原書。

四書通序〔一〕

四書之學，初表章於河南二程先生，而大闡明於考亭朱夫子。善讀者先本諸經，而次及先儒論著。又次考求朱夫子取舍之説，可與言學矣。然習其讀而終莫會其意，猶爲未善也。《纂疏》《集成》，博采諸儒之言，亡慮數十百家，使學者貿亂而無所折衷〔二〕。予竊病焉。近世爲圖爲書者益衆，大抵於先儒論著。及朱夫子取舍之説有所未通，而遽爲臆説〔三〕，以衒於世。予嘗以謂昔之學者，常患其不如古人。今之學者，常患其不勝古人。求勝古人而卒以不如，予不知其可也。今新安雲峰胡先生之爲《四書通》也，悉取《纂疏》、《集成》之戾於朱夫子者〔四〕，删而去之。有所發揮者，則附已説於後。如譜昭穆，以正百世不遷之宗〔五〕，不使小宗得後大宗者，懼其亂也。漢世定經傳於白虎閣，因名書曰《白虎通》〔六〕。漢末封司馬遷後爲史通，通之爲義尚矣。若夫習其讀而會其意，此又學者之事，庶無負先生名書之旨云。泰定三年良月朔旦，巴西鄧文原序〔七〕。

校勘記

〔一〕又見《經義考》。

〔二〕貿亂：底本闕，據《經義考》補。

〔三〕臆：《經義考》作「異」。

〔四〕悉：底本作「盛」，據《經義考》改。

〔五〕以：底本闕，據《經義考》補。

〔六〕書：底本闕，據《經義考》補。

〔七〕底本後有朱批：「右從《胡雲峰文集》録補，嘉慶壬申五月廿六日，通介叟記。」

全元文巴西集補遺去重者〔一〕

賀親祀太廟表

寶曆在躬，祗服祖宗之訓。太宫修祀，於昭禮樂之文。海宇均安，神人交暢。中賀德崇恭讓，道積寬仁。艱難具察於民勞，徯戴密繇於天授。慶雲就日，護璽綬以歸來。瑞雪宜年，洗干戈而載戢。圭衮□龍章之盛，簫韶致鳳羽之儀。臣等備立台衡，依光宸極。群工述職，贊文治之成功。萬壽膺符，受明禋之純嘏。文淵閣《四庫全書》本《元文類》卷十七

校勘記

〔一〕《全元文》輯佚共二十九篇，其中《四書通序》、《跋顔真卿書朱巨川告》上圖鮑抄本中已包含，所以此處收録二十七篇。有的篇章《全元文》所據底本爲唯一出處，無本可校；有多個出處的，則加以校勘。

與伯長學士書

文原頓首再拜伯長學士尊眷兄足下：文原比於舜元書中領來翰，遄即轉達雅意於令嗣矣。令甥行曾奉記，當久已至都。區區仗芘如常，前月甲子之吉，粗爲小兒輩結居。閑守約中，勞費大不可言。時時得令嗣惠問，知府第上下俱安。兹因吴宣使行，作此。珍重珍重！不宣。文原頓首再拜。原見《停云館法帖》卷九，轉録自《全元文》。

與簡齋先生書

文原頓首再拜，簡齋先生相公閣下：文原未審扈從之行的以何日戒途，出無僕馬，不能面致珍重語，懸情不可言喻。墨以久留，此謹爲書《篔簹谷記》于後，聊以塞命耳。面晤秋以爲期，臨紙瞻馳之至。不備。原見《停云館法帖》卷九，轉録自《全元文》。

平安家書 十一月廿六日發

廿三日到績溪，越三日南至，明仲附至吾兒十七日書，知鬱攸之變，吾家幸平安，極慰客懷。溪月遭此不幸，殊不易處，爲老者致勞問之意。來此道間遇司中吴鼎臣奏差言浮梁同知管郎中妹夫，自北還報老者姓名在省臺選中，臺除視今爲陞，容或有之，若省除則資格太高，恐未必有。老者但欲早脱去爲幸，無過望也。吾兒到宣，吴自能言之須草錢同得。圭租得早辦[一]，亦免周折。吾兒到宣，恐吴屋高寒，又無人看覷，恐不可歇，不若就相識家暫住如李舍之類。歸杭須差祗候一人同行，或貢宅有人，得火伴乃穩。晚行早宿，切囑切囑！績溪事簡，月初可過新安。官奴親事，但得當頭人過得去便與定了，以早遣爲上。汝母之前説此意，别不作書。小姐而下想皆安，榮奴還説阿翁否？家中點檢風燭。此書附明仲人回。廿二日父書付慶長夫婦。原見《三希堂法帖》第二十五册，轉録自《全元文》。

校勘記

〔一〕租：疑爲「組」。

平安家書 四月初五日鉛山州發

十六日信州收汝母初三日書，知吾兒上墳未歸。所付饒吏書尚未到，李經歷言其人尚留杭也。老父以十七日至玉山，留十日，過永豐，又五日，過鉛山。自此過德興，方可還司。日色向炎，未有絺紵衣，恐下旬方能遂歸期。不知汝母可來宛陵否？今因福建李公亮書史遷調浙西，作此報平安。想家中一一安好，餘不多及。四月四日父書付慶長夫婦。原見《三希堂法帖》第二十五册，轉録自《全元文》。

程氏讀書分年日程跋

右稼軒書院山長程君本朱、真二先生教法，詳爲工程，以教今之應舉者，用意若迂，而得效甚捷，學者能信守不懈，則其進也孰禦？若夫下學上達之功，則有不外是者。使學者病其迂，則亦不足以言學矣。凡學道者不合乎今，然後能合乎古，惟程君勿以人言自畫，則又余之望也。至治改元良月廿又八日，巴西鄧文原因巡歷建平，觀此則書其後，是亦勉勵學校之一云。原見元至治元年刻本《程氏讀書分年日程》，轉録自《全元文》。

跋褚遂良書倪寬贊

文原曩在史館，獲觀褚河南書。今見此帖，恍若久别而復覿其風儀也。泰定四年秋分日，鄧文原識。見《三希堂法帖》第三册。又見文淵閣《四庫全書》本《清河書畫舫》卷三下、《石渠寶笈》卷二十九。

跋蘇軾春帖子詞

右蘇文忠公擬進《春帖子》副本，爲真蹟無疑。至于憂愛懇切，詞寓規儆，讀者猶可想見其風節。按公以元祐元年十一月擢居詞林，距今纔一歲〔一〕，已爲群邪攻詆。明年，上疏乞外補。又明年，出守杭州。自古君子小人消長之際，可以觀世變矣。元祐之爲紹聖，良有以夫。延祐改元七月十又一日，蜀後學鄧文原謹題。見《三希堂法帖》十二册，又見文淵閣《四庫全書》本《石渠寶笈》卷五。

校勘記

〔一〕歲：《石渠寶笈》作「載」。

跋趙孟頫臨黄庭經

小楷欲蕭散自得而法度森嚴，雖古人亦難之，當今子昂爲第一。余見所臨《黄庭》多矣，此尤爲得意者也。文原書。原見《過雲樓藏帖》卷五，轉録自《全元文》。

奉化州儒學記

廣平馬侯致遠守奉化之明年，以書來曰：「奉化邑隸慶元，升州於元貞丙申。溪山縈帶〔一〕，風物靚深。距治所二百，舉武爲學，莅事之始，謁于廟庭。周視室堂〔二〕，褊弊不葺〔三〕。予惕焉，廼詢請耆艾〔四〕，曰：『學故有田，歲輪穀爲石者百〔五〕。宋嘉定間，邑宰馮君季膺益以畝入七百石有奇，名曰義廩，俾群居者無宿舂而樂鼓篋焉。自碑仆竊〔六〕，去于貪滑，征爲私藏，而瞻士無贏儲。嘗直于有司，而不果復也。』於是剔抉隱陋，鑽鉏穴蠹，汰冗積羨，悉復其初。而又捐已餐錢〔七〕，以表急義者，得田餘三百畝，出入會計，嚴爲式程，期永久勿壞〔八〕。前是御史宋君節來守是州，爲買書、具祭器，而庋置無所。廼今建尊經閣五間，即其南彝訓堂之俊爲敞軒五，以容多士。左右泮水爲垣，而易行道于門外。若廡廩湢庖，甃築塗塈之工畢備〔九〕。墾地餘十畝，在閣北，蒔桑若麻苧。而規其貲以給師及童冠者之羹胾，稍采儒先教術以帥厲之。凡吾爲是者，匪干譽也，幸先生識其成，且以儆夫士。」予爲言曰：古之爲士者，耕有恒産，學有定制，教有定業。非必珍羞腴肉以飫其腹，華堂廣廈以適其體。至於考成之法，則又非詞章呫畢、矜能衒藻之謂也。然而士皆殖德勵行，競趍於善而不自知。後世崇餙廟貌，俾學道者知所宗，豐其屋廬，優其廩稍，日肆月稽，擇其藝精者，舉于有司，視古若甚周悉，而不才廼不退〔一〇〕，則亦教與學者俱有責焉耳。夫道莫先於經，先王之典則、萬世之範防具在〔一一〕。諸子百氏書則闡明乎此，而醇疵雜焉者也。從經則治，拂經則亂。歷代隆汙，則史臣筆之以爲世監者也。士之蒙瞽庸瑣者既不通經，而負英特者又多好異書之觀，其爲失則均。世有樂尊經之名，而求其實者乎？朝廷設科以選士，而士不敢以進取累其心。建學以養士，而士則曰：「吾豈志安飽者？」此士所以自重，而教化所由興。在《易》「鼎」之象大亨，以養聖賢，而「頤」自求口实，「觀」其自養也。異時，甬東多高門右族〔一二〕，接武卿相，勢利声華，文學行義，其不朽者固有在。學者審此，則可進於道，矧復尚友古之人哉。今馬侯之來奉化，首以興學爲務，庶幾漢文翁意也。蜀子弟被文翁之化，能爲其所难。奉化之士，漸濡於詩書也久，顧不能爲其易乎，而忍負馬侯乎？侯名称德，爲政未期月而百廢具興，又復建三皇殿于故址，皆有關於風化之大，是宜爲記。州長貳協贊于成者：達魯花赤沙邦、同知殷貞〔一三〕、州判許迪吉。將侯命謁予文者：范文亨、張輿權。延祐七年六月己酉朔記。見明刻本元王元恭《（至正）四明續志》卷七。

校勘記

〔一〕縈：本作「榮」，據《全元文》本改。

〔二〕周：本作「同」，據《全元文》本改。

〔三〕不：本闕，據《全元文》本補。

〔四〕艾：本作「丈」，據《全元文》本改。

〔五〕百：《全元文》本作「四百」。

〔六〕竊：《全元文》本作「籍」。

〔七〕錢：本作「鹹」，據《全元文》本改。

〔八〕壞：本作「懷」，據《全元文》本改。

〔九〕甃築：本作「甃篆」，據《全元文》本改。

〔一〇〕退：《全元文》本作「逮」。

〔一一〕具：本作「其」，據《全元文》改。

〔一二〕甬：本作「函」，據《全元文》改。

〔一三〕貞：《全元文》本作「真」。

建尊經閣增置學田記

浙水東四明學舍居天下二，而屬治文風之勝，比以奉川爲稱首。時異事殊，士廢學，悉趨時所尚，間有不隨其所趨，則群聚而縮鼻。人不韋賢經，一切掃地於祝氏矣。天開文明，奎星炳煥。聖天子下詔設科舉，以經明行修取士，士風翕然鼓舞。奉川籍學者皆欲以明經芥拾青紫，而未有主斯文者。廣平馬侯致遠來牧是州，長官例提學校，侯語二三子：「學校之事，似緩而實急。其不在我也，若在我，則不可不學之問。

夫士之作成，養與教而已。架上之書，廩中之粟，今其何如？」曰：「學有田，舊額四百石，馮令多福勸率鄉儒置租至七百石，曰義廩，見之於周丞勉所撰碑文。廩蓄鄉豪學職輩暗圖竊取，以周貧老婚葬爲名，立廩計私收巧破，所謂周急者，曾不沾一毫。租失舊額，職此之由。士無所贍，玄歌聲絶。問之則曰：『何必讀書。』」馮侯聞之，愀然曰：「士不明經，何以應選？吾聞之柳子曰：『作於聖，故曰經；述於才，故曰文。』香山居士以文集置於釋子之樓，文且有樓，經其可以無閣乎？」於是出己俸，倡募建尊經閣。聞者感動，傾帑助匠計之功，力饒。春季作之，夏孟落之。溪山映帶，市聲音不入。迺斵文木，迺架乃匱。定經南嚮，尊之也。史西而子集東，帙籤畢具。扁尊經閣，侯之子克敬大書，筆力健。杜子美誇其姪勤筆陣時年已十六七，克敬年且十二，見者稱美，以涓朔之閣上奉先聖燕居。乃以前政宋御使節置到九經韓柳文子集等書及今次刊到活字書板印成《大學衍義》等書庋其上。遷文公先生祠於左，建後軒五間，接蓋廊屋一十八間，立倉廒五間於堂之西，拓殿東餘地，亭於古松之下，扁曰聽松，以爲師生之游息。甃砌磚石，地如砥平。圍築垣牆，百堵皆作。遷行路於泮池之外，而池之中橋焉，跨鼇其扁也。通儀門成泮宮以南通水故事，樹以松柳，環列左右，規模整肅，燦然可觀。迺窮學廩積弊，物色馮令置田之碑，得之，革去廩計欄僕，義廩之儲，悉歸於學。委學正黃先根挨舊額田糧，得隱謾租若干石，及改正義廩若干石。侯猶有飯不足之慮，復出己資，倡率儒人董湛等增助田若干畝，租若干石。至治二年夏，侯復以增置義士餘糧，再置到田若干畝，租穀若干石。新舊通計田一千一百五十四畝，租穀及山租錢等計一千七百三十石六斗九升，米二十五石九斗六升餘。有地山租錢絲麥等物見之砧基碑籍。又規措學後餘地一十畝，桑苧其上，其利爲學職生員虀鹽之助。選生徒百名，立訓導大小學生員，周歲行供，春秋二丁，學職俸給止支外，餘皆撙節立規，儘有贏餘。侯時詣學，使諸生執經，更相問難。禮宿儒腹經笥者授業解惑，月書季考，期必成效。二月既往，申明鄉飲，僉舉賓介尊德尚齒合七百餘人會於泮宮，俎豆詵詵，衣冠濟濟，以陶成士君子之風。然又謂宮牆缺紀述，故不書。是役也，侯倡之，監州公力任之，佐貳諸君贊成之。學正黃先來杭徵文爲記，與侯相知非一日，故不牢讓，因摭事實梗概書之石，俾以告夫後之人。至治二年立石。原見清乾隆三十八年刊本《奉化縣誌》卷一二，轉録自《全元文》。

東陽義塾記

嘉定隸吴爲州，俗以居積尚贏富，幸歲豐收。惟有司繇征是急，故往往不暇以詩書誦絃爲事[一]。沈氏居是州之依仁鄉，家乘肇自五季，以儒聞。今忠翊之父仕宋尉安豐之霍邱，欲倣古爲家塾，以訓鄉之子弟，庶甿俗尚有勸也。不幸齎志以殁，則囑其子武略曰：「爾兄弟勿忘吾所欲爲者。」武略又卒。忠翊纘承其父若兄之遺意[二]，乃卜地舍北，周視亢爽。爲屋三間，以象先聖燕居，四賢配侑。修題敞庭，登降嚴翼。重門在其南，中爲方池，成梁其上。堂在燕居北，不庳不踰。朋習頤養，悉此焉觀。堂西有塾師之舍，其東爲庖，西南屬於兩廡，爲齋四，曰「志道」、「進學」、「觀善」、「時習」。延禮訓導二人，以佐塾師。又設長是齋者二人，分小大學以闡教事。買田千餘畝在塾西。畦有蔬，廩有藏，群聚所須，靡不畢給。經始延祐乙卯十二月，閲七月落成。有司狀其事以聞中書，其門曰『義塾』。又八年，爲至治壬戌，忠翊介其友俞觀光書抵京師〔三〕，謁予文爲記。予曰：古者二十五家爲閭〔四〕，則有門側之堂。大夫士歸老於鄉〔五〕，曰父師、少師，以教其鄉之子弟。春出東作，則里胥鄰長坐左右塾，以知昏昕墮勤之節。讀書力田，道不相悖。至秦發閭左之戍，而教始大壞。然春秋距古未遠，已有欲毁鄉校不設學者〔六〕，豈王化陵夷，固有漸歟？吴自太伯以禮讓爲國，迄季札而遺風未泯，吾夫子亦以習於禮許之。及聘魯，觀周樂，皆能因其音節，審知廢興〔七〕。蓋前是風雅頌，吴未有聞也。若楚左史倚相之於三墳、五典、九丘、八索，晋韓起之於《易象》、《魯春秋》。當時他國卿大夫，亦多未之見。後世《易》、《詩》、《書》、《春秋》之文盈四裔，而末學篤好者蓋鮮〔八〕，豈常人之情忽常生於所易哉。吴距魯可一葦航也，學於聖人者惟子游一人〔九〕。又能以其教施之武城，而武城大治。若子游之賢，信自拔於流俗者。士苟志於道，當不異乎古人矣〔一〇〕。今子弟之藏修游息於斯者，勿習於紛華，而謂本質爲已迂〔一一〕；勿競於聲利，而謂貧賤爲可厭；勿謂淫辭詖行爲可惑世，而正路之不由；勿謂小德細行爲不傷己，而屋漏之弗戒。孟子論友自鄉而之國、之天下；又尚論古之人，誦詩讀書而知人。是則沈氏自霍邱以來建塾之意也。霍邱諱躍龍，武略諱雷奮，忠翊名文輝，與其兄武略俱以航海給餉道，論功佩金符千夫長。而忠翊益恬於膴仕，以上成先志，且將庋書結樓其後。自始建塾，武略之子鈞，既躬其勞，復撥地以益之。蔡昇、劉瑞、張瑞，亦相協厥成。觀光名長孺，好修士也，今爲塾師云。明萬曆三十三年刊本《嘉定縣志》卷三，又見文淵閣《四庫全書》本《吴都文粹續集》卷七，簡稱吴本。

校勘記

〔一〕往往：吴本作「每」。誦絃：吴本作「絃誦」。
〔二〕纘：吴本作「續」。兩可。
〔三〕書抵：吴本作「走書」。
〔四〕間：吴本作「里」。
〔五〕歸老：吴本互乙。
〔六〕設：吴本作「説」。
〔七〕廢興：吴本互乙。

〔八〕末：吴本作「來」。

〔九〕人：吴本作「門」。

〔一〇〕當不異乎古人矣：吴本作：「信其異乎今而同乎古矣。」

〔一一〕已迂：吴本作「已遷」。

湖州路歸安縣建學記

湖學自宋寶元間，安定先生胡公以經學爲弟子師，由是東南諸郡知有仁義禮樂之教。其後郡縣皆立學，太學亦取以爲法。故湖學之盛，最於它郡。郡之倚郭縣曰歸安，猶未建學。附於郡學東偏池上，校官幸滿，即代去，因仍歲月，漫不加省，非闕歟夫？循名而不責其實，雖善治者無成功，而況學乎？泰定甲子，南陽完澤溥化擢進士第。明年，來丞茲邑。顧瞻興嘅曰：「余幸以儒決科，筮仕之始釋是不圖，予負丞矣。」遂首出己俸，買地縣治之東南陬。溪山迴互，面勢敞爽，宜爲學者藏修遊息之所。因謀諸長貳與職教者，群言允叶。且召邑中慕義之士，而語之故，咸樂輸助，以相庸作。於是翦夷榛翳，經度榦址。爲殿周阿，以主以侑。塑繪之事，咸中儀式。講肄有堂，居處有舍。重門脩廡，中外具備。肇始于三年四月，越一年閏月，舍菜以落之。又置腴田、造祭器，以圖惟永久。士驩然曰：「學校，風化所先。知建學，斯得爲政之本矣。」昔鄭人欲毁鄉校，而子産不可，是以見稱於夫子也。隆古盛時，家塾、黨庠、術序、國學，莫不有師。而又有東膠、虞庠、成均、瞽宗、辟雍、頖宫之等。雖異代殊制，然大要使人崇本絀末，由體適用。自秦易郡縣，置守令、首戰功、師法吏，而教始大壞。後世隆其棟宇，優其廩稍，學者得專意問學，以希賢聖，而人才乃不逮古，何哉？宴安之習勝，則刮磨淬厲之功不篤。外有利禄之誘，苟可以干時名而梯進取者，何不爲也？而廉耻之風微矣。有志之士，不偶于時，則寧高蹈林谷，被褐高歌〔二〕，有以自樂。雖時有用舍行藏，而道無得喪榮辱，是爲爲己之學。流俗方訕唉以爲迂，而莫之從。然則人才之作興亦難矣。聖門弟子，惟子游吴人。習聞學道之訓，施之武城，弦歌而治，故得士如澹臺滅明者。古者國子舍于王宫，教于師氏，而以時會于大司樂，以習弦誦，以學樂舞。是弦歌特學道之一事，而聖人有取者，因弦歌而知學道之化被于一邑，由是而之國之天下，皆是道也。夫子曰：「十室之邑，必有忠信。」歸安壯哉。縣貞人勝士，多栖息其間。今丞之得士，安知無如滅明者？予老矣，願有聞焉。泰定五年龍集戊辰人日記。清道光四年李樫刻阮元《兩浙金石志》卷十六，又見清同治十三年刻《湖州府志》卷五一，《全元文》本據此，又見清光緒刻《潛園總集》陸心源《吴興金石記》卷十五。

校勘記

〔一〕高：本作「商」，據《湖州府志》、《吴興金石記》改。

譙樓記

古者挈壺氏凡軍事，縣壺以序聚㰃。司寤氏掌夜時，以星分夜，以詔夜士夜禁。

鼖人凡軍旅夜鼓鼜，掌固夜三鼜以號戒，皆命士董其職。後世鼓角特戍卒之事，挈壺則有司令陰陽者流番直之，異古制矣。昌國隸慶元郡，在海東南古翁山地。世傳周穆王伐徐時嫚，王不君，死〔一〕，其民遷之洲上。或云越王欲遷吴王夫差于甬東是也。唐曰翁山縣，宋元豐年間改曰昌國。登高而望，鯨波汗瀾，極天無岸。若高麗、流求、毛人之屬，綿亘海外。諸番舶道所經日本市易，則遣兵戍守，以鎮海道。近皇朝至元中陞州〔二〕，凡官署符移〔三〕、圭田俸賜，悉易其舊。而麗譙未建，非所以重侯藩，而威遠裔也。泰定丙寅，吴興趙侯仲穆至，諗諸州長及僚佐等，僉言惟允。於是諏日之吉，庸工庀具，乃榦乃址，以搆以艧，敞爲艧樓〔四〕。匪事觀游，惟軍容是肅。測景有規〔五〕，警嚴有節。樓成，大飲酒，合樂以落之。鼓角初奏，如蟄之雷，如沍之春。声陽敷舒，群情暢達。帆檣下上，瞻望斯樓，薄乎霄漢。咸太息曰：「前是未之有也」。有父老言曰：「官于是者，以是邦邈居海陬，率鄙夷吾民。懦者弛慢，貪者鷙暴，徵斂狎至，期會星火，我民用不得恬息。今侯一以廉平，致民於理。枹鼓弗驚，不識吏卒。田有上腴，隰有淳鹵。銍艾既登，鹺賦羨入。始制銅漏以節晨夜，嚴鼓角以戒昏旦。

八風既正，四時既叙，以新民德，以導民和。顧侯毋去，以重我邦民之思。」余曰：鼓角者，號令也。而挈壺，則貌令所由本也。今夫陰陽寒暑，化機不停。而丈席之内，銅壺漏箭，實司其權衡。古創物者，范金必精，挹注必清，必待時日之運行，是以威信旁浹，而声教宣明。辰入酉退，官有法守。出作入息，民由訓程。常虚以受其成，静以持其平。寓智於物，而不自用其智。取則於水，而水無縮嬴。雖風雨冥晦〔六〕，萬变莫測，而不失常經。爲政之道，有以異是夫？侯其益加惠於是邦之人，有興除者，無不爲也。後之登斯樓者，亦因創作之勤，繕修必時，以勿替前規。致和元年四月日記。見明刻本元王元恭《（至正）四明續志》卷三。

校勘記

〔一〕徐時媓王不君死：《全元文》作「徐偃，王死」，疑作「徐偃，時王不君，死」。

〔二〕近：《全元文》本作「迨」。

〔三〕移：本作「袳」，據《全元文》改。

〔四〕艭：《全元文》作「飛」。
〔五〕景：本闕，據《全元文》補。
〔六〕冥晦：《全元文》互乙。

府城隍廟記〔一〕

郡有峰，其形若龜。顒首南面〔二〕，郡治踞其背。直南爲廟，以祀城隍。宋紹定間，寇至，官軍破平之，若有風馬雲車犄角來助，寇以奔潰。水旱疾癘，禱焉咸格。至元丙子，城居燬於兵，惟廟獨存。越六年，盜發屬邑，薄城下，勢張甚，神效靈如紹定時。泰定乙丑，監郡赫斯來守是邦〔三〕。祇謁祠下，周視棟宇撓敗弗治，撤而新之。一夕夢與神坐，若訊鞠者，覺得西安縣方氏死冤狀，釋繫者十一人。其經度締構，則自敞殿層樓、重門修廡，以次具美。夜復夢造神所，有遺骼在列。黎旦見木偶屏榛翳間，協如夢。又北爲殿廡，益增廣深。蓋自甲子八月至明年五月落成。赫斯首捐俸錢二千緡，僚吏士民咨諏勸相，庸工庀具，悉由官給，是宜記之。原見清康熙三十八年刻本《西安縣志》卷二，轉録自《全元文》，又見清文淵閣《四庫全書》本清嵇曾筠《(雍正)浙江通志》卷二百二十四，崇禎本《衢州府志》。

校勘記

〔一〕府：《浙江通志》作「衢州府」。
〔二〕面：《浙江通志》作「向」。
〔三〕赫斯：《浙江通志》作「和斯」。

杭州福神觀記

杭州西湖，古稱秀麗甲於江南。環湖多仙佛之居，宅幽臨曠，金碧相望。宋祠太乙神，爲宫者二。其在孤山者，表曰西太乙宫。宫之北曰爲斷橋，橋左爲福神觀，本宋趙氏故宅。長隄古柳，映帶檐梠。居游者以爲距城密邇，而盡挹湖山之勝，宜爲明靈宴娭之所〔一〕。至元宮自孤山徙焉，學道修真之士，巾屨雲會，顧褊隘不能容〔二〕，廼購黄山橋楊氏故園，劃夷經度，大宏厥規。凡觀之層樓夏屋，榱桷甓瓦，悉撤其舊，以營新構。而觀所存，僅頹垣敝宇，雜以蓁薉。雖神無定在，不囿形迹，而人事興廢，過者亦爲之歎惋。大德丁未，全德靖明弘道真人張公惟一〔三〕，榮被璽書，領西太乙宮事。公以祠官祝釐，便蕃錫寵，黄冠羽服，邈自山林來遊京國者，公與語，輒少許可。有以錢唐崔君汝晋名聞，公憙溢顔面曰：「福神觀吾有屬矣。支傾補壞，惟汝晋其能。」使者奉書幣，以禮將命，崔君曰：「公寔知我，其何辭。」於是卜吉肇工，傾貲掄材。重門外扃，兩廡翼衡。爲殿周阿，以奉三清。又建福神觀殿，以祀玄武。像設邃嚴，圬墁完美。懸鐘有亭，函丈有室。堂庫庖湢，各有攸處。始延祐戊午八月，未期年而大備。張公惟一奏曰：「明道冲正玄逸法師、西湖福神觀住持提點臣崔汝晋，重建福神觀成，乞降綸音輝，賁林谷，以振玄風，以崇毖祀。」制曰可。惟張公克知崔君，君亦不負所知。古之人神交氣應，有不一接言笑，而意已孚者，信若此者哉。吾嘗觀老氏之道，以虚無爲宗，以清靜無爲爲用。後世殊庭珍館，儗諸神山，務極繕治，其説始於學仙者流。然知道者則曰：「吾恬澹冲寂，見素而抱樸。雖混迹列肆之市、連雲之第，而是心常泊如。故曰：『宇泰定者，發乎天光。』吾於是得道之妙焉。厥有矯亢之倫，未忘乎世故，則内熱而外膠。雖草衣糲食，巖居川飲，其於道猶拾瀋也。」今崔君捐厚積以飾靈宫，外雜囂氛，而中慕玄奥，抑亦有見於此乎？余又以知事之成虧，皆繫乎得人與否。今之輪奂翬飛，皆昔之荒蹊蔓草也。神依人而行，人事興則神道立。山明波淨，壇宇穆清。羽蓋蜺旌，肹蠁來假，將導迎景貺於無有窮已。崔君來謁余文，勒諸貞石，乃爲具識顛末，以昭示來者。祠有林山處士像，崔君以事其父，亦庶幾老氏孝慈之旨云。延祐泰年正月望[四]，承德郎僉江東建康道肅政廉訪司事鄧文原記。翰林學士承旨榮禄大夫知制誥兼修國史趙孟頫書并篆題。清道光刻本清吴榮光《辛丑銷夏記》卷三，又見一九九八年版《道家金石略》第一一五四頁。

校勘記

〔一〕娭：《道家金石略》作「娱」。按：娭爲嬉古字。

〔二〕隘：《道家金石略》作「狹」。
〔三〕全：本作「仝」，據《道家金石略》改。
〔四〕「延祐桼年」至「趙孟頫書并篆題」：《全元文》不録。按：《全元文》判定此文作於延祐三年正月十五，有誤。文中有「始延祐戊午（五年）八月，未期年而大備」，則完工在延祐六年，文章不可能延祐三年就寫好。且此處明確説明是「延祐桼年正月望」寫，所以應當是延祐七年正月十五。

大東華宫紫府洞記

文登之崑崙山肇建東華宫，詳見集賢學士焦公所爲記。初，丹陽師馬君還自秦，卜盧白玉臺下，是爲契遇庵，其東南則紫金峰。嘗曰：「茲紫府洞天，往聖修真之地。山川靈跡，秘而復啓，其在後百年乎？」自是室宇虚構，視其教日崇，而洞猶未闢，數若有待也。大德甲辰，主是山者李道元，顧瞻鉅石如峰之趾，根從雲蟠，勢凌空浮，孤起峻峙，巉巖磊砢，若太古欲判，人謀鬼謀，時至冥會。始運椎鑿，堅曠未化，則又規以爐炭，鼓以橐籥。烈火所焮，石理迎解，易若朽壞。呀然而空穴開，泠然而陰風生。乃斲白石爲五祖七真像祠其中，期與茲山不朽。工成，有群鶴翔空，觀者以爲瑞。稽其歲月，適與前言符。竊意仙者深根寧極，故知來若神，不然，其協焉若此哉？夫陰陽者，天地之大橐籥也，萬物之胚腪也，變化盈虛合散，有異學道之舍妄歸真、易昏爲明乎？洞之空同，合道之中；洞之突奧，觀道之妙。抱元守一，與洞同寂，神遊化先，廓乎洞天。或譏以鑿混沌者，道元曰：「道無不爲而無爲也，庸詎知塞者非實有而闢者非實無乎？」語類知道者。先是庚子歲，王道寬始拓宫之故基而新之，武道彬、蕭道固等纘其遺規，鳩工掄材，百役具舉，而洞卒成於道元也。雖廢興有數，亦由其人敦樸勤瘁、道協誠孚，故信士樂附。彼特以孤亢矯俗爲無爲者，焉足以臻此？有司常疏其行業及菑沴禱禳之應，第其名以聞，由是誕降温綸，焕乎龍光，下燭滄海，而紫府洞邃可增崑崙之勝。道元又嘗爲石址，高逾丈，縱廣二百尺有奇，其上爲長闌，爲三門，皆礱鉅石加礱琢，若白石像，則處士王秉道等樂善競勸，用克底於成。雲峰岳道崇請備書以示來者，俾勿忘，於是乎書。至大三年七月望日記。原見清光緒七年刊本《增修登州府志》卷六五，轉録自《全元文》。

大元隨州大洪山崇寧萬壽禪寺了菴明禪師重建寺記碑〔一〕

大覺能仁以慈忍精進，利己利物，而遊人間世。以戒定慧，訓諸門徒，正心誠意，而行其道。故時愈久而愈彰，益誣而益信。自漢至今，建幢樹刹，幾遍寰宇。天秘名山，雲藏福地，必假至人而啓發之。葢由正報既勝，則所依之處，詎宜狹劣哉？兹山之興，唐元和間，慈忍靈濟大師傳馬祖心印，下五頂峰，符「隨止洪住」之讖，休息于此。民依福善，深感其德，奉以精舍，山由是而名焉。漢東之國隨爲大，環隨皆山，以大洪爲宗。大師之神異，地之形勝，寺之沿革，與夫甲乙十方之論，見於吾盡居士之言。曩罹兵燬，化樓殿於灰礫。山回嘉運，必假人而興焉。重開山第一代了菴卓禪師，諱宗明，江東上饒柳氏子。志慕空寂，依蘄州多雲山廣化寺，師事長老文仙。薙髮受具，進以善業。一朝慕道先哲，飄然振遊方之□。至漢東卓菴，於靈濟故址，披荆榛而侣猿狖，晏如也。屬歲大旱，一方之民拾橡而食，請禱於師。師愍群望，以禪定力，默起池龍，雨亦隨至，滂沛沾溉，歲大有秋。數年之閒，民歌屢豐，實師之惠也。未幾，昔之所議營棟宇，答師之休，由是雜然而趨，樂然而會，治基之穢，壘礀之崩。化者，今復存矣。翼翼飛甍，渠渠夏屋。巍然如七金山，照映林谷，雄偉壯麗，聳動觀瞻。至於別甑吹香，銅魚喚粥，檀施絡繹，而供給焉。至元二十五年春，知隨州傅君安國，原師之德，偕其徒宗才至京師，謁大司徒，白興寺之由，獲覲天顔。對誦《大般若經》〔二〕，頒降聖旨護持，勵興修之志。師於元貞元年六月二十七日泊然而逝，度徒弟五百餘人。今住持宗上，乃徒衆之上首。志堅行潔，服勤衆務。大司徒秉人鑑之□，謂能紹其緒績者，必斯人也。文□宣政院頒降聖旨，凡修葢護持師之未了者，宗上悉能了之。壇場雲堂，阿羅漢閣，期於大備而後已。吁！豈天地萬物乘除於數，而存諸其人邪？抑山川之靈思革其故，而謀其新邪？不可得而知也。昔靈濟以道存其誠，斥龍濟旱，致兹刹之興〔三〕。今復以禱雨利民，而興兹刹，歷時雖遠，皆出於深惠願力、勤苦諸行，然後成。視昔世之豪家富宅，畫棟朱檐，咄嗟可辦。至於勢去時乖，蕩無遺礫。欲類吾浮屠氏，更廢而迭興者幾希。葢由願力與勢力不侔耳，故系之以辭。辭曰：

至人不作，作必有則。立教垂範，惟一真實。以真實故，集其大成。正法眼藏，愈久愈明。震旦之區，實坊星布。像設尊嚴，大張治具。隨之西南，山曰大洪。盤基百里，俯視漢東。昔靈濟師，發軔於兹。中罹兵革，廢而後治。後數百年，了菴出焉。卓菴付龍，豐雨沛然。境民蒙福，乃構禪棲。美奂美輪，雲繞璇題。紺殿耽□，萬象悉納。翼以修廊，冠冕群剎。緊大司徒，法門砥柱。以大願力，相吾鐘鼓。冉冉緇□，朝經暮禪。克昌道運，永壽堯天。龍蟄于山，豐凶所寄。□□帝力，爲民之利。洪山崇崇，湖水溶溶。磨石紀功，與山始終。

大德九年乙巳中秋日。民國十年本清楊守敬《湖北金石志》卷十三，又見一九三四年刊本《湖北通志》卷一零五。

校勘記

〔一〕篇名《湖北通志》作「重建崇寧萬壽禪寺記」。

〔二〕對：本作「封」，據《湖北通志》改。
〔三〕剎：本作「利」，據《湖北通志》改。

三佛泉銘 并序

泉在七寶山雲居庵，沙門指月所浚也。庵始湫隘，延祐丁巳擴而大之〔一〕。夷高就深，出土盈尺，得古泉，井甘而易涸。歲甲子，復深之〔二〕，去水輿石〔三〕，復得眢井。甓甃堅完，距地踰四尋。寒泉芳洌，汲用不竭。越有神異，見佛首三，諸相具足〔四〕。於是續以貞珉，塗以黃金，諸比丘衆恭敬圍繞〔五〕，嘆未曾有。巴西鄧文原爲之銘曰〔六〕：

我觀大地，積水所載〔七〕。孰疏鑿是，太虛無外。掘地及泉，視之縈帶。如履冥途〔八〕，破諸障礙。其源淵谷〔九〕，其瀉湍瀨。不止不流，以與井會。瑞相見前，示我三昧。彼壞者石，實相不壞。是實相故，徧恒沙界。以一勺甘，除世渴愛〔一〇〕。是相是水，無在不在。我作銘詩〔一〇〕，以警盲聵。

泰定丁卯吉日書。《（成化）杭州府志》卷四七，又見清乾隆四十九年刊本《杭州府志》卷一三，民國十一年本李格《（民國）杭州府志》卷二十。

校勘記

〔一〕之：本脱，據乾隆志、民國志補。
〔二〕復：乾隆志、民國志作「浚」。
〔三〕去水與石：乾隆志、民國志作「土工輿石」。
〔四〕相：乾隆志、民國志作「色」。
〔五〕衆：乾隆志、民國志無。
〔六〕文原：乾隆志、民國志作「某」。
〔七〕水：乾隆志、民國志作「氣」。
〔八〕途：本作「塗」，據乾隆志、民國志改。
〔九〕源：乾隆志、民國志作「渟」。

〔一〇〕世濁：乾隆志、民國志作「諸業」。
〔一一〕我：乾隆志、民國志作「是」。

隸韡堂銘 并序

王官何清父伯仲五人〔一〕，以孝友聞於鄉，榜其堂曰棣韡。公卿大夫播爲詩文，以宣道其美。巴西鄧文原廼紬繹其義，爲之銘。銘曰：

粵昔弦詩，民聽用舒。廼篤倫類，訓迪厥初。民生顓蒙，曰友是須。矧兹同氣，提孩以愉。篪塤春和，席研書俱〔二〕。顧復攸同，其樂只且。我瞻玉李〔三〕，媚于庭除。厥根碩固，厥華芬敷。風翩露湑〔四〕，煒其承跗〔五〕。物性孔昭，豈人爾殊。聽披棘心，弗念弗圖。豆其載謡，匪懷伊愚。有鬩於墻，殆傷髮膚〔六〕。猗歟何氏，五鳳聯如。有扁在堂，孝思靡渝。我銘維何，以敦薄夫〔七〕。明成化十一年刻明胡謐《（成化）山西通志》卷十三，又見民國二十二年影鈔成化十一年《（成化）山西通志》。

校勘記

〔一〕五人：本脱，據影鈔本補。
〔二〕書俱：影鈔本作「晝供」。
〔三〕我：影鈔本作「哉」。
〔四〕風翩露湑：影鈔本作「風引露清」。
〔五〕煒其承跗：影鈔本作「蟬其承附」。
〔六〕殆：影鈔本作「居」。
〔七〕以：影鈔本作「庶」。

皇元特授神仙演道大宗師玄門掌教輔道體仁文粹開玄真人管領諸路道教所知集賢院道教事孫公道行之碑

天啓聖元，丕昭神武。撫綏萬方，髦俊臣附。亦既抒智效能，懋建勳伐。惟秦雍古稱神明之隩，乃有樂道修真之士，宣揚玄風，以上贊清靜無爲之治，際遇周渥，振古所未有也。若輔道體仁文粹開玄真人孫公，幼穎慧，甫能言，母氏程教以孔孟書，一過輒成誦。被兵孤，即刻志恬薄，寄跡終南山，從穆真人。踰十歲，着道士服，玄明文靖天樂振教大真人李公器遇之，授《易》、《老》奧義。天樂之教由馬丹陽、于洞真二真君以次相傳，其胠抉淵秘，雅有宗緒。紫陽楊先生仕金，嘗轉運河南，與遺山元公齊名，世稱元楊是也。先生素慎許可，過山中，顧公屬句警敏，大嗟賞，由是英譽日馳，遂爲京兆路講經師，妙齡闡教，流輩爲傾。淳和真人王公畀號曰開玄大師，提舉重陽宫玄壇事。至元甲戌，昭睿順聖皇后命公侍安西王掌祠事，祈禬歆格，即充京兆路道録。亡何，洞明真人祁公屬公典教開成，然留王所，不果行。復提舉洞真門下諸宫觀，秦王稔公才望，俾提點道門之在京兆者。玄逸真人張公以秦蜀道教提點所非瑰特士不可，擢公通議官。壬辰，提舉大重陽萬壽宫。宫自甲午營搆，歷歲五十有九，而殿閣壇宇，訖未完美，至公而圖繪黝堊，陶甓墁□之工，悉增舊觀。遂由通議官陞副提點，遄奉王教，蒧事殊庭，群鶴來翔，衆嗟靈異。大德己亥，成宗加璽書，授陝西五路西蜀四川道教提點，領重陽宫事。越四年，錫御衣一襲，寶鎮寥陽殿，弘璧天球，莫喻輝赫。癸卯冬十二月，安西王妃大宴興慶池，賜西錦衣赤驥。期年，祀于靈宮，王又出綺袍玉鉤帶以旌之，而公得寵弗居，益守沖約。因乘傳之華山，投簡龍湫，西還，道渭南，河水暴溢潰堤，旄倪旦暮虞即死，遮道祈哀。公爲前立奔衝默禱，人人爲公危，而公神色自若，有頃，河北，流民以恬息。上遣侍臣奉香幣即宫而禜焉，秦人至今德公，能道其事。尋拜諸路道教都提點，公亦感激眷知，趣裝入覲。留三載，加體仁文粹開玄真人，領陝西道教事，寔武宗即位之二年也。公歸終南，將遂終老，仁宗志弘道妙，欲簡用耆德，遣使召赴長春宫，掌全真教。至則見於便殿，大悦，制語褒嘉，陽煦春育，日賜上尊酒一以示優老。終南有甘、澇二谷，歲收園林水利以贍其徒，詔有司毋令侵奪煩擾。前所錫御衣，勑中書參知政事趙世延爲文紀於石。自公之來，玄訓是崇，祠官祝釐，貺施如響。其大彰著者：延祐乙卯旱，公禱焉，大獲甘雨，宰臣致幣，文臣詩之。冬十二月，星芒見，公肅將毖祀，竣事而星退舍，賜白金泉幣。薦禱雨于兩京，皆應不踰期，帝喜，顧謂侍臣曰：「真老成人也。」未幾，命翰林學士承旨趙孟頫贊公像，且加御璽其上。前是爲脩壽寧之北斗殿，既又即長春建殿以奉法主，令參議中書省事元明善譔詞勒碑。昔公居終南，嘗爲鳳翔李氏有禱，致雲見五色，大夫士競爲詩文以表徵祥。人意公靈符秘籙，動致乎感，不知精誠之極，與神明會，非方士曲學譎怪忽荒之謂也。公念道有統紀，若于李、穆、王諸師請敘增封號，用敦報本，作甘河橋，以昭金正隆間祖師遇仙之所。時元明善遷翰林侍講學士，勑爲書成績。至是公老矣，上章乞西歸。逾年，今上可其奏。陛辭，奩香給驛以還。暨入關，觀者夾道嗟異。至治元年夏，避暑靈泉觀。八月朔，夢作《浪淘沙》曲，皆辭謝榮名、逸老林泉等語。越五日，大雨，盥浴作頌，翛然委蜕，無怛化意。公生宋淳祐癸卯六月三日，壽七十有九，諱德彧，字用章。其先吴人，有官于蜀者，自唐僖宗書孫氏書樓而族益弘衍，在宋則有御史中丞抃，以伉直聞。公蚤棄俗，志老氏學，深有契乎見素抱樸、少私寡欲之旨，卒能以善終始，保其名譽，可謂有德君子者矣。每暇，熹作字爲詩文，有《希聲集》傳于世，牓其室曰履齋。弟子任道明、張若訥、顔若退、趙道直、景若沖等，卜是年九月十二日葬公于終南山仙游園。楊太初曰：「吾師往矣，不可以無述。」來請銘。文原忝居集仙之署[二]，義不得辭。銘曰：

惟道沖漠，惟民敦茂。俗化澆淳，日與物媾。至人虚靜，克守至正。一氣孔神，百雲順令。陟降在茲，昭假非違。道豈遠而，方伎汨之。巀嶪坤維，峨眉之麓。曰書樓氏，右江鄉族。粤生聞孫，潔身巖阿。□性葆光，抱德煬和。維帝簡在，鶴書來徵。耆俊登崇，玄教以興。接神明廷，祇祀靈畤。祈禳雩禜，亦資燮理。帝用蕃錫，曰予汝嘉。緊黄冠師，圭衮之華。公念伓老，陳詞于再。雲軺風馭，飆其西邁。居有園池，樹有松檟。不辱不殆，孰踰公者？迅景幾何，德人其亡。不亡者存，雲山蒼蒼。終南仙游，游乎太始。銘詩樂石[二]，光昭曷已！原見一九一八年羅氏影印本《金石萃編未刻稿》卷二，轉録自《全元文》。

校勘記

〔一〕集仙：疑作「集賢」。

〔二〕樂：疑作「勒」。

皇元重建南鎮廟碑〔一〕

周官職方氏辨九州之國，東南曰揚州，其山鎮曰會稽。鎮山各長其方，貴莫與夷。而會稽次居先，亦若傳志所載。南海神在北東西三神河伯之上，先王叙秩常祀，固自有旨哉。地主静，故物生而不息。鎮山因地之厚，而相其成功。在人則方伯宣仁風、敦政本，俾民阜康，而不知所利由是道也。按虞帝巡狩，則望祀山川。乘輿所經，歲周四嶽。雖古者省方設教，禮崇易簡，然而道里遼廓，涉時燠寒，聖人之於民，亦已勤矣。自巡守道廢，而望祀僅以名存。歷世隆污，益昧原本。

秦漢肇興五畤，旁禮八神，諸若陳寶碧雞、壽星泰一〔二〕、神君武夷，莫不有祠。禁方秘祝，異説交集。祈禳雩禜，降及厲淫。先王之理天下，所以存誠贊化，孚格神明者，其道隱而弗彰。夫山林、川谷、丘陵能出雲爲風雨者，禮皆列諸百神，而况名山具瞻，奠鎮下土，利澤周施，其重豈直與勤事定國、禦災捍患者侔。稽古盛際，四鎮咸在封域之内，分合世殊，政教弗通，神或匱祀，聖元肇運，武戡亂略，德懋好生，天人順應，萬方臣服。自昔車書會同之盛，未有窺其際涯者也。文治修明，中外禔福，則又懷柔百神，示民禮秩，益延景命。惟東南控帶江海〔三〕，層崗峭嶺，圭立屏峙，莫可殫狀。而會稽山之秀萃無儔，明靈所司，由隋唐暨宋，祝號祭式，公王次升。大德己亥，詔尊南鎮會稽山爲昭德順應王，與嶽瀆同祀。使者肅將，戎具白金，函香旛以綺错，牲醑芳潔，籩豆静嘉。然而象飾弗嚴，梁頽楝撓，庭序榛薉〔四〕，陟降裸薦，室不稱儀。越十有一年，爲至大己酉，嘉議大夫臣朶兒赤來守兹土，進謁祠下，顧視興嘅曰：「守臣職在蕃宣，事神訓民，曷不欽厥事？」乃集群議，將大撤而新之。請于帥府，給緡錢二萬五千四有者奇。邑里競勸，傾貲相役。環林文石，桴輪輂致。礱斵既備，版幹具興。殿宇周阿，前翬後棘。表以重門，翼以長廡。齋廬靚深，膳烹有所。邦人士女，禱祠會止。閑亭飛閣，可觀可憩。環山繚谿，若有風馬雲車肸蠁來假。先是於越大饑，道殣相望，薄征振廩，荒政荐敷，惠及埋胔。明年夏復旱，臣朶兒赤禱于神〔五〕，得雨，人謂神亦矜民，易以城感。後復有事于廟，經度故址，田畝二十五有半，因發地得石，具識深廣〔六〕。北東西臨溪，南直玉笥峰，紀以宋大中祥符之二年，視舊加斥，克弘厥規。豈神之宿留，告曉于人固如此哉。考諸在昔，常以立夏氣至，揭虔蕆事〔七〕，導迎發育，天道無垠，因時布令。仁行于春，禮繼炳文。歲功序成，物乃蕃息。維茲越土，肇歸版圖，于今幾四十載。乃者歲比遣使，皆爲民祝釐。聖上纘承基緒，申飭有司，益嚴毖祀，仁昭禮洽。上以法天之運，而元臣碩輔同德協心，迄底康乂。東南旄倪，陶咏皇風，侵溉膏澤，生聚教訓，期于億萬世。江浙行中書省平章政事臣張閭等奏曰：「南鎮廟成，維麗牲有碑〔八〕，乞命儒臣文原爲文〔九〕，以詔來者。」制曰可。臣謹再拜稽首，願頌帝德，且宣神功。爰勒銘詩，與茲山無極。其詩曰：

邈哉東南，萬山之藪。孰殿茲土，相其温厚。先民有言，山嶽配天。體坤之載，道合静專。崒茲會稽，列巘環向。鬱葱禹穴，蔽虧秦望。譬彼江海，百谷是王。禮隆昭示，嘉薦必芳〔一〇〕。奕奕新廟，塗塈丹雘。盪昏即明，闢隘從廓。物既和止，神亦宴娭〔一一〕。靈斿肸飭，賁然來思。擁其休嘉〔一二〕，錫此南土。豈惟南士，九有伊佑。惟皇縱聖，惟臣弼諧。神道泰寧，兆民允懷。詩詠岡陵，式揚壽祉。儒臣作銘，贊于天子。　清道光四年李櫺刻本阮元《兩浙金石志》卷十五，《全元文》據光緒十六年刊《兩浙金石志》，又見明萬曆刊本明張元忭《(萬曆)會稽縣志》卷十三。

校勘記

〔一〕關於立碑時間《(萬曆)會稽縣志》云:「元至大二年修,鄧文原記。」

〔二〕泰一:《(萬曆)會稽縣志》作「太乙」。

〔三〕惟:《(萬曆)會稽縣志》作「推」。

〔四〕庭序榛蕆:《(萬曆)會稽縣志》作「庭宇□盛」。

〔五〕于:《(萬曆)會稽縣志》作「下」。

〔六〕具:《(萬曆)會稽縣志》作「其」。

〔七〕蕆:《(萬曆)會稽縣志》作「祀」。

〔八〕牲:《(萬曆)會稽縣志》作「宜」。

〔九〕文原:《(萬曆)會稽縣志》前有「鄧」字。

〔一〇〕必:《(萬曆)會稽縣志》作「苾」。

〔一一〕娭:《(萬曆)會稽縣志》作「娱」。

〔一二〕擁：《（萬曆）會稽縣志》作「永」。

東華紫府輔元立極大帝君碑

道原于大始而備著于天地萬類，神仙者，將秘其道以爲己私乎？然必公天地萬類，而其教始弘遠博大，歷久而長存。昔黄帝□□□以垂道紀，而緒承爲神仙之學。世傳煉氣葆形者，必擇高迥閑曠之地，以頤其神，故慕而從之者，亦東游海上，求蓬萊、方丈、瀛洲及羨門、安期生諸□□之樂。所禮天下名山大川八神而其三居東萊之境。考其遺跡猶在，乃若神仙之變化，卒莫可端倪，豈樂其名，不究其實歟？文登即古文山所理，其西則有崑崙之山，南走巨海，岡巒回合，繚以溪泉，雲木撑空，水天無際。又東南有峰曰紫金，□秀絶兹山。肇金大定間，丹陽師馬君劉夷榛薉，□營以構，曰昔仙人以□□嘗栖真于此，吾全真教之宗也，因名其觀爲東華。暨皇元混一區宇，道崇清淨。世祖纘承丕緒，益闡玄風。至元己巳，始賜號曰東華紫府少陽帝君。

越四十有二年，爲至大庚戌，聖上克繩祖武，復因其故號而申錫之曰東華紫府輔元立極大帝君，璽書周渥，輝賁林泉，神人具喜。蓋古聖王先成民而後致力于神，時維治定功成則禮隆秩祀，導迎祥祉，所以阜群生而揚景命。按道藏云：東華者，木公炳靈□□陽□真□□□□□真者授之以符篆靈文、金丹火候、青龍劍法。白雲嘗得之金母，金母得之太上者也。群仙萬靈，仰企道妙，終南代郡，真游超忽。雖顯跡自漢，然莫原其初。夫道自本□根，未有天地，自古以固存。在六極之先而不爲高，居六極之下而不爲深，先天地生而不爲久，長于太古而不爲老，曷嘗有常名哉！吾觀昆崙之山，瀕于東海。東少陽也，時以春首，性以仁該，德以元長，凡生生者咸資之以始。造化之氣，絪緼亭毒于□主宰是者，茲其東華之所司乎？楚漢祀東皇太乙曰天之□神，其佐爲五方帝，生民日蒙惠利，則思尊其位號。竊計神者輔天行化，固謙遜則弗違居也。又按東華之傳爲鍾離、呂、劉、王，王之傳爲馬、譚、劉、丘、王、郝、孫，今皆以次追崇。□道所來，夫東華邈矣。丹陽之言曰：道以無心爲體，忘言爲用，柔弱爲本，清淨爲基，□□馳則性定，形不勞則精全，神不擾則丹結，然後滅清于虛，凝神于極，不出户庭而道可得也。逮長春師□□□太祖聖神啓運，嘗遣使奉書聘師于東萊，訪以當世之務，保身之術。師首諫天地陰陽生育之大，中□□□□在聖經治國治身之道大備。方今山東、河北，盡爲臣□□兵戈震蕩，流離未復，乞陛下慎選廉能，息繇免賦，□安黎庶，諸端自臻。帝大感悟，命近臣書諸册。斯言庶幾乎以天地萬類者，由是全真之教大開，累朝光寵，施及前人。今東華宫主武道彬、李道元等謁文于余曰：吾教者皆奉東華而無文以紀，其曷以詒厥後？余謝不能而請益勤，則爲敘次其所以然者，且系以詩，俾歸而刻諸石。其詞曰：

東華之山高崔嵬，□以岩獻臨□池。洪濤瀾汗□流歸，赤日曜景扶桑枝。春陽敷舒神所治，復駕蒼龍載青旗。涷雨清道□風吹，下司水府安□維。上參昊宰玄□□，□□□□群靈隨。惟神之斿□□虵，其去無朕來無涯。道□形索以名窺，是殆壺子衡氣機。至人修之存希夷，虚静恬淡居無爲。□□□□能□□，長生久視□□□。若姑射神冰雪肌，使年穀熟物無疵。道合□厚非爾私，翕張之用橐籥推。天書下賁星漢垂，永鎮兹山隆□基。群王□堪□春□，□□□祀神格思。□演秘文陣銘詩。原見一九九八年版《道家金石略》第七三七頁，轉録自《全元文》。

趙國公吏部尚書吴元珪墓銘

唐虞雍熙，稷契□龍。代不惜才，生申甫同。我公似之，亢身亢宗。逢辰佐運，風雲其從。天樞之府，以勵勳庸。入幕振迅，借箸從容。才美内克〔一〕，弗顯其功。孰云弗顯，武士彂弓，田父力農。猗公之賢。，秉德淵沖。黄流玉瓚，金鍾大鏞。南涉湖江，西踰華嵩。無遠弗屆，播我仁風。剔歷既早〔二〕，相亦有終。允矣明哲，克紹芳蹤。魂兮來歸，陽城之封。伐石刻辭，以表幽宫。明嘉靖刻本明陳棐《（嘉靖）廣平府志》卷八，又見清光緒三年刊本《永年縣志》卷一三八。

校勘記

〔一〕克：《永年縣志》作「充」。

〔二〕歷：《永年縣志》作「鼇」。

承德郎國子監丞汪公漢卿墓誌銘

汪氏占籍徽州，爲著姓，樞密公諱勃，公之六世祖也。通議大夫、湖北提刑諱作礪，於公爲高祖。朝奉大夫、侍御史兼侍講、累贈特進諱義和，於公爲曾祖。宣奉大夫、尚書户部侍郎、累贈少師諱綱，於公爲祖。朝請大夫、江南西路安撫司參議官黟縣開國男諱泳之，於公爲父。儒科振業，圭組蟬聯，訖於宋季，號江左人門之盛。公以任子補官，自童齔時已知脱略綺紈，耽嗜典籍。性姿警悟，特異諸昆。參議之兄省倉公諱深之官海陽時寔生公，在娠有異徵。甫三歲，遂後參議。既長，於書無所不讀，該洽辨博，如良賈山積，百貨貲用大饒。往歲文原與公俱在詞林，每朝廷有所建議，稽故實，高唐閻公爲承旨，必首諮公，公刃迎縷析，無所隱漏。平居喜談前人徽言懿行，竟夕忘倦，座客爲傾。性不嗜酒，然遇燕樂，亦嘯詠諧謔，衎衎以和。摛章染翰，皆規古作者，人謂學有源本，故才華表著，老益不匱。始仕，主吉州龍泉簿，調建德府司法參軍。時貴游子弟於吏事少所練習，公沖若儒素，以辯洽聞。除户部犒賞所幹官，浙右帥府最號冗劇，辟公幕屬。公不畏豪猾，訟牒填委，一繩以正。擢知信州貴溪縣。方駸駸向用，而天兵南下，宋祚以終，公亦遁跡巖谷，志畢菟裘。行省强起公爲黟縣丞，復丞饒之德安。前是，留公夢炎居相位，雅器重公，及入朝，爲翰林學士承旨，與集賢學士傅公立舉公德業，宜任館閣，屬時纂修《世祖實録》，遂拜命爲編修官。秩滿，陞應奉翰林文字同知制誥。會翰林學士王公構參議中書省，謂江右素多士，司儒校者非公莫可，且優公南歸，將調江西提舉，公辭，不果就，遷翰林修撰。盱江程公鉅夫由福建廉訪使爲翰林學士，未至，奉命趣召，適病暍還家久，閣公猶遲復來，終二歲不改畀代者。公曰：「吾老矣，其能以軒冕易邱園之樂也？」以致仕請，朝廷重違其志，拜承德郎、國子監丞。公當少壯時，由將仕至通直，凌厲青雲，可旦暮冀。逮縣車始榮以胄子師，而公不以用舍遲速攖其懷，逍遥十餘年而以疾終。易簀翛然，若古所謂有道之士者矣。公諱漢卿，字景良。娶李氏，中奉制參念祖之女也，先四十年卒。子男一人，公弼，以公蔭補南康通判同知，致仕，然克自樹立，後當益顯聞。女一人，適建德路總管方回之子正心。孫〔二〕。公生於宋嘉熙戊戌，以延祐四年閏正月十三日卒，壽八十有一。是歲十二月丁酉，葬邑西金雞石之原，在少師侍郎墓左，其南則李夫人之兆。公弼以婺州義烏縣尹方存心之狀來謁銘，文原曩與公同僚時，江南文儒振武禁掖，每從觴詠爲適，今耆老日就凋謝，而公之清醇嚴雅，亦不可復作。感念今昔，泫然而銘。銘曰：

維古建官，世德賞延。有暱宴安，堂構將顛。哲士强矯，學殖是專。不媚於俗，乃紹厥先。籍籍汪公，德厚粹淵。如玉在川，如鐘在縣。如朝陽鳳，蕭韶儀焉。蚤襲簪佩，不愆誦絃。奮於天衢，中道迍邅。公曰時哉，秉心孔堅。白首登瀛，茅茹之賢。青藜夜值，紫泥畫宣。中允外蔚，衆孰與肩？歸休巖岫，葺我園田。章綬非貴，巾履安便。龍飛下逮，旌旗引年。我嗟故老，晨星在天。念公晬盎，孰起重泉？金雞之原，鬱彼松阡。垂慶來裔，式視珉鐫。原見清同治九年刊本《黟縣三志》卷一四，轉録自《全元文》。

校勘記

〔一〕孫：《全元文》注：「疑下有脱文」。

故海鹽州教授程君逢午墓誌銘

大德七年，新安程君信叔卒後六年而葬。其子願學留京師，以狀來請曰：「先人力學勵行，生不獲展用於時，殁而無紀述，以貽不朽，非所以承先志，且重不孝罪。惟先生哀而賜之銘。」按程氏世居廣平，東晋時有諱元譚者，爲鎮東軍謀，湘州刺史出守新安，因家焉。至十三世孫靈洗，仕梁有功，没謚忠壯公，廟食其土。又十三世孫澐，仕唐爲檢校御史中丞，居休寧之汊口〔二〕，於君爲十二世祖。君之父諱自得，隱德不耀。母俞氏，生子五人。君於次居中，幼穎悟，喜讀書，長習舉子業，探索理奥，薙芟浮靡，魁儒碩彦多折輩行與交。宋寶祐、咸淳中，兩舉進士不第，識者爲誚有司，而君泊然不以得失爲愠喜，務學益精深。至元丙子，文軌混一，杜門以詩書教子，不復有禄仕意。元貞丙申，郡侯以君薦之行省，遂版授紫陽書院山長。紫陽，朱先生之鄉，君生猶及接識諸老，習聞緒論，朝訂暮考，得其指歸。既至，則爲諸生紬繹《中庸》，輯爲講義三卷，凡十八閲月而成書。郡以其文可傳，命書院鋟梓。其説本之朱先生，而言外不傳之妙，則心得之也。秩滿，授海鹽州儒學教授，未赴，以疾卒，享年六十有七。君諱逢午，信叔其字，娶俞氏，再娶吴氏。男二人，長即願學，次幼學也。女三人。始予客錢塘李君公略以照磨居省幕。信叔館公略所，予時時過公略，則見信叔手書不輟。與之論議古今上下，纚纚可聽。予嘗曰：「今之任師道者得如信叔，其庶幾乎！」公略亦每爲予稱其賢。今君與公略相繼死，而予志其墓。悲夫！願學痛其父連蹇以卒，常思奮迅以亢宗，信叔爲不亡矣。墓在休寧縣和睦鄉上山林祖墓之傍，葬以大德戊申正月七日〔二〕。銘曰：

嗚呼信叔，士孳孳以徇名，子不競也。或矯矯以立異，子常厥性也。窮丹鉛以皓首，傷哉命也！銘貞石以詔方來，尚子孫之慶也。文淵閣《四庫全書》本《新安文獻志》。

校勘記

〔一〕汉口：《全元文》作「漢口」。

〔二〕戊申：大德無戊申。

元贈推忠宣力功臣榮禄大夫中書平章政事□國趙國鄭武毅公神道碑

公姓鄭氏，諱温，真定靈壽人。世次遷徙，莫跡其所始。大父諱譜。□諱守德，字輔之，當聖元啓運，收召髦儁，得辟除帥府經歷，年四十有四卒。公早孤，母夫人趙氏遣從師問學，既冠，趣尚不群，誓從顔行以□□□奮會□□下缺于南土。中書粘罕公任江淮安撫使，道行唐，公上謁，粘罕公與語，大奇之，留置麾下，每野戰攻城必偕。由是躬甲胄、冒矢石者凡□。下缺署合必赤千夫長，開府。萬户史忠武公尤喜魁傑士，捻公名，軍興，得簡拔其部佐。甲寅歲，籍新軍，用公爲都□撫。合州踞蜀阨塞，憲宗親征釣魚山，宋將王堅城守不下。公鏖戰，日數十合，因賜名也可拔都兒，蓋士之伉健絶群者譯語云。忠武公拜經略使，以王命調戍卒邏敵境，仍署公漢軍都總管，降金符，戒軍中悉從公節度。粤七季，建元中統，又明年，公真拜璽書，佩元降金符，引兵下缺。李壇反山東，世祖大興師討之，公在行，過靈壽，弗入其家，疾馳至濟南。□被圍數□，急，夜突入公營，公追擊，斬首虜五十五級。親王合必下缺董東兵，奇公驍果，賜白金百五十兩，及酒具等。□敗，益都□，上復賜白金如前數。至元二年，擢真定彰德衛輝本冀侍衛親軍總，佩金符如故。又□□□懷遠大將軍右衛親軍副都指揮使。下缺車駕幸上京，命除道則芀嶺。公夷高塹深，車得方軌，大見嘉賞。尋統軍□人，與欣都□忽取耽羅，耽羅遂將海中舟颿飆馳奄薄□下缺颶風暴作兩晝夜，抵絶島，篙師莫知所爲，犁旦視之，則明越境也。時江南猶未款附，師無橈敗。上功最，擢右翼親軍都指揮。下缺口著。諸將亦推公有緩急，可大用。阿里海牙任資德大夫、中書右丞，同忠武公行荊湖等路樞密院，尋拜平章政事，攻岳、鄂、江下缺，皆下之。公率精兵萬人、馬二萬匹從攻靜江。靜江地控嶺海，其民□勢難馴。公搏戰六日，血流道，經略馬暨等敗，屠之。班師。下缺五十人，白金五百兩，將犒賞賚有差。入覲，除昭勇大將軍、樞密院判。是歲冬，帝駐蹕上京，慮緣山甿庶，易動以訛，將以公領士卒鎮遏其處，公辭曰：「師行繹騷，民益訩懼，盍若專使諭之迺安？」隨可其奏。下缺八年，拜輔國上將軍，參知政事、行江淮中書省事。揚州爲省理所，會用師日本，公督器械糧餉于吳，川航陸輓，軍興□下缺官。士流德之，方之古詩書元帥。江南歲漕粟數百萬石實京師，凡用舟若干艘。公至淮揚，掄村□其工費浩繁，議下缺不可，白之中書，卒從其請，事以完集，民不告病。省遷于杭，□□張阿里伯卒毗陵道上，夫人泣□請曰：「吾夫職司臬下缺，盜出不虞，奈何？」公遣百夫長二人，各帥其□護櫬，歸葬下邳。公之待僚友、篤生死若此。事聞，上喜曰：「是誠老而練於事者。」杭歲侵，公不伺報，發廩以賑餓者，爲石二十萬有奇。制詔趣召公，以其子銓侍會下缺徒撒里蠻曰：「上適詰公安在，其亟入見。」既又問：「卿年幾何？□幾人？」□□曰：「臣□馬衰邁七十有一，長子欽，□□親軍總管，□下缺仕。敢昧死以請。」時成宗居東宮，遂給宿衛，遷淮揚，進秩資善大夫、江浙□中書省□□□□安□□□□□治□爲輦下缺。原見《常山貞石志》卷一九，轉録自《全元文》。

筆者補遺有目有文者[一]

養蒙文集序

至元庚辰間，文原侍先人側，獲識檇李張公師道。時江南達宦者，多中州文獻故老。而南士裸將之餘，屏居林谷者，往往而在交游中，雅器重公，薦牘交馳。爲杭郡文學掾，遇事不然，不可撼以私。與上官不合，去，薦者益知公可授以政。居浙東、閩海憲幕，徵入，遂直詞林，陪講席。而文原以供奉忝司譔著，情義益款洽，不以僚屬遇我也。自公至京師，交道日廣，酬接無少懈暇。則伸濡毫，作爲詞章，以應四方之求，時時爲文原誦之。蓋恥尚鉤棘，而舂容紆餘，鏗乎金石之交奏也。士論咸以斯文屬公，而公病矣。檇李故多文士，昔唐陸宣公爲學士，居中多所參決，時號内相，有論諫數十百篇，至今讀者尚挹其高風而興起。公受知聖主，蒙被顧問，敷對剴直，皆經國之要務，惜不果大用。而世以文字知公者，特緒餘耳。自古瑰傑之士，勳業不得表見，而僅以文字傳者，皆可惜也，而況不盡傳也。公之子采輯公遺稿若干篇，期以昭白于世，可謂賢也已。遺稿不特□詞林時所作，而文原云爾者，欲使後之人知公之大節如此。夫泰定三年八月哉生明，翰林侍講學士中奉大夫知制誥同修國史鄧文原序。元至正六年刻明宣德七年遞修本《養蒙先生文集》卷首，又見清光緒萬卷樓藏本陸心源《皕宋樓藏書志》卷九十五。

校勘記

〔一〕筆者從二〇一〇年十月起開始著手鄧文原詩文集的整理工作。其間見到國家圖書館、上海圖書館、南京圖書館、重慶圖書館各本，并從網絡上下載到京都大學人文科學研究所藏彩色掃描版。版本考、點校、輯佚在二〇一二年三月之前基本成型，并在當月提交《〈巴西文集〉版本考及鄧文原詩文輯佚》、點校《巴西鄧先生文集》作爲中國古文獻學獎學金評獎材料。隨後李鳳英君《鄧文原文集版本考述》發表，見《青年文學家》二〇一二年第二十六期。又在二〇一三年六月以《鄧文原詩文研究》作爲碩士學位論文提交答辨。筆者首次見到李君的文章還是在二〇一四年二月二十八日，其時爲這本點校稿的附録再次蒐集研究情況，特此説明。李君學位論文中多有對鄧文原詩文進行增補，其增補内容和筆者所補篇目有重合者：《養蒙文集序》、《跋晋王謝雨後中郎二帖》、《鄧祭酒職米帖》、《鄧善之杖錫見過帖》、《觀唐人臨寫右軍大道帖》、《跋宋劉松年香山九老圖》、《跋趙子昂臨十七帖册》、《題趙文敏白描佛母圖》、《跋元何秘監歸去來圖卷》、《跋宋李公麟畫揭鉢圖》、《跋高房山雲横秀嶺圖軸》、《石林禪師聳公塔銘》、《跋五字損本蘭亭》、《跋錢霅川竹深荷淨》、《王孤雲漬墨角抵圖》、《湖山堂記》、《清居院記》，計十七篇。雖然筆者與李君這些篇目相同，但斷句與文字各有差異，爲各自獨立勞動成果，望讀者幸察；而《跋大道帖》、《上於陵子跋》、《跋蔡襄洮河石研銘墨蹟》三篇是李君獨輯而筆者未輯，筆者將在後文專門列出。另李君所輯《跋鄧巴西詩卷》一文，本來是《素履齋稿》之《哭李息齋大學士》中的文字，雖然《元詩選》本闕，但是國圖鮑廷博《素履齋稿》稿本存有這段文字，已經收入詩歌部份正文，因而文章輯佚部份不再重複收入。

跋晉王謝雨後中郎二帖

右王右軍《雨後帖》真跡。明牕棐几，夜雪初晴。得此展玩，良一快也。延祐己未十二月望，左緜鄧文原觀於武林寓舍之素履齋。文淵閣《四庫全書》本清張照《石渠寶笈》卷十。

鄧文肅公臨急就章款書

大德三年三月十日，爲理仲雍書於大都慶壽寺僧房。巴西鄧文原。文淵閣《四庫全書》本清卞永譽《式古堂書畫彙考》卷十七。

鄧祭酒職米帖

收職米後，宜厚犒之也。文甫亦自供糊窻之勞，他可想矣。此書自新安發，恐慶長已過宣，故特作此。吾妻凡事耐心，小姐而下，想皆安。文原書致賢妻縣君十二月三日。　一書與眉叟便，付去家中，謹風燭。此書附徽州典史赴省便，回時附數字來報平安爲佳。書中所言同知之説，吾妻自知之，不必言。文淵閣《四庫全書》本《式古堂書畫彙考》卷十七。

鄧善之杖錫見過帖

文原和南上賢叟長老禪師侍者，去冬承杖錫見過，極慰久别之懷。區區一病年餘，伏庇幸安，但起居飲食尚未復常，作書輒目昏腕弱，故筆研亦久廢，塔銘已藁就，令小子寫去，贊語併呈似，殊愧不能工耳。何時乘便到杭，相與傾到，珍重珍重，不具。文原和南上。文淵閣《四庫全書》本《式古堂書畫彙考》卷十七。

觀唐模蘭亭墨蹟

至元甲午三月廿日，巴西鄧文原觀。文淵閣《四庫全書》本明汪砢玉編《珊瑚網》卷一。

觀唐人臨寫右軍大道帖

至元庚寅秋八月七日丁丑，西蜀鄧文原敬觀。文淵閣《四庫全書》本明張丑《清河書畫舫》卷二下。

跋宋劉松年香山九老圖

大德三年夏五月六日，西秦張焴、錢塘吴存真、屠約、巴西鄧文原同觀于月泉方丈。時積雨初霽，風日可人，遐想當時九老笑談之樂，爲之坐馳而已。文原謹識。文淵閣《四庫全書》本《石渠寶笈》卷六，又見清嘉慶刻本清胡敬《胡氏書畫考三種》卷三。

跋宋蘇軾書御書頌

坡翁《御書頌》，觀其字畫，乃規模顔平原者，真爲墨寶。余雖鄙野，所見無多，亦嘗有數十帖，皆去款識，以遭元祐黨禍，當時收藏家皆削去之。獨此書莊重有餘，款識俱全，可稱完璧，善夫其寶諸。巴西鄧文原。文淵閣《四庫全書》本石《渠寶笈》卷二十九。

跋趙子昂臨十七帖册

右軍《十七帖》，唐宋名賢多有模搨，但得其彷佛耳。今觀吴興趙公所臨此帖，與右軍筆法纖毫不爽，真得意之書也。後之學者，殆難復措手。今進之公藏於進學齋，真不易得也。巴西鄧文原謹題。文淵閣《四庫全書》本《式古堂書畫彙考》卷十六。

題趙文敏白描佛母圖

余宦游京邑多載，目閱古今名畫不可勝計，惟白描罕得其妙。邂逅獲觀《佛母圖》，甚造玄微。後之習描法者，自宜師尚焉。至治二年重陽日，巴西鄧文原題。民國《嘉業堂叢書》本明李日華《味水軒日記》卷一。

跋鮮于太常行書千字文

余曾從伯機遊，每聚首，未嘗不論及書法。得子昂片紙輒藏之，伺相見，即詳說某字合、某字乖。子昂亦爲余言，伯機其畏友也。今世學二公書者甚衆，未知用工，視此何如？亦嘗考求二公書法，其本源固有在否？因觀所書千文，輒題其後。至大辛亥人日，巴西鄧文原書。民國九年武進李氏聖譯廔本，清吴升《大觀録》卷九。

跋元何秘監歸去來圖卷

昔賢出處皆真，不爲矯情，淵明《歸去來敘引》可見。疇齋承旨熹書此以與人，其亦有感也夫？ 至大己酉八月一日古涪鄧文原書。文淵閣《四庫全書》本高士奇《江村銷夏録》卷一，又見文淵閣《四庫全書》本《式古堂書畫彙考》卷四十五。

跋宋李公麟畫揭鉢圖

龍眠此圖，蓋欲與佛氏發明好生之心，邪不能勝正之理，故極意模寫，千奇萬變，莫可端倪。余謂龍眠前身，當從天竺國蜕化，方得有此，不爾何精妙一至於是。趙松雪謂其臨五季人，似亦有據。恐龍眠未必知有稿本也。古涪鄧文原書。文淵閣《四庫全書》本《秘殿珠林》卷九。

跋高房山雲横秀嶺圖軸

往年彦敬與僕交極厚善，嘗見作畫時，真如蒙莊所謂痀僂承蜩者。蓋心手兩得，物我俱忘者也。此卷擬董元，尤得意之筆。九原不可復作矣，令人雪涕。鄧文原題。

民國九年武進李氏聖譯廔本清吴升《大觀録》卷十八，又見清《粵雅堂叢書》本安歧《墨緣彙觀録・名畫》卷三，後者有闕字。

石林禪師鞏公塔銘

予幼遊錢塘南北兩山間，嘗愛其林谷窈深，澗泉清瀉。道逢衲僧，多以禮自繩，不妄容止。雖中之所存者，莫究淵微，而傾於外者，皆可愛而友也。若靈隱、淨慈，必擇行業卓著者居之，以來四方之學者。非是，則衆皆斂巾鉢而去，其清且嚴如此。時石林師以清言雅範藉藁林，至元丁丑，主南屏法席。余挹風度而知時論所推與可信，越四年而形化。又四十年，爲延祐戊午，其弟子德海等來請曰：「吾師广瘞骨於山之左，必得當代工爲文辭者銘其藏。久故有待也，幸以勿辭。」予慨前修遺則，日就彫謝，能無言哉？師之道奥密而不滯，廓大而有歸。念道者因地不眞，味者窒而誕者肆也。嘗指示宗乘，以淑其徒曰：「爾勿待三際，斷萬緣，墮空解脱坑。亦勿動爲事礙，静爲理縛，而迷生死岸。必一念如太虚，亦無太虚，然後超出三界二十五有，而道可幾矣。」又嘗語衆曰：「舌爲斬身之木。」曰：「盡大地金剛正體，爾身安置何許？」曰：「芭蕉聞雷抽，爲有情無情耶？」衆解其機者，所著語録偈頌若干卷。或有問，則曰：「吾未有言。」師兒時夢見僧以袈裟覆其頂，一日過淨名院，禮泗洲大聖像如夢，遂從淨名薙髮，受信具。聞天目禮公倡松源道於太白，師往執弟子禮，語若鍼芥。公問來自淨名，見淨名居士否，師對益警敏，公大加器。木天真公，峻特之士，交與忘年。聞僧論那吒太子語，及遊徑山，謁塗毒和尚，皆有悟。自是譽望四馳，江湖耆德若無準範公、北磵簡公、癡絶冲公、大川濟公、石田薰公，皆期異之，禮致恐後。斷橋倫公住淨慈，請師分座説法。後居雪之法寶，洪之黄龍，吴之承天。晚主南屏，與倫公象筵，後先振響。然師本樂冲寂，非希榮者。師諱行鞏，世居婺州永康縣。姓葉氏，宋嘉定庚辰生。至元庚辰十二月二十六日卒，壽六十歲，爲僧四十六期。卒之七日，貌如生。緇流咸悼師之亡，及觀舍利五色，則必若師存。今海公復纘師之道於淨慈，咸曰師有存哉。是故宜爲銘。銘曰：

佛氏之道，非是非空。非塔非淨，是正法宗。俗非原本，嚚昏蕩潏。不有津筏，昌拯於溺。言爲理詮，理爲言忘。有泥言談，大道榛荒。維石林師，祇園之傑。一念昭融，萬法了徹。本名有法，爲覺群迷。出方便慧，作海斷師。南山繚屏，慧日其頂。自師之忘，山空雲冷。師亦不亡，空無□滅。勒名山阿，昭示來哲。明萬曆刻清康熙增修本明釋大壑《南屏净慈寺志》卷三。

程氏復心四書章圖序

書之有圖，猶天之曆象。象本於自然，雖聖智不能加毫末。曆則爲之乘除贏縮，以求合乎天者也。故治曆而不得其理，歲久必差。象則昭晰烜著，凡有目者皆可睹而定。書自六經而下，衆言淆亂，有戾於聖人之道者矣，而圖不能以强爲。譬諸山川草木、宫室器物，日與人接，繪者一有訛謬，輒爲衆訕笑，夫圖之難如此。四書始表章於濂洛，而大盛於考亭朱子。發幽闡微，旨義炳焕。使習其讀者，可以遡聖賢於數千載之上。若身列諸門弟子而授受焉也。新安程君子見，復爲之圖，以惠學者，章分句析，鉅細不遺。吾獨惜君之生也後，不得親取正於朱子也。又幸學者因圖以求朱子之意，而有得於《四書》者，其效未有止也。雖然，吾獨有説焉。自四書之學行，家傳而人誦之矣，求諸致知而力行者，率千百不一二。更世之論儒者，常以是相詬病。凡道必有對待，自陰陽剛柔仁義引而伸之，不可殫盡。學者每有所偏，或舉一而遺其二，從其易而不究其所難，故去道日遠。聽言視行，聖人猶爲宰予而改，矧去聖人，若是其遠也哉。夫圖也，書也，致知之事也，而未及乎力行也。傳之書者，可圖也。傳之心者，不可圖也。必得傳心之妙，而後可與學道。子見年才六十，朝廷旌用爲郡博士，而子見以親老乞致仕。其於進退出處不亢不汙，庶幾乎力行之士矣。故予爲序其編首而歸之。文淵閣《四庫全書》本清朱彝尊《經義考》卷二百五十五。

跋五字損本蘭亭

余見蘭亭石刻多矣，如此本殊不易得。世以筆墨肥瘦論者，是殆得其形似耳。鄧文原。文淵閣《四庫全書》本明郁逢慶編《書畫題跋記·續題跋記》卷三。

跋錢霅川竹深荷淨

李晞古樹石，李龍眠人物，《畫史》中俱列妙品。只此圖能兼二絶，真錢玉潭得意筆也。鄧文原題。文淵閣《四庫全書》本《珊瑚網》卷三十一，又見《式古堂書畫彙考》卷四十七。

王孤雲漬墨角抵圖

昔神禹鑄鼎象物，使民知神奸，入山林川澤，不逢不若，然則鬼物可得見耶？神怪，聖所不語。此殆畫工使欲觀者知幽明理殊，同一戲劇耳。集賢直大學士鄧文原敬書。文淵閣《四庫全書》本《式古堂書畫彙考》卷四十八。

湖山堂記

東南多溪山之勝，或遠距城邑，惟杭則雉堞之外，即澄湖列岫。鑑空屏倚，林花岸柳。樓觀亭榭之美，隱暎相屬。故觀遊之樂，最於他郡。而湖山堂，則又當南北之會。其右爲鎖瀾橋，門俯湖波，萬頃平碧，群山環拱而翼衛，天光雲影，滉漾几席。其後則原隰綺錯，芙蕖菰蒲之觀，迴接林麓。兹堂又居湖山之最者也。文淵閣《四庫全書》本明李賢《明一統志》卷三十八「湖山堂」條。

清居院記

烏程之職里距吴興郡治，可一舍而近，多平田沃壤，寶坊雲刹，曰清居院者，白雲僧如德之所建也。師崇德西觀人，族費氏。生宋慶元年間，居家持優婆塞戒，師嚴曹公。長益游方，參禮名沙門，西行過職里，愛其風土愿樸，宜爲學道者之所栖止。廼擇面背、基衍沃，卓菴以居，菑畬以給，銖積黍絫，以致苟完，始拓其居而大之，寔紹定三年也。會先正清獻游公上相印，居仙潭，相去不百里。師詣門，請所以名，公大書清居菴以遺之，且俾祠太師忠公于菴。忠公，清獻之父，世稱鑑虛先生者也。蜀順慶有清居山，忠公藏焉，菴名示不忘本云。至元甲申，師祝髮爲浮屠，易菴爲院，度弟子十二人，傳以甲乙。又若干年而示寂，壽九十有一。門人奉師從茶毗，未見舍利，葬骨院西。元貞乙未，其徒相與謀曰：「吾師劬躬盡瘁，克遂有成，今茲安居而暇食，可不知所自耶？曷廟而新之，以弘先志。」於是相宅掄材，像設孔嚴。其南爲觀音堂，又南爲門，東爲伽藍，僧室在其西，少東爲賓客之序，繚以流水，翼以備廊，庫廩庖湢，靡不完美。既又庋經五千四百卷，明珍建傑閣以居之，院始大備。珍與明祥等請曰：「公清獻彌甥也，今願有紀。」予曰：「可哉！自爾師締構，以至于今且百年，凡欲圖事於久遠者，必不急一時之利，學道亦然。吾語爾佛之道，非有非無，非喧非寂，非垢非淨。爾像而中居者，非釋迦父乎？釋迦文具三十二相，其果若然乎？有能由色身而觀法身，由幻相而究實相，則所謂非有無喧寂垢淨者，端可識矣。」明珍等聞是語已，瞠然若有得，遂書以遺之，俾鑱諸石。德公又嘗建淨居菴於運塘之上，以憩往來道暍者，鑿義井、築水亭，皆有利益可書。明珍今爲住持，先後工役，毗贊經度，明祥之力居多云。延祐五月三月既望[二]，翰林待制承直郎兼國史院編修官鄧文原記并書。楷書，日本山本悌二郎舊藏，録自香港佳士得拍賣圖録。

校勘記

〔一〕五月：當爲「五年」之誤。

家書帖

連收慶長書，知吾妻一向平安，甚喜。我客中幸無恙，但終日勞於酬應，而老陸雖無他過，其蠢不可言，飲食起居，多不如意，無奈何也。若還司後未有脱身之計，不知吾妻可同穩兒暫到宣州，伺八月分司却還杭如何？若不可來，則止。此行皆未有脱暖之衣，又無便可寄，茲因饒州令史鋪馬便，作此。文原書寄賢妻縣君。北京故宫博物院藏，录自故宫博物院所拍照片。

致景良郎中執事吴尺牘

文原頓首：

景良郎中執事：比者棘闈中略獲瞻對，然以遠嫌，不能劇談，至今以爲欠耳。先尊府義士碑，下求惡札，俾得附名，以傳不朽，何幸如之！屬以人事坌集，方能如來喻，令小婿附便奉納，因具此紙，餘唯珍毖不宣。文原頓首。《元人墨蹟集册》《故宮法書》第十八輯，國立故宮博物院，一九七五年版。

筆者補遺有文無目者

評史氏蒙卿易究〔一〕

先生《易究》十卷，雖未及見，然聞所論河圖洛書，足以抉先儒未發之藴。文淵閣《四庫全書》本清朱彝尊《經義考》卷三十八「《史氏蒙卿易究》十卷」條所引。此書朱彝尊時已亡佚。

校勘記

〔一〕此篇名爲筆者加。

獨李鳳英補遺者

上於陵子跋

此前史藝文及《崇文總目》所無，惟石廷尉熙明家藏有之[一]。文淵閣《四庫全書本》

明梅鼎祚《西漢文紀》卷十七。

校勘記

[一]李君在此之後録入："按：其書詞義蹇淺，必出僞撰。"這些文字和鄧文原的話本來隔開，是編者的斷語，與鄧文原無關，不當録入。

跋大道帖

至元庚寅秋八月七日丁丑，西蜀鄧文原敬觀。清文淵閣《四庫全書》本，明張丑《清河書畫舫》卷二下。

跋蔡襄洮河石研銘墨蹟

余論宋人書，以君謨爲第一，多以不然，然余終守此説也。今閲此硯銘，思過半矣。巴西鄧文原。清嘉慶刻清胡敬《胡氏書畫考三種》之《西清劄記》卷一。

筆者補遺有目無文者 存目

無爲大師塔銘

清文淵閣《四庫全書》本明陳暐《吴中金石新編·雜記》卷八引都穆《遊郡西諸山記》云：「元主恐張氏二志，命殿前祝髮爲比丘尼，賜號無爲大師，住吴中妙湛禪寺。出門讀草間碑，碑凡三，其一《無爲大師塔銘》，鄧文原撰。」

三茅寧壽觀記

清文淵閣《四庫全書》本清倪濤《六藝之一録》卷一百十云：「《三茅寧壽觀記》，翰林學士鄧文原撰，在觀中，見成化《杭州府志》。」

跋宋李公麟畫羅漢

清文淵閣《四庫全書》本《秘殿珠林》卷九「宋李公麟畫羅漢一册」條云：「有趙孟頫書偈，末幅款識云：『至大二年春三月修禊日，書於松雪齋中，吴興趙孟頫。』計二十幅。後有鄭元祐、鄧文原、柯九思、張雨、王達諸跋，又明善、倪瓚記語各一。」

跋宋劉松年畫五百羅漢圖

清文淵閣《四庫全書》本《秘殿珠林》卷十「宋劉松年畫五百羅漢圖一卷」條云：「拖尾趙孟頫磁青箋金書《心經》、《大悲呪》，又鄧文原題句一陸行。」

跋唐柳公權書常清静經

清文淵閣《四庫全書》本《秘殿珠林》卷十七「唐柳公權書常清静經一卷」條云：「拖尾有張栻、廉布、任詢、鄧文原諸跋。」

跋唐人臨王羲之道德經

清文淵閣《四庫全書》本《秘殿珠林》卷十七「唐人臨王羲之道德經一卷」條云：「拖尾有蕭子雲、智永、虞世南、褚遂良、顔真卿、蔡京、賈似道、鮮于樞、趙孟頫、許國諸跋，又靈徹蔡卞、吴居厚、鄧文原諸記語名人書。」

題晉戴逵剡山圖

清文淵閣《四庫全書》本《石渠寶笈》卷二十五「晉戴逵剡山圖一卷」條云：「拖尾有蘇軾、張載、楊維禎諸跋，又鄧文原、楊士奇題句二。」

跋宋陳居中文姬觀獵圖

清文淵閣《四庫全書》本《石渠寶笈》卷二十五「宋陳居中文姬觀獵圖一卷」拖尾有鄧文原、楊泰二跋。」

跋元鮮于樞書御史箴

清文淵閣《四庫全書》本《石渠寶笈》卷三十一「元鮮于樞書御史箴一卷」云：「《右御史箴》大德三年七月十七日書。姓名見跋中。後隔水有趙孟頫跋一，拖尾有鄧文原、張楧、周馳、湯炳龍、樂元璋、郭大中、泰不華、莫昌諸跋。又仇遠諸人記語一。」

題宋燕文貴溪風圖

清文淵閣《四庫全書》本《石渠寶笈》卷三十四「宋燕文貴溪風圖一卷」條云：

「拖尾有朱僎跋凡二。又馮子振、李源道、王約、劉賡、袁桷、趙世延、張珪、鄧文原、陳庭實、柳貫、陳顥、魏必復、李泂、杜禧、趙巖諸題句。」

題宋趙伯駒仙山樓閣圖

清文淵閣《四庫全書》本《石渠寶笈》卷三十四「宋趙伯駒仙山樓閣圖一卷」條云：「拖尾有馬琬、鄧文原、文徵明諸題句。又許初記語一引首。」

題郝經鴈足繫書

清《抱經堂叢書本》清盧文弨《龍城札記》卷二「郝經鴈足繫書」條云：「宋留元使郝經於真州十五年，經乃於九月一日用蠟丸帛書繫鴈足，祝之北飛事，載《元史》，余嘗疑之。九月鴈正南翔之時，安得北飛？以爲好事者傅會，未必實然。然當時吴澄、袁桷、蔡文淵、李源道、鄧文原、虞集、宋濂皆有題識，并無一人致疑者，則事必非妄造。」

跋南昌萬廉山藏春殿水嬉圖

清光緒《榆園叢刻》本清錢杜《松壺畫憶》卷下「南昌萬廉山藏春殿水嬉圖」條云：「款細字書石柱上，至大元年内臣王振鵬謹繪，後有鄧文原、解縉兩跋。」

題高房山春山半晴半雨圖

清文淵閣《四庫全書》本清吴其貞《書畫記》卷六「高房山春山半晴半雨圖」條云：「紙墨如新，畫法瀟洒。氣韻生動，爲超妙入神之畫。無題識，只有彦敬一圖書。上有趙松雪、鄧文原題，有項墨林圖書卷，後有柯九思等十一人題咏，明吴匏菴文衡山跋。」

宋人維摩説法圖題跋

清文淵閣《四庫全書》本清吴其貞《書畫記》卷六「宋人維摩説法圖題跋一本」條

云：「紙墨如新……元人有金應桂、馮海粟、趙巖、鄧文原、張珪、汪毅、吴全節共十五人，書法皆勝。」

札與夫人

清鈔本清顧復《平生壯觀》卷四著録：「鄧文原《札與夫人》。」

跋鑾坡小録升學祭器文

《四庫全書總目提要》之《純白齋類稿》提要云：「助別著《鑾坡小録升學祭器文》，有鄧文原、吴澄跋語，今文并無之，蓋已在亡失卷中矣。」

札與四窗

清顧復清鈔本《平生壯觀》卷四：「《札與四窗》，黄紙小行。」

鄧文原詩集

素履齋稿上〔一〕

校勘記

〔一〕素履齋稿：底本作「素履齋稿」，鮑校作「履素齋稿」，國圖著録此本從鮑校。根據《神道碑》、《元史》本傳等可知，「素履齋稿」當是。

贈墨士吴雪堂〔二〕

永寧賜筆世安有，易水良工今不傳。了知膠漆用相得，亦悟膏火明自煎。昔從蒙莊觀副墨，老歸芸閣窮《太玄》。與子欲擬《毛穎傳》，待我暇矣磨墨磚〔三〕。

右詩見《皇元風雅》。

校勘記

〔一〕又見元孫存吾編《元風雅後集》卷一文淵閣四庫全書本、清張豫章編《御選元詩》卷二十六文淵閣四庫全書本。

〔二〕磚：顧本、四庫本、《御選元詩》作「甎」。

奉題延祐宸翰 并序〔一〕

欽惟仁宗，上承祖武，蒐羅俊彦，求治靡寧〔二〕。尤尊禮儒臣，務敦風化。由是治書侍御史臣郭貫，擢禮部尚書。凡在選者六人，惟貫進秩有加。親灑宸翰，昭示龍光。忝備臣僚，咸增鼓舞。集賢直學士臣鄧文原，謹拜手稽首而作詩曰：

宵旰需賢表薦紳，秩宗首選賛華勛。官聯天府璇璣象，帝闡河圖琬琰文。曾聽簫韶瞻曉日，仰攀弓劍泣秋雲。小臣作頌稱仁聖，湛露承恩未足云。

校勘記

〔一〕又見元蘇天爵《元文類》卷七四部叢刊景元至正本、明曹學佺編《石倉歷代詩選》卷二三六文淵閣四庫全書本、明孫原理《元音》卷三清文淵閣四庫全書本、清陳焯《宋元詩會》卷七十二清文淵閣四庫全書本。

〔二〕靡：十二家本、《石倉歷代詩選》、《宋元詩會》作「匪」。

題小薛王畫鹿〔一〕

禮樂河間雅好儒，曾陪校獵奉鑾輿〔二〕。晝長靈囿觀遊後，政暇嘉賓燕集餘。《蛺蝶圖》工人去久，騶虞詩好化行初。宗藩翰墨留珍賞，憑仗相如賦《子虛》。

校勘記

〔一〕又見《元文類》卷七、《元音》卷三、《石倉歷代詩選》卷二三六、《宋元詩會》卷七二。

〔二〕鑾：底本、陸本作「金」，底本鮑校作「鑾」。由此可見陸本抄録鮑氏輯本的時間是在鮑氏校勘之前，所以没有吸收鮑氏的校勘成果以及輯佚成果，以至於無底本最後三首詩。

贈白君舉〔一〕

崑崙西日水東溟〔二〕，何處清風起獨醒〔三〕。遠道雲煙今古樹，行人朝莫短長亭〔四〕。草鋪平野春如剪，花落重門晝不扃〔五〕。不有茅茨容嘯傲，終南山色爲誰青〔六〕。

校勘記

〔一〕又見元蔣易《皇元風雅》卷七元建陽張氏梅溪書院刻本、明宋緒《元詩體要》卷十二清文淵閣四庫全書本、《石倉歷代詩選》卷二三六，《宋元詩會》卷七二。
〔二〕昆侖：《皇元風雅》作「崑崙」。日：四庫本作「月」。
〔三〕清：顧本、四庫本批註「一作東」，《元詩體要》作「東」。
〔四〕莫：除陸本外其他各本作「暮」，二字通，底本、陸本「暮」多作「莫」。
〔五〕不：十二家本、《石倉歷代詩選》、《宋元詩會》作「自」。
〔六〕爲：顧本、四庫本批註「一作與」，《元詩體要》作「與」。

送劉時可還括蒼兼寄洪中行〔一〕

洪郎不來魚雁稀，君今歲莫告我歸〔二〕。故人青燈山水屋，遊子白苧風霜衣。時俗俯仰妨道性，聖哲出處存天機。東還石門對飛瀑，卧看寒月投窗扉。

右詩見《光嶽英華》。

校勘記

〔一〕又見明朱存理《珊瑚木難》卷六民國適園叢書本、《歷代石倉詩選》卷二三六、《皇元風雅》卷七。

〔二〕莫：顧本、四庫本、元十二家本、《珊瑚木難》卷六、《歷代石倉詩選》作「暮」。

題丁氏松澗圖〔一〕

天目之峰凌紫煙，下周林壑紆長川。清池斗絶涵倒影〔二〕，神運直自疏鑿先。彼美幽貞廬，閒房曲奥辛夷荃。蒼官手植經幾年〔三〕，靈虬夭矯今參天〔四〕。門前朝流莫流水〔五〕，但聞激石瀉瀨鳴濺濺。山人養真衡茅下，有書可讀琴可絃〔六〕。意行清澗曲，長嘯松風前。山月出林高〔七〕，溪花弄春妍〔八〕。仙人欲來夜將半〔九〕，天空雀唳山淒然〔一〇〕。飇塵大笑狂馳子〔一一〕，口誦丹訣傳真玄。我欲從之結鄰屋，得疏藥圃謀芝田。

右詩見《乾坤清氣》。

校勘記

〔一〕又見《元文類》卷五、明偶桓《乾坤清氣》卷四文淵閣四庫全書本、《石倉歷代詩選》卷二百三十六、《御選元詩》卷二十六、《宋元詩會》卷七十二。

〔二〕影：顧本、四庫本、《元文類》、《御選元詩》作「景」。

〔三〕蒼官：顧本、四庫本注「一作松」。

〔四〕虬：顧本、四庫本、十二家本、《御選元詩》作「虯」。按：虬、虯兩可。

〔五〕莫：其他各本作「暮」。通假。

〔六〕絃：顧本、四庫本、《元文類》、《石倉歷代詩選》作「弦」。

〔七〕山：顧本、四庫本注「一作溪」。

〔八〕溪：《乾坤清氣》作「山」。

〔九〕欲：陸本、顧本、四庫本作「歌」，顧本、四庫本批註「一作欲」。底本本作「歌」，鮑校作「欲」。

〔一〇〕隺：其他各本作「鶴」。按：隺，同鶴。底本、陸本多用「隺」。

〔一一〕颷：顧本、《御選元詩》作「飇」。兩可。

三月晦日遊道場　宿清公房與成父同行二首〔一〕

絶頂軒窗納晚晡，下方燈火聽鐘魚。天連震澤涵元氣，地涌浮圖切太虚。涼立松風觀石溜，晚尋樵徑扣僧廬。孤亭山麓荒苔積，猶想幽人夜讀書。

澗石縈紆翠竹叢〔二〕，晴雲吹落水晶宫。夜寒身宿群峰頂，花盡春歸萬木中。倘買山田營破屋〔三〕，時過僧寺駕孤篷〔四〕。只應渺渺軒前路〔五〕，杖履長陪隺髪翁。山頂有渺渺軒〔六〕。

校勘記

〔一〕又見《御選元詩》卷四五、清嵇曾筠《（雍正）浙江通志》卷二七六清文淵閣四庫全書本、明董斯張《吴興藝文補》卷五十三明崇禎六年刻本。

〔二〕翠：陸本而外其他各本作「紫」。
〔三〕倘：四庫本、《御選元詩》、《(雍正)浙江通志》作「儻」。
〔四〕篷：顧本、四庫本作「蓬」。
〔五〕軒：底本作「山」，據其他各本改。陸本小注「山頂有渺渺軒」，亦知「軒」當是。
〔六〕山頂有渺渺軒：其他各本無。

元貞乙未中秋胡汲仲陳無逸貢仲實戴祖禹約玩月不果明日周公謹有詩因次韻〔一〕

舊交寥落江湖上，强復尋歡期不來。半夜風潮驅海若，滿空雲雨下陽臺。孤城落木秋如此，皎月登樓歲幾回。白髮山翁棹苕水，故園佳菊要徘徊。

校勘記

〔一〕此詩與《送節上人遊吴興》、《贈筆生馮應科》三首僅見於底本和陸本。

送節上人游吴興

雪洒方袍出鷲峰，苕溪乘興有孤篷。采蘋春動漁歌外，振錫人行罨畫中。山静只看雲不住，月明遥見水如空。舊游無限煙波意，試問輕鷗與落鴻。

贈筆生馮應科

爲爾欲書《毛穎傳》，嗟余久負草堂靈。自從騎馬供詞藁，不倡籠鵝寫道經。何處空山堆柹葉，多生暗雨集囊螢。老來欲盡臨池興，筆冢憑誰作好銘。

右詩見《吴興絶唱》

雨中次范德機見寄褉興韻〔一〕

窮巷積陰雨，離居寡悰情〔二〕。安得塩埃風，逍遥余上征〔三〕。長日有逝川，春花無晚榮。永懷山澤居，好遯潛英聲。於陵方灌園，龐公不入城。此意豈忘世，詠歌以濯清。今我夢江國，嗷嗷鵜鴂鳴[四]。不憂芳草歇，但恐白髮生。歸休企前哲，矢言著貞誠[五]。悠悠莫識察，思子携手行。

校勘記

[一]文淵閣《四庫全書》本元顧瑛《草堂雅集》卷二作者題黃溍，又見《元音》卷三，《石倉歷代詩選》卷二百三十六，《宋元詩會》卷七十二。

[二]悰：元十二家本、《宋元詩會》作「歡」。

[三]余：《草堂雅集》作「予」。

[四]鵜鴂：元十二家本、《草堂雅集》、《宋元詩會》作「鶗鴂」。

[五]貞：《草堂雅集》卷二作「真」。

都中送元傑道士南歸[一]

授節仙人得過家，都門津柳動春華。還鄉近似千年隺，奉使榮於八月槎[二]。古井雲封丹竈藥，舊松風掃石壇花。道人冠劍鳴瑤佩，豈必高車畫錦誇。

校勘記

〔一〕又見《元音》卷三、《石倉歷代詩選》卷二三六、《宋元詩會》卷七二。

〔二〕槎：顧本、四庫本作「査」，二字通。

題謝氏通濟橋〔一〕

涔陽川上壓雲濤，迥若仙山駕巨鼇。甃石不愁僧路滑，傾金寧計鬼工勞。泛槎客去銀河近〔二〕，題柱人歸玉壘高。此地通津足佳興，楚歌明月放輕舠〔三〕。

校勘記

〔一〕又見《元音》卷三、《石倉歷代詩選》卷二三六、《宋元詩會》卷七二。

〔二〕槎：四庫本作「査」，二字通。

〔三〕舠：顧本作「舫」。

郎中蘇公哀挽 志道〔一〕

寒垣重鎮雪雲堆，畫諾人稱幕府材〔二〕。流馬道艱逢歲儉，涸魚民病得春回〔三〕。陽關猶記歌《三疊》，杜老俄成賦《八哀》。夜静燕臺山月冷，秪疑化鶴一歸來。

校勘記

〔一〕又見《元文類》卷七、《元音》卷三、《石倉歷代詩選》卷二百三十六。

〔二〕幕府材：《元文類》作「幙府才」。

〔三〕病：《元文類》作「困」。

送李彦謙御史之西臺〔一〕

霜風十月長安道，健鶻淩空浄羽毛。地控函關西極重，星聯執法太微高。鑄金古鼎姦先伏，發刃新硎用欲韜。雅志澄清付公等，我裦江海放漁舠〔二〕。

校勘記

〔一〕又見《元音》卷三、《石倉歷代詩選》卷二百三十六。

〔二〕裦：顧本、四庫本、十二家本、《元音》、《石倉歷代詩選》作「懷」，古今字。

送鮮于伯機之官浙東〔一〕

衣冠文獻參諸老，臺閣功名負此公。十載黄塵看去馬，萬山青眼送飛鴻。揮毫對客風生座，載酒論詩月滿篷。昭世需材公論定〔二〕，起分春雨浙江東。

校勘記

〔一〕又見《元音》卷三、《石倉歷代詩選》卷二三六、《御選元詩》卷四五、《宋元詩會》卷七二。

〔二〕世：十二家本、《御選元詩》卷四十五、《宋元詩會》卷七十二作「代」。材：《御選元詩》、《宋元詩會》作「才」。

送張綱父教官〔一〕

我友白蘋洲畔客〔二〕，忽凌風雪問征途。南州歲晚尋高士，西塞煙深憶釣徒。呼酒江船春水動，讀書山館雨燈孤。無錢自媿蘇司業，聊賦《驪駒》爲子娛。

校勘記

〔一〕又見《元音》卷三、《石倉歷代詩選》卷二百三十六、《御選元詩》卷四十五、《宋元詩會》卷七十二。

〔二〕畔：十二家本作「上」。

贈趙鍊師奉祠南海會稽〔一〕

函香南國羽衣師，東繞稽山謁禹祠〔二〕。使馭穩如乘白隺，仙都歸及采玄芝。文園進稾無封禪，宣室求言有受釐。書軌會同靈貺闊〔三〕，詞人休譔《九歌》辭〔四〕。

校勘記

〔一〕又見《元音》卷三，《石倉歷代詩選》卷二三六。
〔二〕東繞：十二家本、《元音》作「東曉」，《石倉歷代詩選》作「乘曉」。
〔三〕軌：顧本、四庫本作「就」，十二家本作□，《石倉歷代詩選》作「帛」。
〔四〕休：四庫本作「修」。

題陶淵明像〔一〕

詩中甲子春秋筆，籬下黄花雨露枝。便向斜川頻載酒，風光不侣義熙時。

右詩見《元音》。

校勘記

〔一〕又見明刻本明蔣一葵《堯山堂外紀》卷十二、明天順刻本明吴訥《文章辨體》卷四、《元音》卷三，《元詩體要》卷十四，《石倉歷代詩選》卷二三六，《宋元詩會》卷七二。「題」字底本、陸本闕，據顧本、四庫本、十二家本、《元詩體要》、《石倉歷代詩選》、《宋元詩會》補。

山中居〔一〕

山人獨向山中居，風雨不庇三椽廬。短衣破帽家無儲，形忘意適心自娱。挂壁拄杖懸珊瑚，鬼神遁跡蛟龍趨〔二〕。眼前不識爲妻孥，生平豈解躬耕鉏〔三〕。黄精采苗供曉餔〔四〕，碧溪飲泉傾瓠壺。行歌紫薇眠枕書，夢遊滄海坐釣魚。雲霧煙霞同卷舒，狙猿麋鹿相驚呼。顛崖蒼蒼日欲晡〔五〕，舉手撫掌笑挽鬚〔六〕。起望八極吞五湖，喬松在足憑空虚。有客跨鶴來須臾，龎眉皓齒當坐隅。綺語唾落飛明珠，翻身别去登康衢。寄言擊壤人有無，茅茨風俗今何如。

校勘記

〔一〕又見《元詩體要》卷一，《御選元詩》卷二十六。
〔二〕遁：顧本、四庫本、《御選元詩》作「遯」。二字通。
〔三〕鉏：《御選元詩》作「鋤」。
〔四〕采：十二家本、《御選元詩》作「採」。
〔五〕顛：《元詩體要》作「巔」。
〔六〕撫：顧本、四庫本、《御選元詩》作「拊」。鬚：陸本作「須」。

梁貢父學士江行阻風圖〔一〕

匡廬枕長江〔二〕，彭蠡居上遊。我幼不識風濤怒，但喜青山緜亘〔三〕、急櫓鳴中流。老來行道增百憂，山有虎兕，水次多蛟虯〔四〕。梁公示我《江上圖》，空齋颯爽回高秋〔五〕。想見飛廉簸蕩驅陽侯，雷鼓動地萬貔貅。連檣十日不得發，何異駿馬伏櫪鷹在鞲〔六〕。行人徼福古祠下〔七〕，潔觴置酒旨且柔。小姑倚絶岸，彭郎渺孤洲。脈脈關情隔煙水，不如天孫絶漢從牽牛。明發風止江鏡浄，楚天無際來棹謳。回首繫舟處，惟有參差煙樹飛鳧鷗。世事翻覆那有定，人生憂樂爲誰謀。慨彼東逝川，白日不得須臾留。濯滄浪，委浮休〔八〕，買田結屋山之幽。擷芳釣鮮亦足樂，安用高門列鼎冠蓋誇鳴騶。

校勘記

〔一〕亦見《元詩體要》卷三，清官修《題畫詩》卷五十六清文淵閣四庫全書本，《御選元詩》卷二十六。

〔二〕枕：四庫本作「阻」。

〔三〕緜：四庫本、十二家本、《元詩體要》作「綿」。二字通。

〔四〕蚪：底本、十二家本作「蚪」，據顧本、四庫本、《元詩體要》、《題畫詩類》、《御選元詩》改。

〔五〕回：《御選元詩》作「廻」。

〔六〕異：底本作「似」，據鮑校及各本改。

〔七〕徼：《御選元詩》作「邀」。

〔八〕休：《御選元詩》作「丘」。

岳陽樓〔一〕

巴陵形勝甲天下，郡治西南有樓曰岳陽，盡得巴陵之勝。至元丙戌，余以監察御史按臨長沙道出巴陵，凡一往返，不暇一登。甲午夏，備員湖北憲司分司于辰，始得以酬平昔之志[二]。噫！湖山如此，造物者何其靳邪。因留數語，以識歲月云：

洞庭一水七百里，煙朝月夕皆經過。豈知斜陽萬里，更有一佳處。君山十二盤[三]，青螺乾坤有。此樓萬古高嵳峩，憶昨長江只尺限[四]。南北風霜畫本[五]，一日千摩挲。今朝快一登，恍若驅沈疴。生平所羡鑑湖請，乃今更覺君恩多。湘靈也自知我至[六]，時令白鳥來婆娑。銕笛紫荊曲，春草黃陵歌。江山一醉謾不省，悲風落日生白波。愛山愛水亦非癖，奈此日月如飛梭。彭蠡銀山堆[七]，碧海青銅磨。武昌雲間嘆黃鶴，采石天外愁青蛾[八]。詩家割據幾今古，元氣發泄天不訶。扁舟歸來月一蓑，仙槎已候三山阿，吾欲乘興觀銀河。

校勘記

〔一〕本詩顧本、四庫本無，十二家本書寫正文比前詩低四格，《元文類》卷五、《乾坤清氣》卷三、《元詩體要》卷三、《宋元詩會》卷七十二題張經。按：詩中有以「監察御史按臨長沙道出巴陵備員湖北憲司分司于辰」，鄧文原没有做过監察御史，也没有在湖北憲司做過官。此詩當是張經所作。底本、陸本下文云此詩輯録依據《元詩體要》，查《元詩體要》原文，此詩作者仍爲張經，且前一首詩是作者題爲鄧文原的《梁貢父學士江行阻風圖》，當是相鄰而至誤。爲保留底本原貌，今仍然收入，特作辨析。

〔二〕以：底本、陸本脱，據十二家本、《元文類》、《元詩體要》、《宋元詩會》補。

〔三〕十：《元文類》作「才」。

〔四〕只：十二家本、《元文類》、《宋元詩會》、《乾坤清氣》、《元詩體要》作「咫」。

〔五〕風霜：《元文類》、《乾坤清氣》、《宋元詩會》作「風煙」。

〔六〕自：《元文類》、《乾坤清氣》、《宋元詩會》作「似」。

〔七〕堆：《元文類》作「推」。

〔八〕青蛾：《宋元詩會》作「青娥」。

正旦有感〔一〕

干戈短景去匆匆，回首南朝一夢中〔二〕。世事盡隨天道北，春正依舊斗杓東。四時玉燭堪調燮，萬國車書想混同。寂寞荒山老松樹，看渠梅柳競春風。

校勘記

〔一〕又見元孫存吾編《元風雅前集》卷六清文淵閣四庫全書本、《元詩體要》卷十、《石倉歷代詩選》卷二三六、《宋元詩會》卷七十二。《元風雅前集》作者題爲楊鵬翼。

〔二〕一：十二家本、《石倉歷代詩選》、《宋元詩會》作「已」。

清明省墓〔一〕

短棹吴歌花滿川，春帆愁斷《蓼莪》篇。小溪蘋藻墦間祭，春雨桑麻墓下田。黄壤有靈終異土，青山無樹半荒阡。傷哉巴峽松楸路，狐兔蒼寒六十年。

校勘記

〔一〕又見《元詩體要》卷十、《石倉歷代詩選》卷二三六、《宋元詩會》卷七二。

送姚利用入京〔一〕

雪晴川浄駕飛桅，舟入河冰二月開。壯士不緣彈鋏去，故山曾見爛柯來。上林淑氣催花柳，盛代英雄擢草萊。青眼諸賢如問訊，爲言衰病懶登臺。

校勘記

〔一〕又見《元詩體要》卷十一、《石倉歷代詩選》卷二百三十六、《宋元詩會》卷七十二。

獨　立〔一〕

數盡飛花一愴然，壯心迢遞夕陽邊〔二〕。十年人事空流水，二月風光已杜鵑。過眼青春寧復得，涴人黄土絶堪憐〔三〕。故園尚有平生約，可使蒼苔到石田。

校勘記

〔一〕又見《元詩體要》卷十二,《御選元詩》卷四十五,題鄧文原。元黄溍《金華黄先生文集》卷二鈔本、《草堂雅集》卷二、《石倉歷代詩選》卷二百六十八、《御選元詩卷》四十七、《宋元詩會》卷八十一、《元詩選初集》卷三十一,題黄溍。

〔二〕陽:《金華黄先生文集》、《草堂雅集》、《石倉歷代詩選》、《御選元詩卷》、《宋元詩會》、《元詩選初集》卷三十一,作「雲」。

〔三〕涴:《金華黄先生文集》、《草堂雅集》、《石倉歷代詩選》、《御選元詩卷》、《宋元詩會》、《元詩選初集》卷三十一,作「污」。

子昂畫馬〔一〕

奔騰駿骨雲路長,蕭灑神鬉風露涼〔二〕。沙場春牧草肥雨,野徼秋嘶楓隕霜。三關戰士黄金甲,五陵俠客紅絲韁。朝羈莫絡祇腸斷〔三〕,華山煙樹遥蒼蒼。

右詩見《元詩體要》。

校勘記

〔一〕又見《皇元風雅》卷七、《吴興藝文補》卷五三、《珊瑚木難》卷六、《元詩體要》卷十四、《石倉歷代詩選》卷二三六、《宋元詩會》卷七二。《珊瑚木難》作「題子昂馬」，顧本、四庫本作「題子昂馬圖」。

〔二〕鬉：十二家本、《皇元風雅》、《吴興藝文補》、《珊瑚木難》、《元詩體要》、《石倉歷代詩選》、《宋元詩會》作「鬃」。

〔三〕莫：顧本、四庫本、十二家本、《珊瑚木難》、《元詩體要》、《石倉歷代詩選》、《宋元詩會》本作「暮」，通假。

題范文正公手書伯夷頌二首〔一〕

先哲吾師表，斯文古鼎銘。義形扣馬諫，書勝换鵞經。故事徵皇祐，鄉祠謁仲丁。登堂覩遺墨〔二〕，山雨颯英靈。

心田垂世遠，手澤歷年殊。誰購《山陰序》〔三〕，真還合浦珠。身惟名不朽，書與道同符。諸老珍題在，猶堪立懦夫〔四〕。

校勘記

〔一〕顧本、四庫本、十二家本無第一首，一二首又見明趙琦美《趙氏鐵網珊瑚》卷二文淵閣四庫全書本，清卞永譽《式古堂書畫彙考》卷九清文淵閣四庫全書本，《六藝之一録》卷四百四、清吴升《大觀録》卷三民國九年武進李氏聖譯廔本。顧本、四庫本、十二家本作「伯夷頌」，《趙氏鐵網珊瑚》、《式古堂書畫彙考》、《六藝之一録》作爲《伯夷頌》題跋收録。

〔二〕堂：《趙氏鐵網珊瑚》作「臨」。

〔三〕序：顧本、四庫本、十二家本作「敘」。山陰序，指王羲之《蘭亭集序》，其文有「會於會稽山陰之蘭亭」。

〔四〕《趙氏鐵網珊瑚》、《式古堂書畫彙考》、《六藝之一録》、《大觀録》在詩句後面還有「蜀後學鄧文原頓首」八字。

文湖州竹〔一〕

翰墨真儒者事，書生如山未知〔二〕。判取詩書萬卷〔三〕，來看風霜一枝。

此老墨君三昧，雲山發興清奇。我在蓬萊書府，曾看晚靄橫披〔四〕。予曩客京師，獲觀文湖州《晚靄橫披圖》，山谷題識其後，真絶品也。文湖州平昔丹青之妙不止墨竹，故因及之〔五〕。

校勘記

〔一〕又見明孫鳳《孫氏書畫鈔》涵芬樓秘笈景舊鈔本、《趙氏鐵網珊瑚》卷十一、《清河書畫舫》卷七下文淵閣四庫全書本、明汪砢玉《珊瑚網》卷二十六清文淵閣四庫全書本、《式古堂書畫彙考》卷四十一、《續書畫題跋記》卷一、《六藝之一録》卷四百、清端方《壬寅銷夏録》稿本。鄧文原前乃李衎題跋云「延祐己未秋九月十有八日薊丘李衎觀於毗陵趙東皐之書隱謹題」，李與鄧素交好，很可能同觀，詩寫作時間很可能也在延祐己未。

〔二〕書生：《壬寅銷夏録》、《珊瑚網》、《續書畫題跋記》、《式古堂書畫彙考》作「畫□」、《六藝之一録》作「畫工」。

〔三〕判：《壬寅銷夏録》作「制」。

〔四〕晚：十二家本、顧本、四庫本作「曉」

〔五〕「予曩客京師」至「故因及之」：顧本、四庫本無。

滿目雲山樓〔一〕

芳草孤舟渡，幽居一徑通〔二〕。江湖春雨外，墟里莫煙中〔三〕。機息鷗先下，花飛水自東〔四〕。臨流無限意，畫史若爲工〔五〕。

校勘記

〔一〕又見《趙氏鐵網珊瑚》卷十二、《珊瑚網》卷二十八、《式古堂書畫彙考》卷四十三、清安岐《墨緣彙觀録》卷二清粵雅堂叢書本，其中《珊瑚網》、《式古堂書畫彙考》各收兩首，略有異。顧本、四庫本注「一作《米元暉雲山短卷》」。十二家本分別收《滿目云山樓》、

《米元暉雲山短卷》、《小米雲山卷》、《米元暉雲山圖》四首，一二四首題異而實同。第三首與其他三首差别即底本與顧本批註的差别，如「幽居一徑通」的「通」，十二家本第三首作「雲」。鮑氏批註：「《珊瑚網》題云《米元暉雲山短卷》，珊瑚網又有《小米雲山卷》，詩同而韻不同。」

〔二〕通：顧本、四庫本注「一作雲」。鮑校、《珊瑚網》、《式古堂書畫彙考》第二首作「雲」。

〔三〕莫：顧本、四庫本、十二家本、《趙氏鐵網珊瑚》、《珊瑚網》、《式古堂書畫彙考》作「暮」。中：顧本、四庫本注「一作分」。鮑校、《珊瑚網》、《式古堂書畫彙考》第二首作「分」。

〔四〕自東：顧本、四庫本注「一作亦芬」。鮑校、《珊瑚網》、《式古堂書畫彙考》第二首作「亦芬」。

〔五〕畫史若爲工：顧本、四庫本注「一作畫裏識敷文」。鮑校、《珊瑚網》、《式古堂書畫彙考》第二首作「畫裏識敷文」。

高士圖〔一〕

門外雪深泥没膝，幽人懷抱自春風。可憐令尹無高致，乘興何須見此公。

校勘記

〔一〕又見《珊瑚木難》卷三、《趙氏鐵網珊瑚》卷十二、《式古堂書畫彙考》卷四六，作爲《高士圖》題跋收録。顧本、四庫本題作「袁安卧雪圖」。

題松雪臨郭熙溪山漁樂圖〔一〕

峭石浮嵐俯翠微，瀑流飛雨散林霏。漁舟來往青溪曲〔二〕，悵望行人古道稀。

校勘記

〔一〕又見《趙氏鐵網珊瑚》卷十二、《式古堂書畫彙考》卷四六、《大觀録》卷十六。顧本、四庫本、十二家本作「松雪臨郭熙溪山漁樂」。

〔二〕青：顧本、四庫本、十二家本、《式古堂書畫彙考》、《大觀録》作「清」。

松雪墨梅〔一〕

憶昔衝寒踏雪時，百花零落願開遲。如今收拾横書卷，一任無情塞管吹。

校勘記

〔一〕又見《趙氏鐵網珊瑚》卷十二、《式古堂書畫彙考》卷四六。

題高尚書夜山圖〔一〕

吳山面滄江，中秋氣颯爽。樓居謫仙後，公退謝塵鞅。孤月出海上，高懷一俯仰。佳哉高侯畫，得意超象罔〔二〕。我來秋向晚，月色寒蒼莽〔三〕。山遠落木淨，風高怒潮響。奔騰萬雲氣，忽駕蒼虬上。平湖雨翻江〔四〕，渺渺波蕩槳。回思圖畫時，歲月倐已往。山川更晦明，陰陽遞消長。人生何獨勞，局促老穹壤。我將乘倒景，千載縱清賞。松喬遺世人，一笑凌煙像。

右詩見《銕網珊瑚》。

校勘記

〔一〕又見《趙氏鐵網珊瑚》卷十三，《式古堂書畫彙考》卷四七，《題畫詩》卷二十，清張照《石渠寶笈》卷十四文淵閣《四庫全書》本，《御選元詩》卷十五，明張丑《清河書畫舫》卷十一下。

〔二〕罔：底本、陸本作「冈」，據其他各本改。象罔：出自《莊子・天地》。

〔三〕蒼莽：顧本、四庫本、十二家本、《式古堂書畫彙考》、《題畫詩》、《石渠寶笈》、《御選元詩》、《清河書畫舫》互乙。

〔四〕湖：《石渠寶笈》作「明」。平湖：指平靜的湖面，與後面的雨翻江相契合。平明：黎明之時，似與詩不合。

清明日會宋集賢園亭時梨花盛開飲酒聽歌樂甚張郭二學士命僕賦詩〔一〕

琪樹吹香蕩夕暉，華簪人對雪霏霏。漢宫新火初傳燭，楚女行雲乍濕衣。一片花疑胡蝶化〔二〕，滿枝春想玉奴飛〔三〕。蛾眉不用梨園曲〔四〕，唱徹瑶臺醉未歸。

校勘記

〔一〕此詩顧本、四庫本無。《大觀録》卷九、明郁逢慶《續書畫題跋記》卷九清文淵閣四庫全書本、《元詩選二集》卷六收在趙孟頫下，其篇題云：「清明日宴集賢學士園梨花盛開諸老屬僕同賦。」又見《珊瑚木難》卷七。此詩至《竹西爲上虞徐習魯伦》四首《珊瑚木難》順序同陸本，且歸爲「鄧善之詩」。此詩至《挽薛助教》七首，底本在書末，鮑氏在《題高尚書夜山圖》詩後批註：「卷末《珊瑚木難》詩七首入此。」陸本依據鮑氏批註將此七首詩放在此處，今從之。

〔二〕胡：《續書畫題跋記》、《珊瑚木難》、《元詩選二集》卷六作「蝴」。

〔三〕奴飛：《大觀録》、《續書畫題跋記》、《元詩選二集》卷六作「釵肥」。

〔四〕蛾：《續書畫題跋記》作「娥」。園：《大觀録》作「花」。

客京師次張仲實見寄觀梅韻〔一〕

花老蠻烟細雨塵〔二〕，幾經清夢嘆真真〔三〕。夜窺幽樹惟山鬼，煖入孤根有谷神〔四〕。歲晚妝殘金屋冷，月明歌散玉樓春。十年不到西湖路〔五〕，辜負先生墊角巾〔六〕。

校勘記

〔一〕此詩顧本、四庫本無。《大觀録》卷九、《續書畫題跋記》卷九、《元詩選二集》卷六收在趙孟頫下，題目作「都中次張仲實見寄觀梅韻」，緊接在《清明日宴集賢學士園梨花盛開諸老屬僕同賦》之後。又見《珊瑚木難》卷七。

〔二〕細雨：《大觀録》、《續書畫題跋記》、《元詩選二集》卷六作「隔瘴」。

〔三〕經：《續書畫題跋記》、《元詩選二集》卷六作「驚」。嘆：《大觀録》、《續書畫題跋記》作「唤」。

〔四〕煖：其他各本作「暖」。

〔五〕到：《大觀録》、《續書畫題跋記》、《元詩選二集》卷六作「醉」。

〔六〕《大觀録》末有「吴興趙孟頫」五字。

春日遣興〔一〕

寶篆香消雨散絲，誰撩詩興上花枝。春風吹度南窻竹，一片紅芳入研池〔二〕。

校勘記

〔一〕本詩顧本、四庫本無。又見《珊瑚木難》卷七、《珊瑚網》卷十、《式古堂書畫彙考》卷十七。《珊瑚網》、《式古堂書畫彙考》云「林僉憲善之春日絶句」，「林」當爲「鄧」之誤。

〔二〕入：《珊瑚木難》、《珊瑚網》、《式古堂書畫彙考》作「落」。研：别本作「硯」。按：研，通「硯」。

竹西爲上虞徐習魯作〔一〕

三徑蕭森緑霧寒，東鄰日日報平安。高情直到斜陽外，渭水秋風一釣竿。

校勘記

〔一〕本詩顧本、四庫本無。又見《珊瑚木難》卷七。徐習魯：《珊瑚木難》作「徐習曾」。

題文與可墨竹〔一〕

此君脱穎蒼石根〔二〕，修節稜稜見空洞。志士林居增眼明，歲窮傲見冰烏凍〔三〕。我嘗徑造群籟寂〔四〕，萬玉陰圍天宇空。畫圖老可得三昧，遺縑敗楮千金重。鳳翔青林春向妍，龍拔老湫雲欲動。斵輪承蜩道之妙，彼哉畫史醯雞甕。坡仙磊落兩玉人，瑰詞藻句褷嘲弄〔五〕。渭川奚啻千畆胸，亦有八九吞雲夢。我今關山苕溪曲，欲聽琮琤助清供。二老高風杳莫追，笑予匏落知何用。

校勘記

〔一〕本詩顧本、四庫本無。又見《珊瑚木難》卷七。
〔二〕石：《珊瑚木難》作「箟」。
〔三〕傲：《珊瑚木難》作「嫳」。烏：《珊瑚木難》作「霜」。
〔四〕徑：《珊瑚木難》作「逕」。
〔五〕褷：底本作「褷□」，陸本作「褷褷」，據《珊瑚木難》改。

輓薛助教〔一〕

扈蹕居庸道，歸來僕馬疲。俄聞痛首疾〔二〕，不見折肱毉。靈旐辭官舍，寒氊罷講帷。吳興四千里，慘慘泣孤嫠。

與子俱留滯，那知隔古今。猗蘭摧露早〔三〕，斷雁落秋陰。手澤遺書畫，心喪得子衿〔四〕。溪頭吾卜宅，相望竹松林。

校勘記

〔一〕本詩顧本、四庫本無。又見《珊瑚木難》卷七。

〔二〕痛：《珊瑚木難》作「痟」。

〔三〕早：《珊瑚木難》作「草」。

〔四〕子：底本作□，據《珊瑚木難》補。

武陵勝集得入字〔一〕

雨雪正紛紛〔二〕，氣壓后土濕。大梁雄豪士，衝寒策馬急。欣然款柴門，稍稍冠蓋集。酒酣歌白雪，頗覺春風入。蹇予守空巷，歲莫憂思積。念有流離子，饑寒夜中泣。

右詩見《珊瑚屑》。

校勘記

〔一〕本詩顧本、四庫本無。又見清陳衍《元詩紀事》卷四清光緒本。

〔二〕正：底本作「政」，據《元詩紀事》改。

題趙彝參水仙卷〔一〕

仙子凌波佩陸離，文魚先乘殿馮夷。斵冰積雪揚靈夜〔二〕，鼓瑟吹竽會舞時〔三〕。

海上瑶池春不斷，人間金盌事堪疑。天寒日莫花無語，清淺蓬萊當問誰？

校勘記

〔一〕又見《珊瑚綱》卷三十、《石渠寶笈》卷三二、《式古堂書畫彙考》卷四五。顧本、四庫本、十二家本、《珊瑚綱》作「趙孟堅水墨雙鉤水仙長卷」。

〔二〕斵冰積雪：顧本、四庫本、十二家本作「積冰斵雪」。

〔三〕鼓：底本作「緪」，據顧本、四庫本、十二家本、《珊瑚綱》、《石渠寶笈》、《式古堂書畫彙考》改。按：緪，急。鼓與吹更對稱。竽：《珊瑚綱》作「笙」。

題高房山墨竹卷〔一〕

人纔有我難忘物，畫到無心恰見工。欲識高侯三昧手，都緣意與此君同。

右詩見《江村銷夏録》。

校勘記

〔一〕又見《式古堂書畫彙考》卷四七、《題畫詩》卷七十八。卷：顧本、四庫本、元十二家本、

《御定歷代題畫詩類》作「圖」。

桐川九日絶無佳菊小酌書懷奉簡明仲博士一笑〔一〕

遊宦年光逐雁飛，傳杯好友念分違。欲將老眼看黄菊〔二〕，不遣秋香近繡衣。稻蟹霜遲聊取醉，蓴鱸家近重思歸。緬懷晋宋多才傑，得似風流落帽稀。

校勘記

〔一〕又見《續書畫題跋記》卷九、《御選元詩》卷四十五、《大觀録》卷九。

〔二〕將：底本作□，《大觀録》作「知」，據四庫本、《續書畫題跋記》、《御選元詩》補。

清溪謁象山先生祠〔一〕

我行厭塵役〔二〕，愛山極幽阻。及兹叩巖扃，浮嵐薄窗户。危石倚蒼屏，盤盤一洞府。邈哉混沌根，疏鑿自太古。或疑昏墊初，屹立中流許。縣厓瀉驚瀑〔三〕，洒空作飛雨。泓渟水鏡虚〔四〕，林影浄可數〔五〕。石闌少流憩，樛枝啼翠羽。山花明炫目，薜逕劣容武。陡上高明臺，桑麻蔽村塢。却笑群山卑，矜春相媚嫵。了知静者性〔六〕，孤潔恥俗伍。昔賢此鳴道，松風入談麈。教鐸振群哇，朋簪謝華組。末學分畛域，正道日榛莽〔七〕。嗟余嗜探賾，離索增歎憮。入舟耿清夢，前溪聽鳴櫓。

校勘記

〔一〕又見《續書畫題跋記》卷九、《大觀録》卷九。
〔二〕厭：顧本、四庫本作「壓」。
〔三〕縣厓：顧本、四庫本、《大觀録》作「懸崖」，《續書畫題跋記》作「懸厓」。
〔四〕渟：底本作「停」，據顧本、四庫本、《大觀録》改。泓渟，形容水深貌。
〔五〕浄：《續書畫題跋記》作「静」。
〔六〕知：顧本、四庫本作「如」。静：《續書畫提跋記》、《大觀録》作「浄」。
〔七〕莽：《續書畫題跋記》作「蕪」。

登五嶺〔一〕

去歲登斯嶺，歊暑窮躋攀。兹歷至源道〔二〕，五嶺九縈盤。雞鳴戒行李，月明清露溥。筍輿兀殘夢〔三〕，絺衣颯微寒。峭立夫容峰〔四〕，秀出群厓端。陟上捫煙蘿〔五〕，邈視凌風翰。想當混沌初，疏鑿驅神姦。幸經賁釜賁〔六〕，猶有蒼石頑。劍門倚崇墉，函谷封泥丸。顧此東南偏，夷險遂殊觀。小憩天欲曙，嵐光漲林巒。頗聞招提勝，峻絶逾商顏。野人耕鑿共，山僧巾屨安。白首不出寺，豈復世慮干。我欲叩幽迴，策足嗟蹣跚。維時清秋暵，老龍猶泥蟠。灑空飛雨至，乃在半山間。粳稻緑如雲，白水行碕灣。農意良已欣，我行詎云艱〔七〕。買酒澆磊塊，臨溪濯潺湲。山靈亦我娱，風松寫清彈。

校勘記

〔一〕又見《續書畫題跋記》卷九、《大觀録》卷九。

〔二〕歷：顧本、四庫本、《續書畫題跋記》作「歴」。

〔三〕輿：四庫本作「雨」。

〔四〕夫容：顧本、四庫本作「芙容」，《續書畫題跋記》、《大觀録》作「芙蓉」。

〔五〕陟：四庫本作「陡」。

〔六〕貲釜貫：顧本、四庫本作「資斧貫」、《續書畫題跋記》、《大觀録》作「資斧貫」。

〔七〕艱：顧本、四庫本作「難」。

貧　居〔一〕

閉户無塵襍，看山有卧遊。半酣梳白髮，新浴漱清流。讀《易》茆齋曙，彈琴竹院秋。貧居聊足樂，軒冕欲何求。

校勘記

〔一〕又見《續書畫題跋記》卷九、《御選元詩》卷三十六。

哭李息齋大學士〔一〕

冰紈亂掃拂雲竿，不盡清風入譜刊。紫氣直過銅柱去，蒼龍欲卷墨池乾。憶陪客館燈花落，喜借僧房貝葉看。得遂縣車娛莫景，淚零耆舊向彫殘。

從遊僧寺醉江天，款語山亭濯澗泉〔二〕。能悟莊周《齊物論》，誰參居士在家禪〔三〕。竹西卜宅它鄉老〔四〕，花底歸朝上界仙。寄我《楚江煙雨》筆，每縣素壁一潸然〔五〕。仲賓近刊《竹譜》廿卷，嘗自京師寄《墨竹》雙幅，題曰《楚江煙雨》。

余兩年往來江左道中，塵勞之餘，輒賦數語以自適。坡老云：「多生綺語亦安用〔六〕。」當不滿大方一笑。因留桐川，明仲教官以此紙俾余書之，聊識其後如此〔七〕。

校勘記

〔一〕又見《續書畫題跋記》卷九。

〔二〕款：顧本、四庫本作「疑」。澗：《續書畫題跋記》作「磵」。

〔三〕誰：顧本作「能」，四庫本作「爲」。

〔四〕它：顧本、四庫本、《續書畫題跋記》作「他」。

〔五〕縣：顧本、四庫本、《續書畫題跋記》作「懸」。

〔六〕用：陸本作「周」。按：蘇軾《海市》詩：「但見碧海磨青銅，新詩綺語亦安用。」底本是。

〔七〕如此：顧本、四庫本、《續書畫題跋記》後有「巴西鄧文原」五字。

周曾秋塘圖〔一〕

慘澹枯荷折葦間，夫容秋水轉碕灣〔二〕。鳴鴻飛度江南北，却羡溪禽滿意閒〔三〕。

校勘記

〔一〕又見《式古堂書畫彙考》四三、《六藝之一録》四百一、《珊瑚網》卷二七、《大觀録》卷十三。　圖：顧本、四庫本、十二家本後增「卷」。

〔二〕夫容：《六藝之一録》、《珊瑚網》作「芙蓉」。

〔三〕《珊瑚網》、《式古堂書畫彙考》、《六藝之一録》、《大觀録》後有「集賢直學士鄧文原敬題」十字。

息齋清秋野思〔一〕

極目荒墟落木中，空山人静澗泉舂。秋來不用爲霖雨，留得閒雲養卧龍〔二〕。

右詩見《壯觀録》。

校勘記

〔一〕又見《珊瑚網》卷三一，《式古堂書畫彙考》卷四八、清文淵閣《四庫全書》本、明李日華《六研齋三筆》卷三。顧本、四庫本《元詩選》、十二家本題作「錢舜舉瓜蔓圖」，誤。因《錢舜舉瓜蔓圖》與《清秋野思圖卷》緊臨，所以顧氏收録時至誤。鮑氏批註：「此題一作《錢舜舉瓜蔓圖》，此卷《珊瑚網》列《瓜蔓圖》之后，遂致此誤。」

〔二〕《珊瑚網》、《式古堂書畫彙考》後有「文原」二字。《六研齋三筆》不提行緊接著録：「石惹殘雲樹帶烟，猗猗蒼玉正蕭然。若人寫出胸中趣，知道平吞幾渭川。蜀普程嗣翁。」將鄧文原題詩與程嗣翁題詩混淆。考察《清秋野思》原圖，鄧文原詩後有「文原」二字，接著是「布衣道士」吾衍的題詩，然後才是程嗣翁此首題詩。

馬和之卷〔一〕

廻嵐洞壑玉参差，滿地濃陰日影遲。寂寂柴門雲自合，深深灌木鳥仍窺。滄浪唱晚空天地，緑綺尋幽過竹籬。豈是柴桑歸去者，時臨清淺賦新詩。

校勘記

〔一〕又見清厲鶚《南宋院畫録》卷三清文淵閣四庫全書本、《題畫詩》卷七九。

劉松年春山仙隱圖〔一〕

緑柳疎花遶舍栽，長松灌木覆亭臺。雲巒倒影水天夐，蒲葦有聲山雨來。内史幽情觴咏樂，右丞別業畫圖開。何時許我遊真境，野色橋邊蹋紫苔。至大辛亥七月十四日題于寒翠齋之南牖〔二〕。

右詩見《南宋院畫録》。

校勘記

〔一〕又見《南宋院畫録》卷四、《佩文齋詠物詩選》卷一八四。鮑批：「亦見《竇繪録》。」

〔二〕「至大」至「南牖」：陸本而外，其他各本無。

素履齋稿下

送吴宗師南祀歸二首[一]

國老分茆社，祠官從使星。鶴書來澗谷，羽節動仙靈。寸草春逾碧，黄花晚獨馨。真人猶五采[二]，歸受《蕊珠經》。

草木南薰候，神仙上界官。平生修月斧，萬里御風翰。江雨鳴星劍，涼空憶露盤。白鷗秋水外，相與醉憑闌。

校勘記

〔一〕又見《御選元詩》卷三六。

〔二〕猶：《御選元詩》作「有」。

陪高彦敬游南山〔一〕

不到南山又二年，離離秋草映寒泉。東林蕭散開蓮社〔二〕，西晉風流櫂酒船。古寺雲煙終日合，長松風雨半空懸。謝公未了登臨興，故向禪房借榻眠。

校勘記

〔一〕又見《元文類》卷七、《石倉歷代詩選》卷二七六、《宋元詩會》卷七二。

〔二〕東林：陸本作「東鄰」。按：晉廬山東林寺高僧慧遠與十八僧俗結社念佛，因其地有白蓮池，故稱蓮社。底本是。

十月十日出都城二首〔一〕

倦客愁深素髮生，分甘投劾謝塵纓。老來每愧公車召，歸去何須祖帳榮。紅葉早霜催歲晏，白鷗野水與雲平。腐儒漫仕真無補〔二〕，深負岩居與谷耕。

朝擁皋比夕短檠，病餘静息厭勞形。閑情只合營三徑，便腹那能貯五經。忝侍禁幃慙啟沃，欲尋耆社覺凋零。歸歟嘯傲西湖上，時看晴雲度翠屏。

校勘記

〔一〕又見《皇元風雅》卷七，顧瑛《草堂雅集》卷二。《草堂雅集》歸爲黄溍作。

〔二〕仕：顧本、四庫本、十二家本、《皇元風雅》作「任」。

三月廿九日上御流杯亭聽講明日子翬司業有詩因次韻〔一〕

只尺天顔仰照臨〔二〕，緝熙盛事見方今。上林花接南薰蚤〔三〕，流水春涵太液深。寒士簡編窮皓首，野人芹曝抱丹心。退朝欲草《清平頌》，散作成均木鐸音。

校勘記

〔一〕又見《御選元詩》卷四十五、《皇元風雅》卷七。

〔二〕只：《御選元詩》、《皇元風雅》作「咫」。

〔三〕蚤：元十二家本、《御選元詩》、《皇元風雅》作「早」。通假。

送人遊天台〔一〕

此去蘭亭脩禊後，平明驅馬試征衣。海邊山盡天無盡，花底春歸人未歸。一雨潮生魚入市，遠岩月上鶴投扉〔二〕。舊游二十年前路，孤負東風賦《采薇》。

校勘記

〔一〕又見《皇元風雅》卷七、《浙江通志》卷二七六。《元詩選二集》卷七、卷十二皆收、卷十二歸爲李孝光作。李孝光《五峰集》卷十收此詩。

〔二〕遠岩：十二家本作「千岩」，《五峰集》、《元詩選二集》卷十二作「千山」，《皇元風雅》作

「□巖」。

壽何平章〔一〕

位正三台拱太微，德人山立玉揚輝。致身直道難諧俗，救世危言易觸機。空谷霜巖蒼檜在，長空雨盡白雲歸。閑亭燕坐觀春草，依舊東風自款扉。

校勘記

〔一〕又見《皇元風雅》卷七。

題林彥文詩卷兼送南歸〔一〕

東周離黍先亡雅，南楚崇蘭又變騷。上下漢唐觀體裁，古今李杜擅雄豪。青林曉日鳴雙鳥，碧海秋風釣六鰲。白髮詩翁會天趣，吴山一笑返漁舠〔二〕。

校勘記

〔一〕又見《珊瑚木難》卷六。

〔二〕漁：《珊瑚木難》作「輕」。

松雪翁桐陰高士圖〔一〕

玉立桐陰十畝蒼，託根何必在朝陽。迎風簌簌秋聲早，灑雨陰陰月色涼。勝事只消琴在膝，野情聊倚石爲牀。高人自得坡頭趣，不爲花開引鳳皇〔二〕。

校勘記

〔一〕又見《珊瑚網》三二、《式古堂書畫彙考》四六、《虛齋名畫録》卷七、《大觀録》卷十六。《珊瑚網》、《式古堂書畫彙考》、《大觀録》云款書：「延祐七年十月八日子昂畫。」《虛齋名畫録》則云：「大德三年六月廿七日爲楊安甫作，子昂。」

〔二〕鳳皇：《珊瑚網》、《式古堂書畫彙考》作「鳳凰」。《珊瑚網》、《式古堂書畫彙考》、《虛齋名畫録》、《大觀録》後有「古涪鄧文原題」六字。

除夕書懷

年光逝若片帆輕，坐惜宵分到啟明。客舍張燈浮大白〔一〕，禁鐘和漏隔華清。攝提北斗中天運，太乙東宫吉日迎。身在詞林無寸補，幾陪鴛鷺聽雞聲。

校勘記

〔一〕大白：顧本、四庫本、元十二家本作「太白」。大白，指酒杯。太、大通。

萬歲山廣寒殿〔一〕

雪殘春意滿仙臺，碧樹青葱翠作堆。三島靈山浮海至，九天丹闕倚雲開。仗穿玉兔輪中出，輦跨金鼇背上來。欲獻《甘泉》、《辟雍賦》，白頭零落媿非才。

校勘記

〔一〕又見《御選元詩》卷四五。

江參百牛圖〔一〕

濈濈群行四百蹄〔二〕，耕黎初罷樂相隨。春風緑遍川原草，回首牧人知是誰。

校勘記

〔一〕又見《孫氏書畫鈔》卷二、《珊瑚網》卷三十，《續書畫題跋記》卷四、《清河書畫舫》卷十下、《式古堂書畫彙考》卷四十四。

〔二〕蹄：顧本、四庫本作「號」，《珊瑚網》作「蹏」，《孫氏書畫鈔》作「歸」。按：蹏，同「蹄」，「號」當形近而誤。

錢舜舉碩鼠圖〔一〕

禾黍連雲待歲功，爾曹竊食素餐同。平生貪黠終何用，看取人間五技窮。

校勘記

〔一〕又見《鐵網珊瑚》卷三一、《式古堂書畫彙考》卷四七。

温日觀葡萄〔一〕

滿筐圓實驪珠滑，入口甘香冰玉寒〔二〕。若使文園知此渴〔三〕，露華應不乞金盤。

校勘記

〔一〕又見《式古堂書畫彙考》卷四五、《珊瑚網》卷三一。《元詩選初集》卷六八作者歸爲「貞懿鄭氏允端」，《御選元詩》卷七九作者亦爲「鄭氏允端」，且二者題目作「葡萄」。

〔二〕香：顧本、四庫本作「泉」。

〔三〕渴：《元詩選初集》、《御選元詩》作「味」。

米敷文楚山清曉卷〔一〕

濛濛煙樹楚江湄，寂寞漁村護短籬。雲夢舟中春睡足，醉餘猶記牧之詩。

校勘記

〔一〕又見《續書畫題跋記》卷二、《珊瑚網》卷二八、《式古堂書畫彙考》卷四三、《六藝之一録》卷四百、《大觀録》卷十四。

李仲賓墨竹圖〔一〕

石根夭矯出寒梢，明月空山舞翠蛟。散作江湖墨風雨〔二〕，曾隨海浪過南交。仲賓曾使交阯〔三〕，故云。大德二年春巴西鄧文原題於寓意齋〔四〕。

校勘記

〔一〕又見《書畫題跋記》卷七、《珊瑚網》卷四四、《式古堂書畫彙考》卷三五。

〔二〕散：底本作□，十二家本作「作」，據《書畫題跋記》、《珊瑚網》、《式古堂書畫彙考》補。

〔三〕交阯：十二家本、《書畫題跋記》、《珊瑚網》、《式古堂書畫彙考》作「交趾」。兩可。

〔四〕「大德」至「寓意齋」：底本闕，據《珊瑚網》、《式古堂書畫彙考》補。

郭恕先升龍圖二首〔一〕

海上參差十二樓，閬風玄圃綵雲浮。神仙尚厭人間世，故作乘龍汗漫遊。

建章宮闕漏沈沈，翠輦春遊接上林。未識嫦娥天上樂，廣寒丹樹五雲深。

校勘記

〔一〕又見《珊瑚網》二五，《式古堂書畫彙考》卷四一。

題高尚書秋山莫靄圖〔一〕

傍溪草舍隔林中，望際雲山翠幾重。長憶雨餘閑信馬，輕鞭遥指兩三峰。

校勘記

〔一〕又見《續書畫題跋記》卷九、《清河書畫舫》卷十一上、《式古堂書畫彙考》卷四十七、《御選元詩》卷六十九、《大觀録》卷十八。

題王朋梅金明池圖〔一〕

溶溶春水戲群龍，畫鼓蘭橈競奏功。得失等閒成愠喜〔二〕，人生萬事弈棋中〔三〕。

校勘記

〔一〕又見《清河書畫舫》卷六上、《式古堂書畫彙考》卷四八。

〔二〕喜：顧本、四庫本、十二家本、《清河書畫舫》、《式古堂書畫彙考》作「憙」。二字通。

〔三〕詩末《清河書畫舫》、《式古堂書畫彙考》後有「集賢直學士鄧文原敬題」。

題開元宫圖〔一〕

西湖春動風泠泠，欻忽鼓瑟窺湘靈。夫君要眇降雲軿，椒堂桂棟羅芳馨。春城日逝晻𡾟莫，幽夢重門鎖花霧。玉簫聲沈鳳飛去，迸入秋風五陵樹。至人高懷視雲浮，昔者金屋今丹丘。白雀來下明月樓，知有王喬飛舄遊。仙人好幻多戲劇，海變桑田蓮變碧。百靈呵護融風息，依舊璚臺絳宇炫燿雲五色〔二〕。

校勘記

〔一〕又見《西湖遊覽志》卷二十一、《御選元詩》卷二六。

〔二〕璚：陸本外各本作「瓊」。按：璚，同「瓊」。五：《西湖遊覽志》作「林」。

寄普福講寺住持無公〔一〕

淨土談玄屢款扉，平生我亦悟毘尼。天台道在毘陵記，廬阜神交惠遠師。度嶺白雲飛錫處，散花清晝説經時。西南峰下龍泓路，曾記山房舊賦詩。

校勘記

〔一〕又見《武林梵志》卷五、《西湖遊覽志》卷十。

題圓覺天台教寺〔一〕

大圓覺境清涼地，要闡毘盧貝藏開。飛錫不妨隨鶴下，蟠桃曾見有龍來。相逢定性三生路，盡了塵心萬劫灰。憶我初年慕禪悦〔二〕，石橋煙雨過天台。

校勘記

〔一〕又見《西湖遊覽志》卷十。

〔二〕悦：顧本、四庫本作「蛻」，底本是。清武英殿聚珍版叢書本王太岳《四庫全書考證》卷四十《西湖遊覽志》條云：「元鄧文原詩：『憶我初年慕禪悦』，刊本禪悦訛蟬蛻，據《素履齋集》改。」

送俞觀光赴義塾師〔一〕

越山嵐翠俯青谿，念子懷歸歲屢移。乘興未尋安道宅，傳經且下仲舒帷。稻粱秋足飛鴻外，燈火涼生積雨時。東老收書兼好客，何人詩寫石榴皮。

校勘記

〔一〕又見《（萬曆）嘉定縣志》卷二十一、《御選元詩》卷四五。

題張谿所畫霜林雲岫圖〔一〕

慚余生也晚，未能識君顔。宿秉川嶽氣，時發胸臆山。澗壑自回互，溪林若縈環〔二〕。雲光映天色，秋葉舒錦斑。室中有揚子〔三〕，向晚啟玄關。何如塵外侶，日夕相與還。悠悠个中意〔四〕，未許落人寰。

校勘記

〔一〕又見《御選元詩》卷十五。

〔二〕林：《御選元詩》作「流」。

〔三〕揚：底本作「楊」，據顧本、四庫本、《御選元詩》改。按：揚子，指揚雄。

〔四〕个：顧本、四庫本作「箇」，《御選元詩》作「笛」。

閻立本西嶺春雲圖〔一〕

旅人陟春山，回互臨幽絶。馬首觸層雲，鳥鳴當三月。桃萼爛虚空，松風吹洞越。高岑上青蒼，曲磴复攲缺。澗壑瀉飛流，煙靄忽明滅。靈仙扣丹房，素女開瑶穴。鄉關在遐方，中情向誰説。忽聞上方鐘，午餐僧已設。閻子爲此圖，玩之未能輟。恐爲造化憎，隄備六丁掣。

校勘記

〔一〕又见《題畫詩》卷一。

盧鴻盧嶽觀泉圖〔一〕

九江峙廬嶽，盤回幾許深。絶壁倚霄漢，濺瀑直千尋。颼飀松風至，髣髴蒼龍吟。疊石挺璚樹〔二〕，飛樓起危岑。流沫灑虚闌，長歌響澗陰。雲深草木潤，風度煙景沈。何來暫停轡，於焉散煩襟。余以罹塵鞅，未得諧夙心。能知此中意，奚事方外尋。良圖爲爾襲，比勝雙奇琛。

校勘記

〔一〕又見《題畫詩》卷二七、《御選元詩》卷十五。

〔二〕璚：顧本、四庫本、《題畫詩》、《御選元詩》作「瓊」。璚，同「瓊」。

題李思訓寒江晚山圖〔一〕

李唐王孫重毫素，愛寫寒江千萬樹。上有蓬萊五色雲，下有仙家幾庭户。清霜點作秋滿林，只尺瑶窗起煙霧。西風吹動晚山蒼，歸舟掩映猶堪數。迢迢錦水汎雙鳧，漠漠青天飛雪鷺。人間畫手非不多，誰侶李侯得真趣。李侯宿世列仙儔，更有何人同出處。徽廟題來字字真，把玩殷勤迺奇遇。斯圖斯景世莫傳，古汴荒涼風景莫。

眼中人事已非前，畫裏山川尚如故。老我披圖一愴然，落日長歌漫爲賦。

校勘記

〔一〕又見《御選元詩》卷二七、《題畫詩》卷二十。

王摩詰春溪捕魚圖〔一〕

輞川之景天下奇，我惜曾聞不曾識。若人筆端斡玄氣〔二〕，萬頃煙濤歸只尺〔三〕。漁翁生事浩無窮，醉挹青藍洗胸臆。或披蓑笠卧寒蟾，或倚孤篷蘸空碧〔四〕。静觀此理良可娱，應須仰慕王摩詰〔五〕。

校勘記

〔一〕又見《題畫詩》、《大觀録》、《御選元詩》。《大觀録》末有「懶道菴華翁酸齋貫雲石頓首」數字，作者歸爲貫雲石。

〔二〕玄：底本作「元」，《大觀録》作「意」，據顧本、四庫本改。元，當是玄爲避諱而改。

〔三〕濤：《大觀録》作「波」。

〔四〕蘸：《大觀録》作「見」。

〔五〕應：《大觀録》作「底」。

李昭道春江圖〔一〕

江上亂山青束筍，平沙草樹望不盡。大江入海來滚滚，吐雨吞雲褉蛟蜃。中有崔嵬敻絶之高亭，遠出晴空寒數仞。江山傳舍觀英雄，英雄盡説孫江東。自從得地雙鶴翁，紫髯一拂豚犬空。石田睡起秋屢豐，歸耕應羨漢陰翁。

校勘記

〔一〕又見《題畫詩》卷十七、《御選元詩》卷二六。

趙幹春林曲隖圖〔一〕

春雲盡斂青山出，雨過千林翠猶滴。桃花歷亂柳芊綿，兩兩啼鶯在林隙。短橋深樹阿誰家，樓閣重重映曉霞。遣來豈是避秦客〔二〕，理亂不聞度歲華。衡門草緑深于染〔三〕，迴塘瀲灩流青靛。雞鳴犬吠各成村，岩際飛泉如白練。虚亭寂歷倚江開，圖畫千重入望來。桃源山莊何足數，此卷真足稱奇哉。畫史當年推趙幹〔四〕，妙筆流傳人所羨。吁嗟乎！人去悠悠不可呼，爲君賦此期重見〔五〕。

校勘記

〔一〕又見《題畫詩》卷十七、《穰梨館過眼録》卷八、《御選元詩》卷二一六。《穰梨館過眼録》詩末云：「嘉靖己未仲春上澣題於半偈庵中，吴郡周天球。」作者歸爲周天球。林：底本、陸本作「山」，鮑校「林」。

〔二〕遣：《題畫詩》、《穰梨館過眼録》、《御選元詩》作「往」。

〔三〕于：四庫本作「如」。

〔四〕趙幹：《穰梨館過眼録》作「米君」。

〔五〕期：底本作「斯」，據其他各本改。

王晉卿蜀道寒雲圖〔一〕

巨靈何年移五岳，石扇中開兩厓削。峽中六月清風寒，仰視青冥何漠漠。碧溪屈曲通冷泉，紺葉玲瓏帶籬落。勾連石棧不可梯，縹緲煙中見樓閣。行行遊子幾經年，幾度空林愁夜鶴。仙峰歷覽豈不嘉〔二〕，還憶白雲舊岩壑。江城過雨秋氣涼，時有疏鐘度寥廓。山林如此誰能爲〔三〕？都尉丹青深問學。當年故習一銷鎔，三百餘年無與角〔四〕。君家珍祕在雲房，六時展對忘離索。我詩渠畫相後先，固應不負三生約。

校勘記

〔一〕《石倉歷代詩選》卷三六六題爲「送珂月屋還處州分得清風峽」作者爲「釋大圭」，該詩前四句與鄧詩一致，後面部分不同。又見《題畫詩》卷四、《御選元詩》卷二六。

〔二〕嘉：《御選元詩》作「佳」。

〔三〕如：底本作□，據顧本、四庫本、《題畫詩》、《御選元詩》本補。

〔四〕無：底本作□，據顧本、四庫本、《題畫詩》、《御選元詩》本補。

李思訓妙筆 并序〔一〕

思訓作畫，雖由于天性，然亦多宗閻立本，惜世罕有知者，因見此卷，爲表而出之。

李侯丹青勝結緑，貝闕珠宫看不足。偶研丹碧寫春山，萬壑千峰峰僅盈幅。應知深處有神仙，花落花開度歲年。扁舟自是尋真侶，爲覓桃源一洞天。

校勘記

〔一〕又見《題畫詩》卷十三、《御選元詩》卷二六。妙筆并序：底本、陸本闕，據其他各本補。

唐子華雲松仙館圖〔一〕

危峰削玉插晴空，淋漓秀色含鴻濛。世間萬物有時易，惟有青山今古同。隱君山下營茅屋，煙霞笑傲逃塵俗。日長心境雀俱閒，自掃白雲松下宿。溪頭覓句行遲遲，童子囊琴歸竹籬。《猗蘭》調古少人聽，等閒何處尋鍾期。

校勘記

〔一〕又見《題畫詩》卷一一三、《御選元詩》卷二六。

題顧善夫所藏張僧繇畫翠嶂瑶林圖〔一〕

善夫夙有躭奇癖，珍祕何須羨賈胡。徽廟未銷當日字，僧繇仍見昔年圖。千林歷落人煙密，萬里縈迴鳥道孤。幾欲臨風試題句，恍疑身世在冰壺。

校勘記

〔一〕又見《題畫詩》卷十、《佩文齋詠物詩選》卷一八四。

趙松雪重江疊嶂圖〔一〕

東風江上柳初團，海燕飛飛杏雨寒。帆影亂催人去遠，煙光遥映嶂爲攢。鶯啼幾處村方市，犬吠千家客正餐。滿目溟濛無著處，一林鐘磬落潮湍。

校勘記

〔一〕又見《題畫詩》卷十。

顧愷之瑶島仙廬圖〔一〕

渺渺晴山路更幽，茸茸瑶草幾春秋。岩棲自昔推巢父，學種于今説故侯。雲物豈因時序换，鹿麛不共世塵浮。谿頭驀有尋真客，期向天台汗漫遊。

校勘記

〔一〕又見《題畫詩》卷十。

陸探微層巒曲隖圖 并序〔一〕

壬子三月〔二〕，善夫過訪，出示探微妙筆，不勝驚訝。漫賦若此，以識奇觀。

勾吴山水素稱奇，个裏神工已得之〔三〕。山翠却從林外出，水聲常遶屋東澌〔四〕。雞鳴竹里人何處，犬護柴門客正炊。一段風煙誰會得，避秦當日自相宜。

校勘記

〔一〕又見《題畫詩》卷十。
〔二〕壬子三月：其他各本無。
〔三〕个：顧本、四庫本、《題畫詩》作「箇」。
〔四〕聲：陸本外各本作「深」。「山翠」和「水深」對仗，似更合詩意。

吴道玄五雲樓閣圖 并序〔一〕

吾僚友趙松雪盛稱此卷，余豔慕之已二十餘年矣。一日，危太樸出示索題，深慰夙懷，因書近詩一律于尾。

觀閣嵯峩起日邊，春雲靉靆倚層巔。天低青海一杯水，山落齊州九點煙。百尺長松神闕外，千秋靈柏古壇前。遨遊盡是蓬山侶，瑶草金芝不計年〔二〕。

校勘記

〔一〕又見《題畫詩》卷一一四、《佩文齋詠物詩選》卷一八四、《御選元詩》卷四五。

〔二〕計：顧本、四庫本、《題畫詩》、《御選元詩》作「記」。

王維高本輞川圖〔一〕

輞口風煙春日遲，淺沙深渚帶東菑。紅杏花開翔白雀，緑楊絲裊逗黄鸝。山雲寂寂入寒竹，野露瀼瀼浥嫩葵〔二〕。誰似右丞清絶處，千秋一士更何疑。

校勘記

〔一〕又見《題畫詩》卷三十。

〔二〕浥：顧本、四庫本、《題畫詩》作「裛」。按：裛，通「浥」，沾濕意。

王維秋林晚岫圖〔一〕

千峰凝翠宛神州，中有仙翁寤寐遊〔二〕。林麓漸看紅葉莫，風煙俄入野塘秋。遥遥小艇尋谿轉〔三〕，寂寂雙扉向晚投〔四〕。我欲探幽未能去，畫中真境許誰儔。

校勘記

〔一〕又見《題畫詩》卷十九、《御選元詩》卷四五。
〔二〕翁：鮑校作「人」。
〔三〕遥遥：其他各本作「摇摇」。
〔四〕扉：四庫本作「飛」。

李昭道畫卷〔一〕

松篁寂寂掩深居〔二〕，一段清幽樂有餘。麛鹿自來尋舊迹，高賢還去賦歸與〔三〕。

千山夕照耕初罷，隔樹炊煙誦自如。有客臨溪清話久，數聲長笛過前畬。

校勘記

〔一〕又見《題畫詩》卷五二。
〔二〕深：《題畫詩》作「幽」。
〔三〕與：陸本外各本作「歟」。

盧鴻仙山臺榭圖〔一〕

仙都圍合碧雲籠，洞口緋桃著雨濃〔二〕。丹闕春深巢翡翠，朱扉風煖出夫容〔三〕。
壺公不負三山約，向子終期五嶽逢。野雀一聲山館寂，倚闌長聽水淙淙。

校勘記

〔一〕又見《題畫詩》卷一一三、《佩文齋詠物詩選》卷二三八、《御選元詩》卷四五。

〔二〕濃：其他各本作「穠」。

〔三〕煖：顧本、四庫本、《題畫詩》、《佩文齋詠物詩選》作「暖」。夫容：其他各本作「芙蓉」

題洪谷子楚山秋晚圖〔一〕

舊知洪谷古先儔，五尺横圖見十洲。千嶂排空青玉立，一江流水白雲浮。瑚簪共話當年雨，丹葉誰憐滿徑秋。最是無聲詩思好，恍然身在赤城遊。

校勘記

〔一〕又見《題畫詩》卷五、《佩文齋詠物詩選》卷一八四。

郭忠恕小幅〔一〕

雒陽畫史稱忠恕，尺素能窮造化工。翠嶂倚雲天外落，高林飛雨望中叢。彤樓

風煖歌聲細，綺閣春深舞袖紅。應是宣和多愛惜，故將題墨琬琰同。延祐乙卯秋九月，

鄧文原觀於密齋草堂〔二〕。

校勘記

〔一〕又見《題畫詩》卷一百二、《大觀録》卷十三。《大觀録》作「郭恕先夏山仙館圖軸」。

小：題畫詩作「十」。

〔二〕「延祐」至「草堂」：底本無，據《大觀録》補。

趙令穰秋郊平遠圖〔一〕

白沙翠竹映江皋，幾處村居對寂寥。水落漁梁人暗度，霜清曲渚荇初銷。千山

襍沓凝嵐紫，萬木蕭森向晚彫。自是秋光無限好，誰加點染付輕毫〔二〕。

校勘記

〔一〕又見《題畫詩》卷二一、《御選元詩》卷四五。

〔二〕加：顧本作「如」，四庫本、《題畫詩》作「知」，《御選元詩》作「能」。毫：《題畫詩》作「綃」。

趙千里山水長幅〔一〕

蒼山高處白雲浮，樓閣參差帶遠洲。千尺虯龍依絶壁，一群鸛雀唳清秋。山翁有約憑雙屐，野客無心泝碧舟〔二〕。最是霜林好風景〔三〕，居然只尺見丹丘。

校勘記

〔一〕又見《題畫詩》卷十二、《佩文齋詠物詩選》卷一八四。

〔二〕泝：《佩文齋詠物詩選》作「溯」。

〔三〕最：《佩文齋詠物詩選》作「自」。

危太樸集八大家 并序〔一〕

予與太樸久别〔二〕，一旦會于九龍山僧舍，因出諸名勝合作卷見示，隨賦小詩於後，并叙遠别之意云。

憶昔相逢數十年，一朝解后碧山前。奚囊錦繡煙雲濕〔三〕，滿目峰巒紫翠妍。歲月盡從忙裏過，文章還向世中傳。明朝無限東西路，馬首仍憐各一天。按：明東吴張泰階爰平《寳繪録》，太樸集八大家圖爲大癡道人黄公望《富春山圖》、天水趙雍《五馬圖》、黄雀山人王蒙《秋溪汎棹圖》、房山高克恭《幽谷晴雲》、東海倪瓚《長松絶壁圖》、吴興錢選花鳥、梅道人吴鎮戲墨、武塘盛懋畫也〔四〕。

校勘記

〔一〕底本及陸本天頭批註：「此詩鄂氏《環香堂法帖》爲雲林生作。其題云：『予與清容久别，一旦會于九龍山僧舍，因出此卷見示。見蘇米二公之書如連城夜光，并置一器，惟見光彩耀耳。隨賦小詩于後，并敘遠别之意云。』詩中惟第二聯作『奚囊錦繡光芒射，揮灑長篇古斅妍。』餘俱不更一字，此爲雲林手書，而顧選作文肅詩，誤矣。嘉慶十四年冬鮑正言記。」按：本詩未見于他處。倪瓚，號雲林居士、雲林子生於一三〇六，卒于一三七四。危素生于一三〇三，卒于一三七二。鄧文原卒于一三二八，時危素僅二十六歲，倪瓚僅二十三歲。且詩中有「憶昔相逢數十年」之句，若這真是文原的詩歌，則文原和危素相識時，危素豈不只是個幾歲的小孩。所以，依照詩歌意思推論，作者不應當是文原。文原當不及見危素所集八大家圖，此詩當不是文原所作。《素履齋稿》另有幾首與危素有關的詩歌，其作者歸屬也應當存疑。

〔二〕予：顧本、四庫本作「余」。

〔三〕雲：顧本、四庫本作「猶」。

〔四〕「按明東吴」至「盛懋畫也」非詩稿原文，乃後人之小註。

趙松雪怡樂堂圖贈善夫副使

一榻幽然樂事多，四時風景復何如？遶溪水色清流玉，排闥山光翠擁螺。静裏研朱將易點，醉中邀月鼓琴歌。知君所好無塵趣，肯許吾儕見訪過。

趙仲穆秋山訪隱圖〔一〕

城市山林路不分，畫橋騎馬是徵君。樹邊高閣連青嶂〔二〕，陌上紅塵亂白雲。碧澗漣漪魚自泳〔三〕，陽坡平軟鹿爲群〔四〕。滑稽誰似東方朔，更向金門避世氛。

校勘記

〔一〕按：陳旅《安雅堂集》卷二、《石倉歷代詩選》二四三、《宋元詩會》卷七九、《元詩選初集》卷三七作「城市山林圖」，作者均爲陳旅。

〔二〕樹邊高閣：《安雅堂集》、《石倉歷代詩選》、《宋元詩會》、《元詩選初集》卷三七作「樹頭粉堞」。

〔三〕碧澗漣漪魚自泳：《安雅堂集》、《石倉歷代詩選》、《宋元詩會》、《元詩選初集》卷三七作「永巷柳深鶯喚友」。

〔四〕平軟：《安雅堂集》、《石倉歷代詩選》、《宋元詩會》、《元詩選初集》卷三七作「草暖」。

方方壺松巖蕭寺圖〔一〕

雨過鷓鴣啼歇，日斜猨兕聲高。湖上長煙漠漠，山中古寺迢迢。人立東皋清眺，帆歸西浦寒潮。

校勘記

〔一〕又見《題畫詩》卷二十一、《御選元詩》卷八十六。

荆浩秋山問奇圖〔一〕

木落千林秋氣新，虛亭寂寂不生塵。悠然危坐草玄者，不負山橋問字人。

校勘記

〔一〕又見《題畫詩》卷四八。

顧愷之秋江晴嶂圖二首 并序〔一〕

太樸危君所藏愷之妙卷，誠希世物也。出示索書，不勝歎羨。爲書短句以志喜云。

晋室風裁推虎頭，山川靈氣屬君收。指端幻出千重翠〔二〕，并作江南一段秋。

静日攜筇溪水頭，何如風景障圖收。與君相對坐不語，衹領千林萬壑秋。

校勘記

〔一〕又見《題畫詩》卷十九。按：此詩是否爲文原所作亦可疑，因危素、文原二人年齡差距大，不當相知若此，考證見《危太樸集八大家并序》校記一。

〔二〕翠：顧本、四庫本、《題畫詩》作「秀」。

閻立本秋嶺歸雲圖二首〔一〕

貞觀從知畫有仙，能將萬里尺圖間。白雲掩映楓林好，遮却溪南無數山。

盤紆逕路却何之，中有居人未卜誰。百丈飛泉雲外落，一林霜葉九秋時〔二〕。

校勘記

〔一〕又見孔廣陶《嶽雪樓書畫録》卷一、《題畫詩》卷一。

〔二〕《嶽雪樓書畫録》後有「古涪鄧文原題」六字。

題危太樸所藏滎陽鄭虔畫秋巒横靄圖二首〔一〕

金風瑟瑟入空山，村落人家葉盡斑。羡殺个中奇絶處〔二〕，一天煙靄有無間。

鄭君胸次有江山，應識區區只一斑〔三〕。山色空濛斜日裏，鬱林遥指碧雲間。

校勘記

〔一〕又見《題畫詩》卷十九，《佩文齋詠物詩選》卷二二四只録第一首。按：此詩是否爲文原所作可疑，考證見《危太樸集八大家并序》校記一。

〔二〕羨殺：《佩文齋詠物詩選》作「最是」。个：其他本作「箇」。

〔三〕「羨殺」至「一斑」：四庫本脱。

題耕雲徵士東軒讀易圖次韻三首〔一〕

衡門寂寂有儒風，相對高人笑語同。何必隔籬沽取醉，新詩初就竹爐紅。

棐几清疏無俗物，圖書襍沓有仙言。晚來静倚南軒下〔二〕，始識山林道味尊。

悠然結屋對南山，好鳥忘機自往還。昨夜天風吹月下，黄金散布一林班〔三〕。

校勘記

〔一〕又見《題畫詩》卷四八。

〔二〕軒：《題畫詩》作「窗」。

〔三〕班：陸本作「斑」。

題趙千里春景

籠煙楊柳嬌無力，著雨桃花冶有姿。人在畫樓春睡起，不知溪上有新詩。

題趙子昂爲袁清容畫春景仿小李〔一〕

王孫久別同朝侶，爲寫晴雲百疊峰。挂起碧窗凝望處，畫中今喜故人逢。

校勘記

〔一〕又見《題畫詩》卷十七、《佩文齋詠物詩選》卷一八四。

趙子昂仿顧愷之〔一〕

溪邊春樹緑成群，重疊青山翠影分。客子何來忘歸去，歌聲遥落水中聞。

校勘記

〔一〕又見《題畫詩》十二、《御選元詩》六九。

王洽雲山圖 并序〔一〕

王洽爲百代雲山之祖，故米氏父子皆由此出，何況易世之後乎！善夫尤宜寶之。

五雲深處擁蓬萊，樹色蒼涼映水開。何處書聲映林樾，却教仙侣過橋來。

校勘記

〔一〕又見《題畫詩》卷九、《佩文齋詠物詩選》卷一八四，《佩文齋詠物詩選》無序。

趙子昂仿顧長康

蒼厓突兀白雲封，雨潤金芝色更濃。采藥劉郎何處去，桃花依舊笑春風。

棣華堂爲錢唐羅雲叔題〔一〕

江空暗雨飛鴻杳，天長古道行人少。芳草池塘夢欲迷，紫荆庭下無人掃。誰似君家常棣花，炫日矜春長媚好。文采風流昭諫孫〔二〕，詩書滿屋來華軒。我聞同姓古所敦，尺布斗粟何足論。

校勘記

〔一〕又見《御選元詩》卷二六。

〔二〕昭：顧本作「詔」。諫：四庫本作「給」。

祖孝子求母詩

田家桑柳蔭柴扉，誰道兵戈有亂離。住舍尚存萱草地，生兒不及木蘭時。鳳釵一折悲誰語，雀表重歸樂自知。想見鄉閭歡會處，萊衣起舞對齊眉。

涔河橋

清涔虹影落雲濤，海上三山望不遥。春漲漫愁杯渡細，雲深常護鬼工勞〔一〕。汎槎客至銀河外，題柱人歸玉壘標。明月遠天漁父意，一聲鐵笛一蘭橈。

校勘記

〔一〕工：顧本、四庫本作「功」。

題趙子固墨蘭〔一〕

承平灑翰向丘園，芳佩纍纍寄墨痕。已有《懷沙》、《哀郢》意，至今春草憶王孫。

右詩見顧氏《元詩選》。

校勘記

〔一〕又見《題畫詩》卷七五。

惠山夏日酌泉〔一〕

我生懶拙百不堪，放意林壑窮幽探。茲山九龍勢飛動，鬈鬣錯落盤松柟。高風吹衣淩險遠，太湖渺渺天西南。泉流不逐湖波逝，融爲冰鏡開塵函。六月火雲生熱惱，三嚥冰雪生清甘〔二〕。試將水品證泉味，一語須喚山僧參。層臺桑苧有遺像，古屋彌勒空香龕。五年兩歷惠山頂，未辦草具來卓菴。白鳥翻風導先路，黑雲垂地隨歸驂〔三〕。酒醒呼枕聽風雨，老龍卷水空溪潭。撫掌歡游已陳蹟，隱隱孤舟沈暮嵐〔四〕。

校勘記

〔一〕此詩不見于陸本、顧本、四庫本。又見文淵閣《四庫全書》本《無錫縣志》卷四上，清光緒十六年刻清盧文弨《常郡八邑藝文志》卷十。

〔二〕生：《無錫縣志》、《常郡八邑藝文志》作「開」。上句已用「生」，此處「開」似更佳。

〔三〕黑：《無錫縣志》、《常郡八邑藝文志》作「碧」。

〔四〕鮑氏自注：「右詩見《惠山集》，從鴛湖戴氏從好齋録補。嘉慶壬申七月晦八十五叟又識。」

題王獻之保母帖〔一〕

鳥跡不復見，字體益以繁。變化各有極，何由使淳還。右軍天機精，筆間走風雲。萬世有能事，仰之道彌尊。後來獨精詣，乃有中令君。惜哉貞觀厄，真跡無復存。此碑出千年，筆法凜如新。至寶不淪没，終爲絶世珍。晴窗有真賞，妙理可忘言。流弊今若此，誰能決其源。

右詩見宋榻《保母帖》，後帖爲桐鄉金氏桐華館所藏。

校勘記

〔一〕此詩不見于陸本、顧本、四庫本。

題李成十幅〔一〕

胸中造化元無著，掌上煙霞若有神。磊落高情千載士，披圖聊復見遺真。

李成畫爲宋初第一，誠今古大家之儔匹。若此十幅，尤稱百世奇珍。吾友顧善夫何從得此，此豈所謂市駿骨而千里馬至者耶？善夫深善余言，遂援筆書之。古涪鄧文原。

右詩見《寶繪録》。

校勘記

〔一〕此詩不見于陸本、顧本、四庫本。

詩歌補遺

全元詩補遺去重者〔一〕

跋郭畀畫雪竹

郭君磊落誰與同，秃筆一掃俗子空。蕭條亂竹臥密雪，猙獰怪石摩春風。野人浪跡在京口，見君此畫心神融。何人識此歲寒景，爲我進入蓬萊宫。巴西鄧文原題。

清嘉慶刻胡敬《胡氏書畫考三種·西清劄記》卷一。

校勘記

〔一〕《全元詩》補遺十五篇，其中六篇底本已收。以下九篇雖《全元詩》輯佚先出，然此處所録如無特别説明，不直接録自《全元詩》，而録自筆者自己輯佚原始材料。

題元曹知白十八公圖

蒼官駢立來朋簪，凌風直上風蕭森。萬牛莫挽棟梁重，獨鶴欲下雲蘿深。太古簫韶時一奏，空山片斧何相侵。耿耿瀛洲十八士，遲回抱此歲寒心。集賢直學士鄧文原。《四庫全書》本《石渠寶笈》卷四十四，又見清嘉慶刻本清胡敬《胡氏書畫考三種·西清劄記》卷四。

擊蛇笏

蹇蹇諫議公，魁儒負才傑。寧州邈西土，讞獄慎司臬。惟神贊冥北，以岳氣栗烈。肸蠁有憑附，蜿蜒此穿穴。俗情尚詭怪，牲醪走豐潔。譬彼僉壬類，朋奸巧媒蘖。不一剪夷之，正論曷昭晰。時公儼端弁，孤憤皆欲裂。手版僅逾尺，用過百鍊鐵。老槐不生火，黝質漬腥血。公當寶元際，抗疏多論列。力排霄漢路，義動風雷舌。兹事特瑣細，亦足厲風節。歷階諫兩觀，先聖有遺轍。彼哉堆床笏，華榮等雷滅。我歌激寸肝，天長暮飛雪。文淵閣《四庫全書》本明朱存理編《珊瑚木難》卷一。

題休寧汪府判壽藏

肯辭簪紱遂幽居，豈必黄金賜二疏。家有青山甘拄笏，年方華髮已縣車。高懷栗里初歸後，往事槐安一夢餘。莫訝嵇康太疏懶，幾人能草絶交書。見明程敏政《（弘治）休寧志》卷三八，明弘治四年刻本。

奉謝伯雨高士惠紅梅

空谷彤霞護冷妍，移根來自羽衣仙。玉罏曉結丹芽嫩，琳館春浮綵樹先。醉裏形神涵太素，静中空色悟真玄。十年不見南枝面，撩得詩翁費酒錢。見明解縉《永樂大典》卷之二千八百九。

挽周處士

籍籍唐朝故相孫，曾聞筆陣掃千軍。蟄龍未燒春魚尾，宿霧空藏老豹文。韓子無端遭鬼虐，欒城有認作先墳。墨潭煙水殷山月，日斷清秋不見君。《永樂大典》卷之一萬三千四百五十。

知州郭公壽詩 皇慶元年

漢庭太守二千石，洛社耆英七十翁。隱几心知無物累，同舟人望有仙風。香生燕寢斕煸樂，禄得腴田滫瀡豐。東閣郎君皆可意，南陔詩句若爲工。元至順刻《郭公敏行録》。

崇真宫觀梅

我病一月不出户，顧步紆鬱形支離。夢寐南枝開屋角，日暮倚竹春依依。燕雪墮指唾成珠，暖玉價重百車渠。仙人移根藍田舊，能令火鼎回冰壺。上林花深五雲隖，郁紛氣接西山曉。莫矜絶代有傾城，蛾眉自昔承恩少。欲花未花商略春，我亦愁染素衣塵。明年濯纓江海上，細和松風歌白蘋。《詩淵》第四册二五四〇頁，書目文獻出版社一九八四年影印本。

題李公麟十八學士圖

聖主崇儒禮遇寬，群賢濟濟上金鑾。討論不倦心逾切，談笑相忘夜已闌。翰苑文名千古重，瀛洲人物萬年看。如今畫里瞻風采，恨不從游一周安。巴西鄧文原。

見《秘殿珠林石渠寶笈合編》六册二六九二頁。

筆者補遺詩目皆備者〔二〕

校勘記

〔一〕李鳳英君《鄧文原詩文研究》對詩歌部份也有補遺，與《全元詩》相同的篇目而外，筆者與李君詩歌輯佚相同的篇目有《題黃山谷書松風閣詩卷》、《跋龍眠理帛圖》、《題界畫簫史圖》、《題宋趙令穰鶩群圖》四首。另李君所輯自《石渠寶笈》之《王淵蓮塘鸂鶒圖》，《石渠寶笈》前有原話云「鄧文原書唐句云」，《唐詩紀事》收此詩，作者爲崔珏，所以此詩爲唐人崔珏之作，不當補入。又李氏從《孫氏書畫抄》收《龍眠理帛圖》兩首，第二首見下文之補遺，無誤，第一首首句爲「轆轤銀瓶汲脩綆」。這兩首之間有這樣的文字：「《理帛圖》，李龍眠極細膩者。并州金剪刀，纖手捉摸之。海粟。」海粟是元代畫家馮海粟，所以第二首連同至「纖手捉摸之，海粟」都是馮海粟的文字，不當補入。

題宋趙令穰鵝群圖

江湖野水明碕灣，蒼木隱映白石頑。樂哉禽鳥居其間，草有蒹葭魚鰋鯉。扁舟不見元真子，我復胡爲滯留此。承平公子翰墨娛，遺風流韻詩騶虞。宛勝滕王蛺蝶圖。巴西鄧文原。《四庫全書》本《石渠寶笈》卷三十二。

題界畫簫史圖

誰人呈此丹青手，寫出雕簷倚牛斗。當時有恨訴玉簫，一聲呼下乘鴦友。春心脉脉人不知，上天下地那参差。世間恩愛只如此，不放步步輕相離。彩雲不散逐簫史，却咲雙星欠終始。千年萬古鳳臺高，移入丹青畫圖裏。涵芬樓秘笈景舊鈔本明孫鳳《孫氏書畫鈔》卷二。

題米南宫雲山卷〔一〕

雲山隱隱遠囂塵，茅屋悠然旁水濱。此地難留車馬客，小舟常載讀書人。鄧文原。民國《嘉業堂叢書》本明李日華《味水軒日記》卷二。

題吴仲圭晴江列岫圖并跋〔一〕

長江亭亭桑落洲，青山獨傲蘋花秋。邊聲已逐鼓鼙盡，水氣欲挾漁榔浮。謫仙騎鯨五柳老，真景變滅隨沙鷗。空餘秦箏與羌管，斷續不説琵琶愁。梅花菴中解蒼珮，宴作得意毫端收。空青點雲碧痕濕，方諸取月寒光流。江上老翁在何許，似覺頷首相遲留。佳峰稜稜鐵鈎鎖，千樹點點同浮漚。要知翰墨灑清氣，俗子政爾勞雕鎪。山空無人息機事，青眼不與王公酬。揮毫汗漫凜太古，疑跨獨鶴遊磯頭。人在江湖貴適意，底用絶俗藏林丘。披圖覽卷重太息，天際杳靄疑歸舟。

蒲城孫世美編修與予同舟南下，出嘉遯翁所藏梅道人《晴江列岫卷》相示，筆意高古，墨氣淋漓，不在董巨之下，因作長句題之，不能讚其八法之工也。文原識。《四庫全書》本《居易録》卷二十，又見清乾隆二十七年刻清王士禎《帶經堂詩話》卷二十三。

校勘記

〔一〕詩歌部分《四部叢刊》景元本元袁桷《清容居士集》卷六、《元詩選初集》卷十九文淵閣《四庫全書》本、清謝旻《（康熙）江西通志》卷一百五十作《題高彦敬桑落洲望廬山圖》，作者題袁桷。文淵閣《四庫全書》本官修《題畫詩》卷二十七題目同《清容居士集》，而作者爲劉因。跋文部分《清容居士集》、《元詩選初集》、《江西通志》、《題畫詩》無。《居易録》、《帶經堂詩話》又云「下有巴西鄧氏善之印」。

題鮮于伯機爲文子方作秋江獨釣圖

曾將直筆犯龍顔，今日歸來鬢已斑。要識此心何所似，白雲明月在青山。清嘉慶刻匯印清朱休度《小木子詩三刻》卷下。

題黃山谷書松風閣詩卷

山雨溪雲散墨痕，松風清坐息塵根。筆端悟得真三昧，便是如來不二門。集賢直學士鄧文原敬題。民國九年武進李氏聖譯廔本清吴升《大觀録·宋名賢法書》卷六。

校勘記

〔一〕清宣統烏程龐氏上海刻本清龐元濟《虚齋名畫録》卷四《明文休承雲山圖卷》題跋録此詩，作者題爲沈大謨。

跋龍眠理帛圖

佳人深院不停機，製就裳衣熨帖時。説與朱門紈袴者，田家二月賣新絲。涵芬樓秘笈景舊鈔本明孫鳳《孫氏書畫鈔·名畫》卷二。

送人

蟋蟀已在宇，涼風吹角巾。別離低壯士，富貴改全人。旅食貂裘敝，交游白髮新。蕭蕭一樽酒，落日大江濱。《永樂大典》，卷之三千零三。

筆者補遺殘詩

贈妓詩

銀燈影裏泥人嬌。明清文淵閣《四庫全書》本胡震亨《唐音癸籤》卷二十四引。

獨李鳳英補遺者

中天竺詩

雨山鐘磬出煙蘿，中有高僧住澗阿。般若固應通止觀，聲聞豈必在禪那。鷲峰飛翠來身毒，桂子飄香落貝多。會得法門元不二，文殊無語對維摩。乾隆《杭州府志》卷二九。

筆者補遺有目無詩者 存目

范仲淹道服贊

清鈔本清顧復《平生壯觀》卷二「范仲淹道服贊」條：「王亢宗、楊敬悳、曹鑑、柳貫……鄧文原、虞集……汪澤民詩跋。」

題董源夏山圖

清乾隆二十七年刻本王士禛《帶經堂詩話》卷二十三云：「北苑山水卷首有宣和御筆《董源夏山圖》五字。一中押上鈐御璽，小米題詩云……後有金𢢼道人、元顧阿瑛七言古詩一首，巴西鄧文原次韻一首。」

附録

附録一　傳記資料

嶺北湖南道肅政廉訪使贈中奉大夫江浙等處行中書省參知政事護軍追封南陽郡公謚文肅鄧公神道碑銘

〔元〕黄　溍

至正九年夏四月二十日，知經筵事臣朶爾直班、同知經筵事臣埜僊護都、臣溍等進講于明仁殿。臣朶爾直班、臣埜僊護都奏：鄧文原經筵舊臣，歷事累朝，備極榮遇。兹又顯受聖恩，贈封定謚，墓上之石，宜賜刻文。上既可其奏，命臣溍爲之銘，别勑翰林學士承旨臣起巖篆其額，臣埜僊護都請就令臣朶爾直班書丹，上復如其請。乃退而以前史臣范梈之狀授臣溍。臣溍謹按：

故嶺北湖南道肅政廉訪使鄧公，諱文原，字善之。曾祖從鰰，妣楊氏。祖昭祖，累贈嘉議大夫、成都路總管、上輕車都尉，追封南陽郡侯。妣雍氏[一]，南陽郡夫人。考漳，累贈中奉大夫、四川等處行中書省參知政事護軍，追封南陽郡公。妣孫氏、游氏，并南陽郡夫人。其先由長安徙資中，又徙綿之彰明。杭爲宋行都，南陽郡公避蜀兵來依焉，故今爲杭州人。公六歲入小學，九歲從三山楊先生受《春秋》，十五以流寓取漕薦。暨科舉事廢，遂一意務爲聖賢之學，行益修，業益茂。開門授徒，户屨常滿。中州士大夫多慕而與之交，徐文獻公琰、高文簡公克恭知公尤深。

王參政巨濟素刻深，與公語，亦嚴憚之。巨濟後以事繫獄，自悔不用公言。初，用江浙行中書省辟署杭州儒學正。秩滿，調崇德州儒學教授，用薦者，擢應奉翰林文字、將仕郎、同知制誥、兼國史院編修官。承旨閻文康公復，於寮友少所假借，公獨見推重，凡大撰著必屬焉。由應奉升修撰，成宗即位，就任，轉從仕郎。成宗崩，預纂修實録。姚文公燧、王文肅公構，并爲承旨，持見不同，閱公所具稿，互有指擿。公不與辨，第令櫝藏以俟。後數日，二公取視之，皆莫能易一字。以儒林郎出爲江浙等處儒學提舉，教人先學行而後文藝，士習爲之丕變。召除國子司業，建白修明學政，而樂因循、憚改作者與之論不合，遂移疾去。

仁宗即位，詔以科目取士，江浙行中書省檄公考延祐元年鄉舉。公以朝廷立法之初，多采考亭朱氏《貢舉私議》，慮遠方之士未悉上意，大書其文揭示之，由是，士無復踵異時場屋之弊。尋以翰林待制、承直郎兼國史院編修官召，臺臣交章舉之，擢承德郎、僉江南浙西道肅政廉訪司事。

湖州民有抵夜禁者，被執而遁。追者及之，剚刃其左脅。其兄問：「殺汝者誰？」曰：「白帽青衣而長身者也。」語畢而死〔二〕。其兄訴之有司，歸罪於直初更張福兒，坐繫三歲。公閱其牘，曰：「白帽青衣姑勿問。福兒身不滿六尺，未見其長。且福兒用左手，傷何以在右？」命覆勘之，真殺人者張彈壓也。

建德戴汝惟被盗，已捕寘獄中，而夜有火其居者，失汝惟所在。公曰：「此有以也。」責有司推治，得汝惟尸於水濱，及其妻謀殺夫狀，人以爲神。

江陰饑民稱貸於富家，不得，則持火往取穀，誤焚其屋。十三人所分穀皆不滿五升，有司悉當以强盗。公謂：「此非其情也。」時庚死者已半，餘皆杖而遣之。平江僧訴總管府判官理熙納其賂，既誣服，而公適至，探得其情，杖僧釋熙。

移僉江東建康道肅政廉訪司事。寧國諸郡茶課初止三千餘錠，累增至十八萬錠，皆鑿空取之民間。民受誣抵法，則轉運司得以失覺察擅加罪，五品以下官州縣長吏，皆重足而立。公至，而提舉茶事者適以賄敗，乃爲設法，以漸去其弊，且建言宜罷茶司，而使郡縣領之。

饒州有告欺隱官粮者，事連數百人，累歲不決，公曰：「此不難知。以官租爲民田交易，而抄户時以之定差徭，經理時以之定租税耳。」命據籍爲定，訟遂息。

小吏有結爲兄弟，持官府短長者，號五虎〔三〕，杖而流之，人莫不稱快。

有甥盗其舅家財者，以贓滿罪至死。公曰：「贓五十錠，盗惟二人，其一人所分止五錠，何也？」録之得其實，所盗十三錠而已，遂以減死論。

徽州民僞造楮幣於僧舍，有避雨者適見之，其人懼事洩，因啖以利而止之，使爲烘焙，獄具當死。公曰：「造僞當死者，其等有七，烘焙當何等〔四〕？宜比行使加等杖〔五〕。」事聞于朝，報如公言。

徽州民謝蘭家貧，其從子回貸以錢，而倍取其息，又利其田宅，而欲搆害之。蘭家僮死〔六〕，回使告蘭殺之。公察其冤，釋蘭坐回，天方旱而雨。

士子或爲私書以非考亭之學，公命毁其書，曰：「吾以息邪説也。」江浙行中書省復移行御史臺，檄公考延祐七年鄉舉，得今翰林侍讀學士泰不花以爲舉首。既上春官，果爲廷對第一，士論翕服。拜集賢直學士、奉訓大夫。

以地震，應詔論弭災之道，謂今天下士師非才，惟受成於吏。死囚歲上刑曹，類延緩不報，庾死者多。宜慎選理官，死罪應決即決，冤即釋之。

河北流民復業，朝廷雖令計口給緡錢，而有司奉行不至。宜會計海運粮支發之，羨餘隨處置倉，以備凶年而振之。又申言茶法之害民，乞併罷轉運司，以息人怨，感天和，時論韙之。進奉政大夫、兼國子祭酒，依前集賢直學士，被旨知泰定元年貢舉。及上親策多士于廷，仍俾充讀卷官。有詔開經筵，特命中書平章政事張蔡公珪、翰林學士吴文正公澄及公入侍，其見知遇如此。

大駕時巡，公當扈從，苦脾疾，就醫於京師，遂乞謝事南歸。歲餘，召拜翰林侍講學士、中奉大夫、知制誥、同修國史，未行。擢嶺北湖南道肅政廉訪使，以疾不赴〔七〕。天曆元年五月二十二日，薨于杭州私第之正寢，享年七十。以其年七月十三日，葬湖州德清縣千秋鄉百寮山之麓。

太常初議以莊康易公名，今天子始用公門人集賢大學士馮公思温之請，特贈公中奉大夫、江浙等處行中書省參知政事護軍，追封南陽郡公，改謚文肅。

娶徐氏，封南陽郡夫人，前公一月卒，合葬焉。子男一人，衍，用公蔭爲承務郎、江浙等處儒學副提舉，後公若干年卒。女二人，適石洞書院山長史公埜、司徒府掾史戴孟淳。孫男一人，萊孫。

公蚤慧，稍長，能自植立。外家游氏，自清獻公似相宋理宗，門户煇赫，公未始挾以自矜。又嘗客於故后族謝氏家，視華靡豪縱事漠如也。公丰姿凝粹，氣貌純明，内嚴而外恕，議論若不可犯。至於以文相接，以恩相加，未嘗不使人心悦而誠服。平居善處窮約，奉己常薄，待人常厚。諸生有病而以槖中金託於公者，曰：「萬一死，願以歸吾親。」其死也，或竊金以去。公買金以付其親，而終不言。

安南入貢以黄金、丹砂、象齒，爲私覿之禮，公却之。其人曰：「清白物耳。」公曰：「爾物雖清白，我受之則污也。」所至僦屋以居，四壁蕭然。晚乃積俸貲〔八〕，買宅一區，將以佚其老，而疾亟矣。

公於經史百氏之書，無不究極其根柢〔九〕，爲文精深典雅。東南遺老凋落既盡，文章之柄悉歸焉。及在朝廷，施于訓誥者，温潤而有體。志於簡册者，確實而有徵。詩尤簡古而麗逸，凡所著有《讀易類編》若干卷、《内制集》若干卷、《素履齋藁》若干卷，行於世。

工於筆札，與趙魏公孟頫齊名。徽仁裕聖皇后命以泥金書《大藏經》，公應聘，率門人前集賢待制班惟忠等二十人北上。竣事，二十人皆賞官，而公不預，第隨牒調補，教授一州。後乃以文學政事昭被主知，而至大官。前後從游，無慮數百人，惟御史中丞王公士熙與馮公思温位最顯。其受業上庠，而掇巍科、躋膴仕，有名於時者尤多，不可遽数也。

始公較藝鄉闈，臣溍誤辱薦名。及公再主文衡，臣溍遂忝預執事〔一〇〕，兹又獲載筆隸太史氏，欽承明詔，勒文公碑。不敢以菲陋荒疏，伏闕控辭，謹拜手稽首，序而銘之。銘曰：

井絡之靈，實鍾俊賢。展也鄧公，受材孔全。公方盛年，盤桓山澤。翔而後集，靡徐靡亟。負其所韞，時而出之。學爲儒宗，政爲吏師。其學斯何？蜚英文苑。鋪張皇猷，裁成帝典。弘敷教道，模範國人。談經氈厦，堯舜吾君。其政斯何？肅將使指。扶善遏惡，以樹風紀。鼓之舞之，士氣以振。軺車所届，獄無冤民。聖門四科，公兼其二。學以從政，匪有二致。國之老成，天子所毗。公不爲起，乘化而歸。門生奉詔，蔫此樂石。庶無媿辭，過者必失〔二〕。《四部叢刊初編》元黃溍《金華黃先生文集》卷二十六，又《四庫全書》本《金華黃先生文集》，簡稱四庫本，明崇禎六年刻明董斯張《吴興藝文補》卷二十七，簡稱吴本。

校勘記

〔一〕雍：四庫本、吴本作「羅」。

〔二〕而：四庫本、吴本作「即」。
〔三〕虎：本作「府」，據四庫本、吴本改。
〔四〕等：四庫本、吴本作「坐」。
〔五〕杖：四庫本、吴本作「杖罪」。
〔六〕蘭：四庫本、吴本無。
〔七〕赴：四庫本、吴本作「起」。
〔八〕積：四庫本、吴本作「捐」。
〔九〕柢：本作「祇」，據四庫本、吴本改。
〔一〇〕事：四庫本、吴本作「筆」。
〔一一〕失：四庫本、吴本作「式」。

元故中奉大夫嶺北湖南道肅政廉訪使鄧公神道碑　〔元〕吴　澄

故中奉大夫嶺北湖南道肅政廉訪使姓鄧氏，諱文原，字善之。其先蜀人，寓杭，甫再世。蚤慧工文，年十有五已中進士舉。逮南服歸國，市隱弗耀，訓授生徒，以給親養。雖處窮約，事生喪死必盡歡竭誠，未嘗肯輕。出謁鉅公敬禮，每造其廬，當路多知名。

年三十二，浙省檄充杭學正。大德戊戌，部注崇德州教授。越四年辛丑，授應奉翰林文字。越五年乙巳，陞修撰。至大戊申，考滿進階，仍舊職。越三年庚戌，出任江浙儒學提舉。皇慶壬子，又爲國子司業。延祐丁巳，遷翰林待制。明年戊午，僉浙西道肅政廉訪司事。又明年己未，改江東道。至治壬戌，召爲集賢直學士。癸亥，進階兼國子祭酒。泰定甲子，直經筵。其冬移疾去官。明年乙丑，以翰林侍講學士召。又明年丙寅，除湖南憲使，俱不赴。

致和戊辰五月二十二日甲申，終於杭，年七十。子衍書來曰：『先君不幸，至於大故。既葬矣，而墓石未銘也。先生知先君深者，敢以爲請。』澄適卧病，得書而哭。病小間，乃追憶舊事。

初至元間，吴興趙承旨孟頫子昂爲澄歷言其師友姓名，而善之與焉。及善之爲翰林應奉，澄始識之。繼由翰林待制出江浙，時澄官胄監，得餞其行〔二〕。又其後以集賢直學士兼祭酒，時澄承乏禁林。次年，同預經筵之選。嗚呼！孰謂後予十年而生，遽先棄予而没乎！哀哉！

善之丰姿温粹，儀矩端嚴。其教於家塾、鄉庠、國監也，從學者皆有長益。詩文淳雅，瑩潔如玉。字法遒媚，與趙承旨伯仲。趙既逝，欲求善書人，舍是殆無可應詔。持憲兩道，洊伸民冤，至今有遺愛。祠苑代言，史館修書，悉合體製。在儒臣中，聲實相副者也。有文集《内制稿》、《讀易類編》，具存。官階起將仕佐郎，至承德奉訓大夫，至中奉。

曾大考從黼，妣楊氏。大考昭祖，累贈嘉議大夫、成都路總管、上輕車都尉、南陽郡侯。妣雍氏，追封南陽郡夫人。考漳，累贈中奉大夫、四川等處行中書省參知政事護軍、南陽郡公。妣孫氏、游氏，俱追封南陽郡夫人。其配南陽郡夫人徐氏，前一月卒。子衎，承父澤儒林郎、江浙等處儒學副提舉。女子子柔、嘉柔，官石洞書院山長史公埜、司徒府掾史戴孟淳，其壻也。孫男萊孫。其葬七月十三日癸酉。其宅湖州路德清縣千秋鄉百寮山之麓，徐夫人祔。系本衛鎮西將軍苗裔，去秦入蜀，居資，徙居綿之彰明。參政公避蜀兵難，始寓杭云。銘曰：

岷峨鉅儒，前有相如。王楊三蘇，宋遷南裔。若李若魏，卓爾拔萃。緊吾善之，蜀産之遺。際今明時，藝精點染。文熠爍睒，輝映琬琰。帝制皇墳，撰述討論。身没言存，澄清攬轡。伸枉出滯，驅蝮殄猘。提誨諄諄，承學彬彬。具稱聞人，中朝望竦。宸極優寵，急退何勇。天祐耆賢，未應奪年。曷爲其然，刻詩墓隧。昭示來世，知者墮淚。清文淵閣《四庫全書》本元吴澄《吴文正集》卷六十四，又明崇禎六年刻本明董斯張《吴興藝文補》卷二十五，簡稱吴本。

校勘記

〔一〕餞：本作「饑」，據吴本改。

學古齋記

［元］戴表元

三吴之州，莫大於杭。其地山穠水妍，其人機慧踈秀而清明，其俗通商美宦，安娱樂而多驅馳，通衢廣陌，行如附車輪而與之上下，坐如聞江潮澎湃之聲。竊意雖有董仲舒、揚子雲，難於攻苦寂寞，而守其淵深之思焉。州域之西南，余友人西秦張仲實居之。入其門，庭除静修，草樹深鬱，儼然山人處士之宅。先是，巴西鄧善之與仲實兄弟交，分一室共居，而題其扁曰學古齋，相與讀書玩義理於其中，如此十年。而善之以藝選召，且由此而進爲於時。仲實曰：「我則不能，吾家有垂白之二親，貧，無以奉魚藿。重使之疲勞道途，則奪其便。且吾非矯名者，萬一常調得一郡博士，給數斛米，充養具，亦足矣，何用是紛紛爲哉！」於是學古齋仲實獨居而有之。余問仲實〔一〕：「子之安恬悃愨，言真而志儉，既過他人遠甚，抑學古實難。子之道將何先？今且由子之學於是齋者言之。子早起而盥沐巾櫛，焚香而振册，則冠服鼎彝，簡編字畫，非古也。飢食而渴飲，寒裘而暑葛，與夫賓客祭祀之交接，其禮文器物制度，非古也。廣而推之，出而與宗族姻戚朋友言，入而仰以燕其親，俯以帥其妻孥臧獲，一舉足、一出口，而步趨唯諾之節，非古也。益廣而推之，事之非古者何限，而子何以安之。雖然，若此之類，猶欲以古其外，必不可已，則又當古其中乎？故曰：學古實難。始余之少也有意於是，功名患難，四十餘年，頭白志荒，而茫然無成。今之來杭，尚賴比隣於仲實而學之。」仲實曰：「有是哉，子之言，吾將佩服之，且以諗善之，俾無忘吾齋云。」《四部叢刊》景明本元戴表元《剡源集》卷二一。

校勘記

〔一〕問：本作「聞」，據《宜稼堂叢書》本《剡源集》改。

元史鄧文原傳

〔明〕宋　濂等

鄧文原，字善之，一字匪石，綿州人。父漳，徙錢塘。文原年十五，通《春秋》。

在宋時，以流寓試浙西轉運司，魁四川士。至元二十七年，行中書省辟爲杭州路儒學正。大德二年，調崇德州教授。五年，擢應奉翰林文字。九年，陞修撰，謁告還江南。至大元年，復爲修撰，預修《成宗實録》。三年，授江浙儒學提舉。

皇慶元年，召爲國子司業。至官，首建白更學校之政，當路因循，重於改作，論不合，移病去。科舉制行，文原校文江浙，慮士守舊習，大書朱熹《貢舉私議》，揭於門。延祐四年，陞翰林待制。

五年，出僉江南浙西道肅政廉訪司事。平江僧有憾其府判官理熙者，賄其徒，告熙贓，熙誣服。文原行部，按問得實，杖僧而釋熙。吴興民夜歸，巡邏者執之，繫亭下。其人遁去，有追及之者，刺其脅，仆地。明旦，家人得之以歸，比死，其兄問殺汝者何如人，曰：「白帽、青衣、長身者也。」其兄愬於官，有司問直初更者曰張福兒，執之，使服焉。械繫三年，文原録之曰：「福兒身不滿六尺，未見其長也；刃傷右脅，而福兒素用左手，傷宜在左，何右傷也！」鞫之，果得真殺人者，而釋福兒。桐廬人戴汝惟家被盜，有司得盜，獄成送郡。夜有焚戴氏廬者，而不知汝惟所之。文原曰：「此必有故也。」乃得其妻葉氏與其弟謀殺汝惟狀，而於水涯樹下得屍與漬血斧俱在焉，人以爲神。

六年，移江東道。徽、寧國、廣德三郡，歲入茶課鈔三千錠，後增至十八萬錠，竭山谷所産，不能充其半，餘皆鑿空取之民間，歲以爲常。時轉運司官聽用鄉里譁狡，動以犯法誣民，而轉運司得專制有司，凡五品官以下皆杖決，州縣莫敢如何。文原請罷其專司，俾郡縣領之，不報。徽民謝蘭家僮汪姓者死，蘭姪回賂汪族人誣蘭殺之，蘭誣服。文原録之，得其情，釋蘭而坐回。時久旱不雨，決獄乃雨。

至治二年，召爲集賢直學士。地震，詔議弭災之道。文原請決滯囚，置倉廩河北，儲羨粟以賑饑；復申前議，請罷榷茶轉運司，又不報。明年，兼國子祭酒。江浙省臣趙簡請開經筵。泰定元年，文原兼經筵官，以疾乞致仕歸。二年，召拜翰林侍講學士，以疾辭。四年，拜嶺北湖南道肅政廉訪使，以疾不赴。天曆元年卒，年七十一〔一〕。

文原内嚴而外恕，家貧而行廉。初客京師，有一書生病篤，取橐中金，囑文原以歸其親。既死，而同舍生竊金去，文原買金償死者家，終身不以語人。有文集若干卷，《内制集》若干卷，藏於家。子衍，蔭授江浙等處儒學副提舉，未任，卒。至順五年〔二〕，制贈文原江浙行省參知政事，謚文肅。《元史·鄧文原傳》卷一二七，中華書局點校本第四〇二三—四〇二五頁，又見武英殿本、四庫本《元史》。

校勘記

〔一〕年七十一：《元史》此處史實有誤，據黄溍、吴澄兩篇神道碑，皆云年七十卒，卒年《元史》和黄、吴相同都在一三二八年。依《元史》，則生於一二五八年，依黄、吴，則生於一二五九年。鄧文原在《季先生墓志銘》中云：「癸酉歲，文原生十有五。」癸酉爲一二七三年，以虚歲倒推之，文原當生於一二五九年。又吴墓誌銘云年三十二，任杭儒學正；《元史》云任杭儒學正時間是至元二十七年，以虚歲倒推之，文原亦當生於一二五九年。《元史》本傳主要依據黄溍神道碑，却在此處出現疏漏。而《元史》本傳影響大于黄溍神道碑，以至於《四庫提要》的《巴西文集》提要以爲善之生於宋理宗寶祐六年（一二五八），《元詩選》之《素履齋稿》前小傳和《宋元學案》小傳以及《新元史》本傳，則照搬《元史》，以爲卒年七十一。

〔二〕至順五年：四庫本、黄溍神道碑作「至正九年」，且至順只三年，無五年，底本誤。

書史會要一則

〔元〕陶宗儀

鄧文原，字善之。其先自巴西徙杭，由儒學正累遷至嶺北湖南道肅政廉訪使，贈江浙等處行中書省平章政事，追封南陽郡公，謚文肅。嘗自題其齋居之室曰素履，人遂稱素履先生。丰姿凝粹，内嚴外恕，爲文精深典雅，詩簡古而麗正。行草書早法二王，後法李北海。虞文靖云：「大德延祐間，漁陽、吴興、巴西翰墨擅一代。」黄文獻奉敕撰公神道碑云：「工於筆札，與趙魏公齊名。」清文淵閣《四庫全書》本卷七。

兩浙名賢録一則

〔明〕徐象梅

鄧文原，字善之，綿州人。至元中辟杭州路儒學正，因家於杭〔一〕。累官翰林待制，出僉浙西廉訪司事。吴興民夜歸，爲巡邏者所逐，遁去，忽追及刺之仆地。比死，其兄問殺者何人？曰：「白帽青衣長身者。」兄愬有司，執直初更者，誣服，械繫三年。文原行部録之，疑焉。鞫之乃得真殺人者。桐廬人戴汝惟家被盗，有司獲盗，獄成送郡。夜□□□火，竟失汝惟。文原曰：「此必有故。」乃得其妻與其弟謀殺汝惟狀，人皆以爲神。文原博學工文，家貧行潔。屢拜清華，輒以疾辭官。終集賢直學士，謚文肅。明天啓刻本卷五十四。

校勘記

〔一〕「至元中」至「因家於杭」：史實有誤。據黄、吴神道碑，《元史》本傳，鄧文原父親爲避蜀地兵禍已經遷來江浙。

明一統志兩則

〔明〕李　賢

鄧文原，綿州人。父漳徙錢城，因家焉。至元中辟爲杭州路儒學正，累遷至浙西江東湖南廉訪使，所至多所平反。仕止國子祭酒、翰林侍講學士。爲人内嚴外恕，博學能文。卒謚文肅。清文淵閣四庫全書本卷三八。

鄧文原，浙西廉訪僉事。吴興民夜歸，爲巡邏者所執，遁去。有追及者，刺之仆地。比死，兄問殺者何人？曰：「白帽青衣長身者。」兄愬有司，執直初更者，使服械繫三年。文原行部録之，疑焉，鞫之果得真殺人者。卷四十。

宋元學案一則

［明］黄宗羲

鄧文原，字善之，一字匪石，綿州人，自父徙錢塘。先生年十五通《春秋》。在宋時以流寓試浙西轉運使，魁四川士。至元二十七年，行中書省辟爲杭州路儒學正，繼召爲國子司業。至官，首建白更學校之政，當路因循，重于改作，論不合，移病去。科舉制行，先生校文江浙，慮士守舊習，大書朱子《貢舉私議》揭于門。延祐四年，陞翰林待制。五年，出僉江南浙西道肅政廉訪司事。六年，移江東道。至治二年，召爲集賢直學士。明年，兼國子祭酒。泰定元年，兼經筵官，以疾乞致仕歸。天曆元年卒，年七十一〔一〕。先生内嚴而外恕，家貧而行廉，有文集《内制集》。至順五年〔二〕，贈江浙行省參知政事，謚文肅。參史傳。清道光刻本卷八十二。

校勘記

〔一〕七十一：史實有誤，當爲七十，見《元史》本傳已考證，下不出校。

〔二〕至順五年：史實有誤，當爲至正九年，見《元史》本傳已考證，下不出校。

新元史鄧文原傳

柯劭忞

鄧文原，字善之，杭州錢唐人，其先本綿州人。文原早慧，年十五試浙西轉運司，冠其曹。至元二十七年，行省辟署杭州路儒學正。秩滿，調崇德州儒學正。大德五年，擢應翰林文字同知制誥兼國史奉院編修官、翰林學士承旨。閻複於後進，少所假借，獨推重文原，凡大撰著皆屬之，遷修撰。成宗崩，預修實録。姚燧、王構等閱文原稿，互有指擿。後數日，復取視之，不能易一字，始歎服。出爲江浙儒學提舉。皇慶元年，召除國子司業。建議更學校法，與執政意不合，移病去。延祐四年，擢翰林待制兼國史院編修官，出僉江南浙西道肅政廉訪司事。

平江僧憾其府判官理熙，告熙贓，已誣服。文原廉問得實，杖僧而釋熙。湖州民犯夜禁，被執而逃，追者剸其右脅，仆地。其兄問殺汝者誰，曰：「白衣冠長身者。」語畢死。其兄訴于有司，問直初更者，曰張福兒，遂坐福兒殺人罪，械系三年。文原閱其牘曰：「福兒不滿六尺，非長身。且素用左手，何以傷右脅？」鞫之真殺人者，張甲也。福兒之冤始白。

建德民戴汝惟獲盜，夜有火其居者，失汝惟所在。文原曰：「此有故。」責有司推驗，得其妻弟葉甲謀殺汝惟狀，人以爲神。

六年，移僉江東建康道肅政廉訪使。寧國諸路茶課鈔三千錠，後增至十八萬錠，皆鑿空取之民間。民逋欠，則轉運使以失察罪，有司凡五品以下官皆杖決。文原建言宜罷茶司使，州縣領之不報。饒州有告欺隱官糧者，事連數百人，數年不決。文原曰：「是不難知。以官租爲民田交易，抄户時因之定差徭，經理時因之定租税耳。」命據籍爲證，訟始息。

徽州民造楮幣於僧寺，有避雨者見之。其人啖以利，使佐烘焙，事覺當死。文原曰：「僞造當死者有七等，烘焙應比行使加等杖罪。」而已事聞，卒從文原所擬。

州民謝蘭家僮死，蘭侄回賂其族人誣蘭殺之。獄已具，文原覆案，後即釋蘭而坐回。其他所平反多類此。

至治二年，召拜集賢直學士。地震詔議弭災之道，文原奏言：「今治獄之官，惟受成於吏。死囚歲上刑曹，類延緩不報，瘐死者多，宜慎選刑官。死囚應決即決，寬則釋之。河北流民復業，朝廷雖計口給錢，而有司奉行不實，宜算計海運支發之羨，餘隨處置倉，以備凶年。」又言：「茶法病民，乞并罷轉運司，以弭人怨，召天和。」時論韙之。晋奉政大夫兼祭酒，依前直學士。泰定元年，知貢舉，并充讀卷官，特命與平章政事張珪、翰林學士吴澄同爲經筵官。俄乞病歸。二年，召拜翰林侍講學士、中奉大夫、知制誥同修國史。旋擢嶺北湖南道肅政廉訪使，以病不赴。天曆元年卒，年七十一。至正九年，文原門人集賢大學士馮思温，奏文原經筵舊臣，宜加恩禮。贈中奉大夫江浙行省參知政事護軍，追封南陽郡公，謚文肅。初太常議謚莊康，因思温之請，改謚文肅焉。

文原家貧而行廉。安南入貢，以黄金、丹砂、象齒，爲私覿之禮，文原却之。其人曰：「清白物也。」文原曰：「爾物清白，自我受之，則汙矣。」爲文精深典雅，施於誥命者，尤温潤有體。有《巴西集》十卷。工書，與趙孟頫齊名。子衍，江浙儒學副提舉。

民國九年天津退耕堂刻本卷二百六。

元詩選二集一則

［清］顧嗣立

文原，字善之，一字匪石，綿州人。父漳，徙錢唐。文原年十五，通《春秋》，在宋時以流寓試浙西轉運司，魁四川士。至元間，行中書省辟爲杭州路儒學正。大德間，調崇德州學教授，擢應奉翰林文字，陞修撰。至大三年，出授江浙儒學提舉。皇慶元年，召爲國子司業。科舉制行，文原校文江浙，慮士守舊習，大書朱子《貢舉私議》揭於門。延祐四年，陞翰林待制，出僉江南浙西道廉訪司事，移江東。至治二年，召爲集賢直學士，兼國子祭酒。泰定元年，以疾乞致仕歸。致和元年卒，年七十一。制贈江浙行省參知政事，謚文肅。所著有《讀易類編》、《内制集》、《素履齋稾》。義烏黄溍曰：「公爲文精深典雅，温潤而有體，確實而有徵，詩尤簡古而麗逸。」句章任士林曰：「善之渾厚以和，沉潛以潤，如清球在縣，明珠在乘。」當大德延祐之世，承平日久，善之與袁伯長、貢仲章輩振興文教，四海之士，望風景附。王士熙、馮思温名位爲最顯，亦皆出善之之門。文章之柄悉歸焉，其盛事可想見也。顧氏秀野草堂康熙三十三年刊《元詩選二集》。

同知樂平州事許世茂墓誌銘 節選

［元］袁　桷

集賢直學士鄧君文原善之亦曰：「是舉誠不忝，吾爲江東分部使者，嘗舉其政事文學矣。」《四部叢刊》景元本《清容居士集》卷三十。

跋定武稧帖 節選

［元］袁　桷

潘經略畤本，題識皆德鄘手書滿軸。余以有米跋本，遂贈鄧善之文原。鄧借田師孟，師孟有借書不還癖，因留之，余跋乃剪去矣。同上卷四六。

鄧衍字説序 節選

［元］吴　澄

往年虞子及之子集冠，予辱爲賓，嘗辭而字之。衍也今既冠且字矣，而予瀆爲之辭，得無非所宜乎？善之曰：「子其毋讓。予思之，君子不自教子而易子以教。」予也因善之請，而寓勸戒於辭，以迪其子，是或教之一道也。清文淵閣《四庫全書》本《吴文正集》卷十。

按：其他關於鄧文原的傳記資料大多本于《元史》本傳，比如《明一統志》除去卷三八，還有卷四十、卷四一、卷六七，清邵遠平《元史類編》卷三五，清魏源《元史新編》卷四八、曾廉《元書》卷八九，今不再一一列出。

附録二　贈答題詠

方回

次韻鄧善之論詩 文原

未極皮毛落，端難頰舌傳。夔音諧柷敔，岐脈按鉤絃。舉目常如見，關心或不眠。江湖無正色，齲齒亦嫣然。清文淵閣四庫全書本《桐江續集》卷十二。

次韻鄧善之書懷七首 文原

二十八迴見，天門闔左扉。不嫌筆端退，但駭鏡中非。自愛希聲瑟，誰知尚絅衣。人生年七十，肯復壯心飛。

老懷饒感慨，無一可歡娛。久矣還初服，胡然落半途。流年蘇武鴈，往事左慈鱸。莫笑腰圍減，還堪作酒壺。

今代鄧元侯，書牕不外求。寡言良有味，節用絶無愁。真是温如玉，兼能爽似秋。鑾坡宜趣召，夜直結隣樓。

我聽髯張作，清於月夜笳。曹思先七子，杜老到三巴。有力能推拉，無疵可汰沙。文潛遺論在，霜露老蒹葭。張仲實。

子將今月旦，可否判生枯。高論真能借，羈懷未覺孤。竹吟風拂席，花飲月當壚。甚願陪遊屐，唯慚老杜殊。許。

以遜而綿者，居然古性情。温恭瞻道貌，響浪聽心聲。施藥痊諸病，留田與後耕。日予拜嘉惠，欲報乏連城。徐和甫。

昭諫先生宅，咸平處士廬。大名無死朽，外物幾乘除。歲月勤稽古，山林永遂初。能詩直餘事，焉不藺相如。同上卷二一卷。

送鄧善之提調寫金經

二三十載鄉閭師，黄紙初除專講帷。溧陽雖小亦新郡，學廩粗足晨昏炊。曰事未然缺次遠，槐宫尚需蟬再嘶。士食天禄行或使，暗中自有神扶持。我昔識君初未髭，犀角雙盈方顙頤。飽學武庫富蓄貯，粹行桓璧微瑕疵。過市目不視左右，何啻董生園不窺。含章晦美抱素藴，修之於家朝廷知。一室萬里限户閾，脚跟不動名四馳。譬諸豐城瘞寶劒，紫氣貫斗當有時。平生識字乃餘事，倉頡科斗揚雄奇。飾翠泥金寫梵夾，凡善書者能辨之。至用儒流董厥役，借此進賢培邦基。晦翁豈止能詩者，澹菴胡公薦以詩。唐柳公權以筆諫，忠鯁隨事堪箴規。去去行行勿復遲，未至烹雌炊扊扅。白玉之堂鳳凰池，不着君輩當着誰。同上卷二四。

送鄧善之翰林應奉并呈交代汪親家　漢

海内師儒四十强，臯比一撤即鵷行。聲名久動黄金闕，相貌宜登白玉堂。真學士當專翰墨，寡言人定鎮巖廊。交承正是吾姻婭，爲謝魚龍老子汪。同上卷二六。

戴表元

送鄧善之序

大德戊戌春，巴西鄧善之以材名被徵，將祗役於京師。於時甘泉近臣，乘駹而致詞。瀛洲仙官，揚鑣而先途。友朋星羅，從徒蟻奔。扳末光附餘聲之士，餞善之於郊者，退而無不頌善之於家，曰：「嘻乎偉哉，善之其果能去此而行其志也乎哉。」方善之清修苦學於隱約之中，蓬門緼袍，筆硯爾汝，顧單力不可與飢凍抗，則曰與其徒歌吟古聖賢之説以自壯。至於寒巖永夜，聲出風雨，赤日流汗，而挾書不知，此其堅忍强志欲何爲耶？當是時，自無故而與之千金。度善之能辭，卒然而加之連城列乘之貴，較其樂，亦未易以彼而易此也。及乎名成行乎，高臥而車馬愈喧，無求而羔鴈自至。然後岸幘迎謁，深衣拜聘。其一時風規器量，雍容談笑之際，度越諸人，何止萬萬，而豈一朝一夕能偶然哉？雖然，善之之志初不止此也。今夫人之於飲也，有飲水而樂者，有飲茗而樂者，有飲酒而樂者，有俱不飲者。不飲者則過矣，强飲水者以茗，有不能如飲水之安也。强飲茗者以酒，則往往沉湎醉極而亂。習熟之久，蓋有初不堪升勺，而終也能至於斗石，何也？彼其初，自不知其樂之至此也。善之前日之隱約也，是安於飲水之類也。榮途方開，紛華嗜慾，可以醉人之具不一，惟無使之沉湎斗石而亂也哉。古之論人也，自弱冠而强，以至於老。老之爲言，考也成也。他日善之取通使上大夫，執珪結綬而歸，而余野人也。將賀善之之成，而因以考焉。三月朔日，剡源戴表元序。《四部叢刊》景明本元戴表元《剡源集》卷十四。

和鄧善之秋興二首

鬒髮日夜老，神仙那可求。楊雄識字苦，玄晏著書愁。碧酒紅蓮夜，朱絃白鴈秋。論心得少暇，同上最高樓。

鶴化城猶在，龍移井未枯。百年吾道半，六合此身孤。西山栽花屋，東風賣酒壚。徉狂覓耆舊，處處土音殊。同上卷二九。

送旨上人西湖并寄鄧善之

聞説西湖也自憐，君遊更傍早春天。六橋水煖初楊柳，三竺山深未杜鵑。舊壁草生尋舊刻，新岩茶熟試新泉。城中新友須相覓，西蜀遺儒解草玄。同上卷二九。

袁　桷

善之僉事兄南歸述懷百韻

并轡承明廬，荏苒十七祺。陽林集緫翠，奥室麗文綺。寶函龍鳳章，玉佩鵷鵠峙。泰帝興鴻文，奎壁憲天紀。梗楠購群才，弓帛徵四起。番番古遺直，正色論道理。深幾虎生風，神契魚在水。三光密轇轕，一札見萬里。雍容丹地近，經緯審國是。霜奩賚黄柑，冰盤錫朱李。蒲萄與法酒，承燕時漱齒。俯陳天人際，齰舌衆披

靡。始言官高卑，予奪慎其軌。終言瓊林資，海寓極鞭箠。懺情曲如鈎，讜論直如
矢。或以首鼠窺，或以妖狐伺。奏終慶雲開，再拜玉色喜。天青回海鴈，萬柳色蕤
蕤。屬車度居庸，整隊行過蟻。老臣汝居守，清霜慎顒俟。秋風龍虎臺，帳殿紅旖
旎。前驅列鵝鸛，後御肅犀兕。分行獻瓜果，傳醴復長跪。念昔詞臣功，咫尺寫天
旨。大令追風雷，小言媲蘭芷。約制如竟寧，渾噩回正始。告廷趣揚麻，建社追賜
璽。摛文具明訓，援筆謝填委。飛濤捲天吴，歷塊超騄駬。咿嚘恩澤侯，過手直三
褫。圜丘導景化，秘祝陋五畤。漢皇禮鄒枚，食粟倡優比。遺恨存至今，文俳等方
技。緬思周廷彦，勢若鹿角掎。懷忠牖納約，凝命鼎出否。追琢羅寶尊，刻鏤羞玉
篚。朽索馭匪輕，深淵涉無涘。煌煌金匱書，世守司馬氏。《春秋》尊爲經，不復繼
魯史。朝光鳷鵲明，千花爛朱蘂。松風轉回廊，蒼玉振徙倚。龍荒啓神武，九域極芟
薙。群公儼侍御，挾矢佩象弭。臨河誓剖符，披圖開賜履。永言卑退全，罔以强力
恃。獻功上王所，百一存寶皮。龜趺負穹石，浮語極褒侈。墨兵勳衆妄，筆獄破積
毀。載筆非無能，終歲不滿紙。坐曹心靡寧，愒日顈有泚。清談雜諧語，陡覺兩曜

駛。自取木鴈中，俛首供諸唯。交章日輪囷，涉署絶臧否。或云以彙升，拾級上堂戺。或云選清望，後至實奇士。迎塵馬交趨，候門足争累。冥鴻天機深，却立賦三已。總角勇志道，奇服曳芳茝。澄觀竹素園，讎勘徹昏晷。儒宗丈人行，聞欬輒倒屣。深湛皇王學，揮手謝青紫。辥卑相如賦，操擬靖節誄。凄凉五公裔，淟涊羞筮仕。孤音歎寡和，激石轉商徵。浮雲蒼狗來，黽勉渡江汜。湯湯黄河道，桑棗日淪圮。耕童戲殘鏃，一一古戰壘。霜叢射新兔，春蒲貫王鮪。荒州静無事，拍手歌于蔿。枯灘鐵槎牙，積溜玉迤邐。太史非好遊，所歷廣聽視。振衣入閶闔，姻契論不鄙。相期在霄漢，薄禄慎礪砥。趨朝曉同班，退宿昏共止。填膺雙髯張，快意并手抵。談經陋荄茲，證字窮亥豕。斷絃搜麟膠，滅跡問獺髓。愛兄静以絜，振鷺立水沚。霧深沐玄豹，日炯粲文雉。鏞鍾倡鴻聲，衆樂奏立伎。向來論交意，瞑目謝諸子。出處今不同，評議實相侶。維吴稻蟹區，民俗久瘡痏。貧檐蒲稗齊，富廪丘嶽庤。傾金恣聯絡，所至各關市。令儀養叨憒，軟語包詐詭。郭解都中夷，景氏關内徙。坐令襏襫徒，終歲力耒耜。興文植清邵，省罰厲廉耻。重華政垂衣，化俾風俗美。行行度東魯，野水足荷芰。微吟數魚網，薄睡倚烏几。漁歌起微茫，逸興舟戒檥。人言居移深，嘉橘化成枳。不見千金泉，一畝夷齊擬。離群增幽憂，溽暑積沾灑。登坡帽低昂，跋馬益遠企。管鮑非利交，金石誓生死。着鞭訝先之，税駕亦逝矣。共享黄髮年，斯文永綏祉。《四部叢刊》景元本元袁桷《清容居士集》卷四。

善之攜酒招游西湖值雷雨分韻得杯字

南山樹影糊輕煤，北山雲花玉崔嵬。絶憐我輩少姿媚，幻此異景窮奇瑰。湖光山色兩愁絶，更挾新雨除飛埃。千年龍公睡忽醒，頃刻駕浪鞭春雷。我生倦遊端有意，陳迹黯淡漫蒼苔。擬將鐵笛寫清怨，復恐翠袖含餘哀。主人侶恠不解樂，故結勝侶攜樽罍。翩翩六鶴舞晴翮，華表清唳雲光開。絶憐山雞强聯翼，照水寒影空徘徊。謝公屐齒殊濟勝，偪仄蓬宇徒低摧。娟娟新青故堤柳，片片輕白孤山梅。春風佳游詎易得，相與一笑同卿杯。同上卷六。

次韻善之雜興七首

習隱漸成癖，苔光緑映扉。避名常好好，絶俗任非非。日落長鑱柄，天寒白苧衣。南鵬五月息，戢翼笑群飛。

萬事不滿笑，書林盡歲娛。未須夸得意，底用哭窮途。細雨看移竹，秋風學膾鱸。百年真急景，醉入壁間壺。

昔日登臨地，狂歌秖自求。漢宮空有恨，吴女不知愁。雲葉寒沙霽，江花古岸秋。何人持鐵板，敲徹舊邊樓。

學道常無寐，披衣聽曉笳。精勤慕栢大，詭幻笑欒巴。丹熟抽金汞，窻明鍊玉沙。微陽端有候，一點應吹葭。善之近學《參同契》，故戲及之。

卧遊元不惡，佳處絶榮枯。雲憶東西寺，山看大小孤。行年須白社，失意付黄壚。何事遼東鶴，空悲景物殊。

鄧子清如竹，蕭蕭濬世情。下帷憐草色，倚杖愛松聲。嗜癖成書賈，身窮付筆耕。乘槎空有約，何日海邊城。

書聲連古巷，疑是白雲廬。吟苦眠料理，塵深静破除。詞華輕大曆，風雅近黄初。顧我相知舊，艱難愧不如。同上卷九。

抵滄州先簡善之應奉

黄金臺上英賢滿，白玉堂中步武新。愧我青塵暗顔色，羡君碧眼暎精神。春風未信看花少，午夜應知視草頻。北望五雲開曉霽，相思那得勝相親。同上卷十。

客中端午簡善之

海城紅憶石榴新，海子空看芍藥春。節物侶憐游宦客，風埃終媿醒吟人。已無蒲酒澆清恨，那用蘭湯浣素塵。健羡南坊鄧供奉，團欒圍坐笑歌頻。

再次韻

尚憶山城節序新，榴花疑是十分春。田園處處祠蠶祖浙間以端午祠蚕之絲，價門户家家插艾。人可怪詩書成白眼，却從車馬識紅塵。思家那侶携家樂，尊酒招邀莫厭頻。同上卷十一。

壽善之

二月柳青春滿枝，十分蕉葉不須辭。黑頭政謝赤松子，碧眼故憐黄口兒。玉井蟾蜍吞暗浪，錦袍蛺蝶舞游絲。雲窻松暝文書静，蚤晚行修野外儀。同上卷十一。

至治三年八月十五日乘馹騎抵榆林于時善之祭酒仲囦學士伯生伯庸二待制同在驛舍觸感增悵今忽同校文于江浙因述舊懷

萬馬穿塵入渺茫，遺臣一日九迴腸。碧雲碎碎琉璃影，白月離離菡萏光。鴈足無書來海島，龍髯有恨達衡湘。誰知此日同文館，把手無辭醉十觴。同上卷十四。

送鄧善之應聘序

近世先達之士類，言求進于京師者，多羈困不偶。煦煦道途間，麻衣弊冠，柔聲媚色，無以動上意，其言若諄切懇款。後進之士，懷疑而不進，百以十數。然遇不遇，命也。而言若是，則抱道自足者，益無忌於世，而或者亦得以窺其介且固焉。夫道成於同而弊於孤，雲龍之相從，風水之相應，其理然也。往歲，余與巴西鄧君道所以，嘗以爲今世無是決矣。吾徒當力學爲己，閉門息心，耕六籍之圃，漑根以茂實，若古逸民高士，退静自樂，其於道也無害。方是時，君家錢塘囂塵五達之衝，意寂而體舒，無造門囁嚅之勞。下帷授書，衿佩森立。公卿貴人皆傾下愛慕，獨君無少矜喜，而去來朋徒，各盡恩意，以相周奉。其有不可强，猶謙挹慰藉，人咸以爲其未遇也，已異夫褊心者之論，則其遇當不止若是。今年春，承徵將如京師，告余以行。余固喜夫人之所期者有驗，而其行也，復將有説焉。君子之出也，大言以行道者，夸誣之流也。相時而行，守身於不辱，謹得避難，貞白而無愧，斯近之矣。方今食太官、衣御府，亡慮數百，擬之漢世爲盛。吾意吾丘周仁之徒，道不相類。若貢禹之經明行絜，區區車馬之對，亦若無可取者。苟不以是進，則其氣昌而愈完，行周而無躓，於得喪益無病矣。夫處順者，逆言莫能入。嗜味者，腊毒無終悔。予與君疇昔相好，無所隱思，處贈之誼，而密以告焉。同上卷二三。

賀鄧善之應奉

兹審講徹皋比，班登龍尾。早居三字，極鉛槧之光榮。爰作一經，萃縑緗之芳潤。朝端色動，江左文明。切以詞章之體，與政相通。禮樂之宜，隨時斯舉。誠少近古，于以酌今。釋訓聱牙，固難返殷周之盛。委心綺靡，殆有鄰齊梁之風。山東之詔令温然，河西之璽書炳在。往者諸賢不競，故先云亡。掇拾成言，編聯賸語。形模近巧，難逃脱墼之譏。刻畫傷和，殊近鏤冰之累。徒畫虎以類狗，强令鶩而隨雞。事非偶然，時使之爾。念欲復還其正氣，抑嘗深探於陳編。然而木人石腸，難以語經綸之事。河目海口，要當歸黼黻之才。請誦所聞，無出其右。伏惟某官，清言古瑟，雅製方壺。冶百鍊之金，而成雲雷之奇。合八珍之味，以調薑桂之美。當下帷之多暇，每傾蓋而劇談。意得忘筌，神閒舐筆。船容萬斛，果自致於水中。芝産九莖，宜載歌於殿内。夙嘗相勉，今匪共諛。桷倚馬才疎，屠龍技謬。歸來之詞莫擬，《遂初》之賦或尋。話茅舍於玉堂，當廑遠想。謹蔗漿於金盌，冀保天和。傾向之忱，敷陳莫既。

同上卷三十九。

賀鄧善之脩譔

伏審儒林著望，詞苑僉賢。超近署之清班，贊中朝之元化。光膺異數，允際重熙。敢緣肺腑之私，庸寫胷臆之藴。切以王言之制，始分於唐。人文之精，特盛於宋。故便於宣讀者，必資諧叶。而直以訓告者，當務簡嚴。作者數公，流爲末派。學疎而才勝，每師浩汗而失於轟疏。記贍而思遲，必慕敷腴而拙於裁翦。凫鶴不續，蕭蘭莫分。蓋洗金以鹽，當研物理。而攻玉必石，有假朋從。歷年滋多，此道不競。藏名淵默，莫窮龍虎之變騰。處友善柔，徒欣牛馬之奔走。望風隨其臧否，疾才摭其短長。有符東晋之清談，自謂西都之舊作。昔君實不爲四六語，未嘗失朝廷之尊。而温伯輒草廿二麻，豈害爲錢穀之吏。必此爲士，其何敢言？然作新斯文，是在吾黨。復古之道，誠惟今兹。起八代之衰，昌黎固專其事。振五季之弊，師魯亦預有功。樂在群居，道無孤立。伏惟修譔學士，丰姿凝湛，雅量韜深。大音希聲，儼一獻九奏之意。玄酒不和，成百拜三行之儀。中和養其本根，英華發於情性。譬若夜光明月，衆咸以爲寶珍。方之威鳳祥麟，人莫窺其形狀。陳太丘之容衆，王茂弘之盡懽。以爲黼黻帝猷，曷取竟寧之事。丹青神化，獨追正始之音。桷幼講門功，早親庭誥。探諸老之源委，不知者謂得異書。道前賢之心期，無聞者猶譏曲説。懼廢三槐之緒，聊希五柳之恬。爲可汰之技官，守不求之樸論。要蘄傳後，寧望叙遷。欣覩除書，缺修賀記。幸燈火平生之舊，道江湖相忘之言。人皆曰賢，亦既遂彈冠之願。老而能學，當益思炳燭之勤。敢效頌規，斯爲處與。同上卷三九。

任士林

送鄧善之修撰序

文章之尚，緣時而興，時有淳龐，則文有隆汙，其勢則然也。亦固在夫操制作之柄者，與道消息，與時翕張。于以風示當世，然後學者一趨於正也。且六經述作，如日星昭布，如四時錯行，渾渾乎山川之流峙也，挺挺乎草木之華滋也。何其渾厚而博大，倫理而音節也。千載之下，讀之者油油然。雍熙渾顥之盛，如親見之。至若莊周之荒唐，屈原之沉鬱，蘇秦、張儀、公孫衍、騶奭譎詐之談，商鞅、李斯、韓非、申不害慘礉之論，以至荀卿、揚雄醇疵之作，東方朔、司馬相如恢詭之辭，何其披靡而支離，巉嶄而澎湃也。百世之下，覽之者藹藹然。破碎礫裂之風，如新沐之。然而操觚弄翰之士，寧爲此而不爲彼，何耶？往時科舉事具，人方以言語相雄長，文字第甲乙，不旁搜以爲奇，遠引以爲博，鉤致以爲深，有不可也。今天下一家，元氣渾合，大聲洋洋。朝廷之上，躬行古人，而右文之治，四海風被。山林之遠，時及覩播告之修、紀載之作、詠歌之章，渾然典謨之溫潤，風雅之清揚，將作爲一經，以襲六爲七，何其盛耶！友人鄧善之歸自詞垣，與余劇談西湖之上。觀其渾厚以和，沉潛以潤，如清球在縣，明珠在乘。信涵養之深，而持守之純也。嗚呼！質乎文乎，若循環乎。盛古之風，躬行之治，歷數千百年而後振乎。則夫操制作之柄者，得不有思乎？宜非枯槁之士，果所窺也。八代之衰，退之起之。五代之陋，永叔弛之。百川東障，狂瀾靡之。故其爲力也爲甚難，今時則易然也。善之勉乎哉！天風萬里，將還玉堂之署，幸爲我謝諸君。江海之迹倦矣，得無戀戀盛時乎？清文淵閣《四庫全書》本元任士林《松鄉集》卷四。

送鄧善之修撰王眉叟孫初心二提點同入京師

客上幽并道，人瞻李郭舟。天清北斗近，水白御河流。卿月殊庭表，文星禁掖秋。相看多道氣，同是泛瀛洲。同上卷八。

吴　澄

送鄧善之提舉江浙儒學詩序 并詩

世以儒爲無用久矣，惟譔述編纂之職、講論傳授之事，不得不歸之儒，是所謂無用之用者。噫！有用之用難也，而無用之用豈易哉？予觀儒以無用之用用於世，而無媿焉者幾希，則儒之見輕未必皆輕之者之過也。殆亦由己取之，而於人也何尤？往年初識吴興趙子昂，亹亹説蜀人鄧善之爲畏友。子昂標致自高，平視一世，其所稱許，必有以大愜其心而然。越十有六年，善之與余俱被當路薦爲翰林國史之屬，始克會于京師，益信子昂之與爲不苟。予不及試而去，善之善於其職，再轉爲修撰。其辭章炳炳琅琅，追典誥命制之作，得頌雅風騷之遺。見推于同輩，傳誦于人，人知與不知，莫不膾炙其文，金石其行。爲儒者一洗見輕之恥，善之有力焉。雖善之所可重，豈直無用之用而已，而未嘗以有用之用用也？掌文翰垂十年，出領江浙等處儒學事。留於朝者咸惜其去，而善之怡然，無不可於意矣。苟未至于達，可行之天下，而守一官、効一職，顧何往而不可？而戀内者或以補外爲戚，羡外者或以留中爲苦。二者各有所爲，以圖便其私，而儒者不如是。儒者不如是，况儒而如吾善之而肯如是乎？夫無所不可者，儒者之心也。惜其不留者，朋友之情也。情發於聲，於是各有聲詩，以「落月滿屋梁，猶疑見顔色」爲韻，蓋其情猶子美之於太白云爾。夫李杜文章，才氣格力相抵，相視如左右手。離別眷眷之情，又豈常人之所可同！宜乎詠歌嗟歎之不能已也。詩若干首，臨川吴澄爲之序，而繫之以詩。詩曰：

所謂温如玉，如今見此人。形神兩素淡，文行一清淳。禁著聲華重，東南教事新。朋知相繼出，吾亦欲垂綸。清文淵閣《四庫全書》本元吴澄《吴文正集》卷二十五。

虞　集

次韻鄧善之遊山中

杖藜入南山，却立賞奇秀。所懷玉局翁，來往絇履舊。空餘松在澗，仍作琴筑奏。徘徊龍井上，雲氣起晴晝。入門避霑灑，脱屐亂苔甃。陽崗扣雲石，陰房絶遺構。澄公愛客至，取水極幽竇。坐我簷蔔中，餘香不聞嗅。但見瓢中清，翠影落群岫。烹煎黄金芽，不取穀雨後。同來二三子，三咽不忍嗽。講堂集群彦，千鐙坐吟究。浪浪雜飛雨，沈沈度清漏。令我懷幼學，胡爲裹章綬。清文淵閣《四庫全書》本元虞集《道園遺稿》卷一。

柬鄧善之

山雨不來喧静夜，江雲猶爲護晴朝。一群青雀墻花老，幾個黄鸝苑樹遥。何有深心期管樂，獨無高步接松喬。未能徑去成飄忽，且可相從慰寂寥。同上卷三。

贡　奎

謝鄧善之袁伯長二兄兼次韻

炎夏何所適，高齋澹忘情。窮變士固常，坐閲時晦明。巷永黑潦積，雨餘緑陰生。酒罇已復空，書帙徒充盈。悠然尋尺内，睡覺起徐行。開門遺篇翰，溢耳流詩聲。温温鄧子辭，至寶道傍横。袁生雲間翮，世網亦暫嬰。時還赴清燕，我抱一爲傾。明弘治三年范吉刻元貢奎《雲林集》卷一。

同元學士諸公以落月滿屋梁猶疑照顔色之詩爲韻賦贈鄧提舉之官

江浙

天寒道路遥，歲晚風雨作。虚名諒何爲，矧此懷抱惡。子行既云愜，離居愧予索。物盛固有時，空山正彫落。

悠悠故人心，皎皎江上月。行行道中乖，冉冉孤雲隔。相望一何遠，相思幾時歇。月虧會復盈，持以心不滅。

江湖起秋風，眯目塵黯暵。挂席飛雲巔，行子歸意滿。蹇予如病鶴，欲往翅常短。悵望不能休，城高暮山遠。

斯文日已弊，何以振靡俗。維兹東南州，前哲賸膏馥。儒臺列華要，厥職重攸屬。育材體菁莪，懷居詎私淑。莽莽彼黍墟，黯黯亡社屋。懷哉鴞林音，淳風徯斯復。

念我事遠遊，兹焉屢星霜。子行雖云先，受秩已還鄉。玄髮日以改，夢寐侍親傍。風靡波逝川，欲濟寧無梁。枉道誠自羞，貧賤士乃常。緘情睇天末，冥鴻亦驚翔。

停車子踟躕，把袂我夷猶。念此欲別難，況乃交契綢。雨霽白雲飛，日斜紅樹浮。望極意逾遠，愁多身更留。豈無負郭田，何苦事遠遊。歸來亦從人，商歌激高秋。

鼇禁肅弘敞，璇題映清池。砌石轉午陰，踈桐静交枝。曳裾接劒履，輝華矚名者。列職諸俊良，萃拔五采儀。晨饑郤霞餐，翾飛念何之。豈無戢翼思，矯首鳴聲悲。積簡護緗襲，哀詞俟離摛。羅致詎云晚，占情竟奚疑。優哉西湖居，虞彼北山移。濛濛雲氣深，渺渺瀛洲嶠。關情重迴首，滄波閃紅照。

白雲一觴酒，離思滄溟間。子行勿復居，念我何當還。杳杳飛鴻書，瑟瑟清鏡顔。璇璣不私貸，歲月忽已闌。贈之雲錦章，譬彼蒼玉環。何以解塵纓，幽泉弄潺潺。

瀲瀲西湖波，宛宛漫山色。輕飆轉歌舫，車蓋妍藻飾。慷慨少年子，仰箭墮飛翼。歘然天一涯，兹樂豈再得。曷哉重言辭，慰我遠相憶。同上卷一。

仇遠

寄鄧善之

幾年不寄子公書，忽向燕南遺鯉魚。天遠地遥歸未得，男婚女嫁事何如。壯遊自致青雲上，漫仕誰憐白髮餘。西浙林泉俱可隱，毋忘舊約共閒居。清武英殿聚珍版叢書本元仇遠《金淵集》卷四。

馬臻

送善之鄧學士被旨之越書譔大禹南鎮二廟碑記

遺廟稽山歲月多，負舟龍去事如何。北宫視草重修記，南鎮因方復共科。片石文章光日月，九功風化浹山河。絶勝逸少誇才思，只寫《黄庭》换白鵝。清文淵閣四庫全書本元馬臻《霞外詩集》卷六。

送善之鄧學士之國子司業

階州紫水進新泥，喜聽除音下玉墀。只合文星依帝座，還於錦里得儒師。揮毫作賦春雲動，委珮趨朝曉漏遲。想得誨人應不倦，諸生館下立多時。同上卷六。

劉　濩

春日郊行書與鄧善之别

在山水非清，出山水非濁。泉源但無壅，滄海端可學。風急低卷帆，潮來直扶柁。我舟如我心，鷗鳥亦忘我。動心趨蹶間，治氣憐不早。緩步勿貪高，登山良有道。東風吹紙鳶，衆目看不眩。出處亦兒嬉，善收存一線。文雞照水影，五彩何繽紛。鳳凰靈且瑞，在德不在文。元建陽張氏梅溪書院刻元蔣易《皇元風雅》卷八。

盧　亘

送鄧善之提舉江浙

北門古深嚴，論思寄籌度。自非鴻才世，訓誥何由作。夫君出巴蜀，文采動京洛。十年掌絲綸，摛藻揚景鑠。荆璞抱瑾瑜，龍淵淬鋒鍔。肯獻《上林賦》，寧居天禄閣。即今觀浙江，眷戀晞金雀。黄圖鬱紫氛，絳節森碧落。依然難爲情，清霜捲飛藿。同上卷九。

陳　櫟

呈鄧匪石

名文原，字善之，庚申年五月分司自黟過婺源，屢問賦跡于子西，因同迓于溪口柯邨渡。

廡車兩度過山城，攬轡澄清素志行。學道愛人春坱圠，詰姦刑暴月分明。貔貅斂戢知嚴律，雞犬安恬免震驚。甘雨隨車契天意，政聲休洽聽歌聲。清文淵閣《四庫全書》本元陳櫟《定宇集》卷十六。

次鄧善之五月菊花詩韻 俗呼滴滴金

窗前來伴蹙巾榴，滴滴圓黄點徑幽。不待臂萸添醉興，且隨腰艾動騷愁。金明難辨一朝費，花早看成五月秋。浥露掇英真菊否，名同實匪暫淹留。同上卷十六

吴師道

至大庚與黄君晋卿客杭與鄧善之翰林黄松瀑尊師儒魯山上人會集賦詩今至正辛巳晋卿提舉儒學與張伯雨尊師高麗式上人會再和前詩上人至京以卷示因寫往年所和重賦一章

後先人物一時雄，心迹寧須較異同。來此清談散花雨，依然舊夢聽松風。畫圖

長共湖山在，烟火頻驚殿閣空。萬里忽逢東海客，前詩重寫思何窮。清文淵閣四庫全書本清顧嗣立《元詩選初集》卷四十四。

釋大訢

獨坐君子堂

繼學嘗師鄧善之，鄧，綿州人也。

海上歸來鬢未霜，登臨應不愧斯堂。風生葆羽迎仙蓋，華散氍毹供佛香。江上蘼蕪隨意緑，雨中新樹過人長。綿州學士深埋玉，淚濕遺編可得忘。清文淵閣《四庫全書》本元釋大訢《蒲室集》卷五。

祭鄧善之使君文

惟公學究天人之奥，道通性命之原。已驗諸死生之際，神完氣正，遺濁世之孤騫。則我方外之友，無牽于愛，夫何戚戚於言。又歷觀其生平，令聞聲光，駭動一世，亦風厲而霆奔。早入成均，下帷討論。暨領憲綱，民以不冤。乃鉏其驕，此苗而莠。乃黜其僞，彼鶴而軒。至若經筵之召對，示師道之益尊。進嘉言於啟沃，贊一氣之元元。或霜露以成物，或煦育之春温。灝灝乎如河漢之無極，孰窺其演迤於崑崙。幸名遂而身退，猶眷眷于寵恩。就第賜金，侑之上尊。固人生之無憾，復垂裕于後昆。愧我野衲，往來公門。蒲龕夜定，貝葉朝翻。啟玄機於破的，會衆説而剖藩。拯泥塗之墊溺，炳炬照於重昏。故吾宗之紀述，每增重於璵璠。美哉黼黻，屹乎崇垣。念德音之未遠，睇磨厓之可捫。此吾黨所以致哀於一奠，而莫能起公于九原。然公之靈何往而不在，豈與死而同盡，生而獨存。蓋將亘乎終古，融諸萬象，包六合而隘乾坤。則公與我之無間，又何待於三生石上之魂。冀有聞而擊節，庶不徒薦夫蘋蘩。同上卷十五。

柯九思

題鄧善之集十大家

一樹名花春雨滋，仙根傳自海中移。夜來不用燒燈看，爲惜芳菲倒玉巵。題吴興

錢選畫册

展畫能銷夏，何如此更深。匡廬雲互湧，湘水雨生陰。粉豔知春色，林疏識暮心。羨君幽致好，不必費遐尋。

善之先生徵求諸名彦畫幅，無不具備。所謂商彝周鼎，雖燦爛錯綜，而未易若此之精妙也。敬羨敬羨。《寶繪録》十二清光緒三十四年柯逢時刻元柯九思《丹邱生集》卷四。

附録三　序跋著録

明弘治前抄本楊循吉跋

性父以此集與王止仲《褚園稿》同見示，鄧公何得比擬止仲，略讀一二，知其大略，因書。弘治二年二月廿四日楊循吉君謙父。國圖藏明弘治前抄本《巴西鄧先生文集》，編號四二七八。

僞鮑本「鮑廷博」跋

前借鈔振綺堂汪氏所藏《巴西文集》，頃又見新倉帶經樓本，計有八十餘篇，得悉汪氏藏本未稱完善，尚有缺憾，今托友人重借帶經樓本付手民補録，庶侈之皮，藏家得窺全豹，豈非一大快事。乾隆四十年乙未末下四月，以文鮑廷博并誌。國圖藏僞鮑廷博清抄本《巴西鄧先生文集》，編號〇七七一八。

僞鮑本袁克文跋

予所見知不足齋抄本《巴西集》，并此已有三部，以此爲最精，且有鮑氏手跋，尤足增重，洵善本也。庚申五月廿五日記於泉唐寒雲。同上。

僞鮑本傅增湘跋

此爲杭估傳抄本，以文手跋爲僞迹，抱存誤矣。沅叔志。同上。

國圖清抄本儀克中跋

辛未四月，滬賈以此抄本來售，并檢《四庫提要》附記于后。墨農五月十五初讀竟。國圖藏清抄本《巴西鄧先生文集》，編號一〇二六七八。

國圖清抄本黄丕烈跋

嘉慶乙丑六月，從嘉定瞿木夫借得伊外舅錢辛楣先生所抄、朱文游家藏毛汲古藏明鈔本，手校一過，行款大略相同，訛舛亦復不少。辛楣校正外，尚有此善于後者，余爲校於上方，而錢本一二佳處即録於此。書經三寫魯魚亥豕有同慨也。得此二本參之，略可讀矣。中脱一葉，復賴錢本足之，蕘翁丕烈識。國圖藏清抄本《巴西鄧先生文集》，編號三九四五。

國圖清抄本黄丕烈録錢大昕跋

予從吴門朱文游借得《巴西集》，乃明人鈔本，汲古閣所藏。予募人鈔其副，略校一過。舊抄潦草，多訛字，如餘作余，釋作什之類。予所顧寫手字拙而不讀書，儲之篋中，姑備一家，未可謂善本也。巴西所著曰《内制集》，曰《素履齋稿》，今皆不可得見。此本殆後人蒐羅綴緝成之，故無卷次，然藏書家著於録者亦罕矣。乾隆丙申冬十月十三日辛亥，錢大昕及之甫書於孱守齋。同上。

國圖清抄本瞿中溶跋

嘉慶甲子九月廿日，外舅孱守翁以此書見贈，萇生中溶謹識。

國圖藏清抄本無名氏序

元集賢學士兼國子祭酒綿州鄧文原撰，文原學有本源，所作皆温醇典雅。大德延祐之際，爲元代文章之極盛，實文原有以倡導之。惟原集罕傳，此本僅雜綴七十余首，未盡所長耳。國圖清抄本《巴西鄧先生文集》，編號一七二〇〇。

清劉氏味經書屋鈔本翁心存跋

咸豐庚申得東武劉氏此本，譌脱幾不可讀，其明年復得南昌彭氏舊鈔本，亦譌脱不少見。子同龢取兩本互勘，誤者正之，闕之者補之，較舊差善，而舛落處尚多，安得有善本，從而是正耶。拙安翁心存記，時年七十有一。國圖藏清劉氏味經書屋鈔本《巴西鄧先生文集》，編號三九四六。

吴朝品鄧文肅公巴西集序

予少時藏《白雲居米帖》、《三希堂法帖》，獲見文肅公題跋温雅，意其爲英才卓举恰聞之士也。稍長讀公傳，嚮往逾摯。公有文集若干卷，《内制集》若干卷，《讀易類編》、《素履齋稿》皆罕傳於世。戊戌仲夏，王獻甫舍人以所鈔《巴西文集》并詩集彙爲一帙，寄蜀陳經畬明府，詳加編次，鄧伯山、崔樹南兩學博從而校讎之，獻甫直秘閣日私借庫本手鈔，急遽犓疏，故多漏錯，惜無原本對勘，闕者不能臆補，惟就鈔本正謁而已。《元史》稱公内嚴外恕，家貧行廉，其居官興學校，理冤獄，聲冠當時。公之文不可磨滅，其篤行清節，又足爲師法。獻甫迴翔直廬，獨與公曠世相感，宜其睠睠於殘膏賸馥，傾心寶貴，而余亦得見所未見，以償夙昔之願，不誠厚幸哉！公全集久佚，此本僅雜文七十餘首，詩一百餘首，簡篇爛脱，頗失其真。今用原鈔付梓，以公同好，姑題之曰《鄧文肅公巴西集》。至於采摭全書，復還舊觀，俟後之君子焉。光緒己亥八月上澣，同里後學吴朝品序於中江學署之積翠軒。四川綿陽吴氏光緒廿五年刊本《鄧文肅公巴西集》卷首。

吴朝品鄧文肅公巴西集題辭

犖犖文肅公，清班列祭酒。奮迹延祐間，扶衰推巨手。袁桷與貢奎，雁行爲左右。鑒賞極精審，筆鋒抗顔柳。同時趙承旨，慙恧呼畏友。舊説松雪購公墨蹟悉焚之，惡其出己右。吾蜀虞伯生，文章誇不朽。流傳道園集，不脛而自走。公今舊帙佚，故鄉搜羅久。嗜古王舍人，朱玉殷勤守。編纂謀剞劂，萬勿嗟覆瓿。殘簡慰精靈，芳名千載後。修敬祝瓣香，執贄願低首。升庵亦有言，左綿文字藪。唐世蜀詩人有布衣王嚴鄉貢進士劉唉，及李渥田章皆綿州人，見《升庵詩話》。

先達信雄傑，流沫日在口。富貴易銷沈，何如我公壽。四川綿陽吴氏光緒廿五年刊本《鄧文肅公巴西集》卷末。

上圖藏巴西集李之鼎手跋

此元鄧善之先生文原所著書，世鮮刻本，只有舊鈔。查鄧善之，緜州人，元辟爲杭州路儒學，擢修撰爲祭酒，贈參知，謚文肅。黄溍謂公文精深典雅，詩有《素履齋集》。此本文集不全，殆系傳鈔殘本付刻，下卷詩即《素履齋》全稿，吉光片羽，倍堪珍惜。壬子九月振唐記于宜秋館。上圖藏清光緒刻本《巴西集》。

四庫全書總目提要一則

《巴西文集》一卷江西巡撫採進本。

元鄧文原撰。文原字善之，一字匪石，綿州人，隨其父流寓錢塘，自稱巴西，不忘本也。生於宋理宗寶祐六年，宋末應浙西轉運司試，中魁選。至元間行中書省辟爲杭州路儒學正，官至集賢直學士，兼國子監祭酒致仕。致和元年卒於家，謚文肅，事跡具《元史》本傳。文原學有本原，所作皆温醇典雅，當大德延祐之世，獨以詞林耆舊主持風氣。袁桷、貢奎，左右之操觚之士，嚮附景從。元之文章，於是時爲極盛，文原實有獨導之功。所著有《内制集》、《素履齋稿》，今并未見傳本。此本不知何人所編，僅録其碑誌記序等文七十餘篇，卽顧嗣立《元詩選》中所録諸詩亦無一首，蓋出後人摘選，非其完帙。然黄虞稷《千頃堂書目》僅列二集之名，而無其卷數，蓋亦未見。近時藏書家所有，皆與此本相同，則其全集之存否蓋未可知。或好事者蒐採遺編，以補亡佚，亦未可知。然吉光片羽，雖少彌珍，固當以幸存寶之，不當以不完廢之矣。中華書局一九八〇年版卷一六六。

元十二家小集丁丙跋

元人十二家小集，舊抄本。未著編輯姓名，録吴興剡韶九成《苕溪漁唱》一卷，檇李吴鎮仲圭《梅花菴稿》一卷，天台柯九思敬仲《丹丘生稿》一卷，崑山姚文奂子章《野航亭稿》一卷，京口郭畀天錫《快雪齋小集》一卷，鄧文原善之《巴西詩集》一卷，漁陽鮮于樞伯機《困學齋稿》一卷，莆陽《方叔淵遺稿》一卷，吴郡陳植叔方《寧極齋稿》一卷，天台曹文晦輝伯《新山稿》一卷，黄巖潘伯修省中《江檻集》一卷，昭武黄清老子肅《樵川集》一卷。抄本書法秀逸，或顧秀野當時彙集《元詩選》之底本耳。南圖藏舊鈔《元十二家小集》。

傳是樓書目一則

［清］徐乾學

巴西集，元鄧文原，成宗，一本，抄本。又一部，一本，抄本。清道光八年味經書屋鈔本。

元史新編一則　［清］魏　源

鄧文原《内制集》、《素履齋稾》、《巴西集》今存一卷。清光緒三十一年邵陽魏氏慎微堂刻本卷九四。

文選樓藏書記一則　［清］阮　元

《巴西集》一册，元祭酒鄧文原著，綿州人，抄本。清越縵堂鈔本卷六。

元史藝文志一則　［清］錢大昕

鄧文原《内制集》、《素履齋稿》、《巴西集》今存一卷。清潛研堂全書本卷四。

補遼金元藝文志一則　［清］倪　燦

鄧文原《巴西集》一卷、《内制集》。清光緒刻《廣雅書局叢書》本。

古泉山館題跋一則

［清］瞿中溶

鈔本《巴西鄧先生文集》一册。每葉二十二行，行二十四字。此書外舅錢少詹先生假朱氏本鈔出，末葉楊君謙跋三行，乃先生手書，後又書自跋：「嘉慶甲子九月，出以畀予，逾月而先生歸道山，故予哭先生詩有『贈我巴西文帀月，展來那禁涕縱横』之句。乙丑六月，吴門黄蕘圃借此本去，與其家本互相讎勘，有識語，并録於後。」

性父以此集與王止仲《褚園稿》同見示，鄧公何得比擬止仲？略讀一二，知其大略，因書。弘治二年二月廿四日楊循吉君謙父。

予從吴門朱文游借得《巴西集》，乃明人鈔本，汲古閣所藏。予募人鈔其副，略校一過，舊鈔潦草，多訛字，如餘作余、釋作什之類。予所顧寫手字拙而不讀書，儲之篋中，姑備一家，未可謂善本也。巴西所著曰《内制集》，曰《素履齋稿》，今皆不可得見。此本殆後人蒐羅綴緝成之，故無卷次，然藏書家著録者亦罕矣。乾隆丙申冬十月十三日辛亥，錢大昕及之甫書於孱守齋。

嘉慶乙丑夏六月，蕘翁借此讀一過，家有藏本，鈔手較此略爲整齊，與此行款正同，訛舛均有賴此校正者固多，而此復賴余本校正者亦復不少。可見鈔本書必得彼此參考，方爲美善也，未知木夫以爲然否？黄丕烈識。《清藕香零拾本》。

鐵琴銅劍樓藏書目録兩則

［清］瞿　鏞

《巴西鄧先生文集》一卷，舊鈔本。元鄧文原撰。此弘治以前鈔，本朱性父藏書，後歸邑中毛氏、泰興季氏。卷末有楊君謙手跋曰：「性父以此集與王止仲《褚園藁》同見示，鄧公何得比擬止仲。略讀一二，知其大略，因書。弘治二年二月廿四日楊循吉君謙父。」卷首有「汲古閣主人正本」、「毛鳳苞印」、「子晋氏」、「季印振宜」、「滄葦」諸朱記。

《履素齋稿》一卷，鈔本。舊傳《巴西集》有文無詩，此出知不足齋鮑氏，采輯題畫詩爲多。清光緒常熟瞿氏家塾刻本卷二十二。

千頃堂書目一則

［清］黄虞稷

鄧文原《巴西集》，又《内制集》。清文淵閣《四庫全書》本卷二十九。

善本書室藏書志一則

［清］丁　丙

《巴西鄧先生文集》一卷，舊鈔本，汪魚亭藏書。元鄧文原撰。文原，字善之，緜州人。父漳徙錢塘，至元間，辟爲杭州路儒學正。大德間，擢修撰。至治二年，爲祭酒。卒於致和元年，年七十有一，贈參知政事，謚文肅。義烏黄溍謂公文精深典雅，潤澤而有體，確實而有徵。一書生病篤，取囊中金，屬歸遺其親。既死，同舍生竊金去。文原買金償死者家，終身不以語人，其大度如此。詩有《素履齋集》，顧嗣立彙刻《元詩選》中，文則未見雕本。卷端有「汪魚亭藏閲書」一印。清光緒刻本卷三十三。

皕宋樓藏書志一則

［清］陸心源

《巴西鄧先生文集》五卷，舊抄本。元鄧文原撰。

《巴西鄧先生文集》五卷，舊抄本。元鄧文原撰。清光緒《萬卷樓藏本》卷九十五

靜嘉堂秘笈志一則　(日)和田罴

《巴西鄧先生文集》五卷，舊抄本〔一〕。國家圖書館出版社《日本藏漢籍善本書志書目集成》本卷三十九。

校勘記

〔一〕天頭刻曰：「五卷當做一卷」。按：提要作一卷。又按：藏書志别有舊鈔五卷，今佚。

愛日精廬藏書志一則　［清］張金吾

《巴西鄧先生集》一卷，明初抄本，汲古閣藏書。元鄧文原撰。卷首有毛子晋、季滄葦印記。

楊氏手跋曰：「性父以此集與王止仲《䊶園稿》同見示，鄧公何得比擬止仲。略讀一二，知其大略，因書。弘治二年二月廿四日楊循吉。」清光緒十三年吴縣靈芬閣集字版校印本卷三十二。

八千卷樓書目一則　［清］丁　仁

《巴西文集》一卷，元鄧文原撰。舊抄本。民國本卷十六。

續通志藝文略　［清］嵇　璜

《巴西文集》一卷，元鄧文原撰。清文淵閣《四庫全書》本卷一百六十二。

續文獻通考經籍考　［清］嵇　璜

《鄧文原巴西文集》一卷。文原字善之，一字匪石，綿州人。宋末應試中魁選，入元爲杭州路儒學正，官至集賢直學士兼國子監祭酒致仕，謚文肅。

臣等謹案：文原所著有《内制集》、《素履齋稿》，皆未見。今本僅録其集文七十餘首，蓋出於後人摘選者。清文淵閣《四庫全書》本卷一百九十。

季滄葦藏書目一則　［清］季振宜

元巴西鄧文原集，一本抄。清嘉慶十年黄氏士禮居刻本。

增訂四庫簡明目録標注一則　［清］邵懿辰撰，邵章續録

《巴西文集》一卷，路有鈔本，振綺堂有舊鈔本兩部。［續録］張金吾有明初刊本，八千卷樓有舊鈔本。上海古籍出版社二〇〇〇年二版二印七七七頁。

附録四　相關研究　存目

傅得岷，巴蜀散文史稿：鄧文原一節，重慶出版社，二〇〇一。

楊世明，巴蜀文學史：元代巴蜀文學一節，巴蜀書社，二〇〇三。

王韶華，元代題畫詩研究：鄧文原一節，中國傳媒大學出版社，二〇一〇。

李文衡，鄧文原《巴西集》詩歌部分校讀初記，重慶師院學報，一九八六年第四期。

劉詩，元代蜀中兩書家——介紹鄧文原與虞集，四川文物，一九八七年第四期。

傅紅展，從鄧文原《題伯夷頌詩》看其師承關係，書法叢刊，一九九五年第三期。

夏琴，鄧文原題畫詩略論，社會科學研究，二〇〇〇年第一期。

黃光興，元代綿州書法家鄧文原，四川文物，二〇〇〇年第六期。

盛東濤，鄧文原作品考釋五則，中國書法，二〇〇一年第三期。

王韶華，元初書家題畫詩論——以趙孟頫、鄧文原、鮮于樞爲例，中國文化研究，二〇〇八年第一期。

李鳳英，鄧文原文集版本考述，青年文學家，二〇一二年第二十六期。

李鳳英，鄧文原詩文研究，浙江師範大學二〇一三年碩士學位論文。

附録五

巴西文集版本考[一]

羅　琴

摘要：《巴西文集》，元鄧文原撰。鄧文原於大德、延祐之世，可謂文壇盟主，而今存文集乃後人采擇遺編所得，非其完帙，考察其版本，可幫助我們掌握文獻的現存狀況。再者，《巴西文集》現在全國有五十個左右抄本，以如此大量抄本傳世的現象實屬罕見，考察其中原委，分析這些抄本優劣也是一件非常有意義的工作。本文梳理了《巴西文集》的各大抄本系統、刻本系統以及今人整理之作，對其中存在的僞本進行了考辯，最後版本源流以圖表形式呈現，以求證於方家。本文還對鄧文原的詩文進行了輯佚和考辨，輯得文有目有文者二十五篇，有文無目者一篇，有目無文者十八篇；輯得詩有目有詩者十四首，無目有詩者兩首，無詩有目者兩首，殘詩半句。

关鍵詞：元代文學，巴西文集，版本考，輯佚

《巴西文集》，元鄧文原撰。文原字善之，祖籍四川綿州，後隨父遷居杭州，自稱「巴西」，以示不忘本。官至國子祭酒，謚曰文肅。文原之文，温淳典雅，於大德、延祐之世，可謂文壇盟主，袁桷、貢奎從其游。所著《内制集》、《素履齋稿》，今未見傳本。今存《巴西文集》乃後人采擇遺編所得，非其完帙，可謂一大憾事。所以，理清《巴西文集》的版本系統并對其進行輯佚是研究鄧文原的首要前提。

《巴西文集》又稱《巴西鄧先生文集》，一卷或不分卷，此兩種同出而異名，全部以抄本傳世，全國有五十個左右抄本，以如此大量抄本傳世的現象實屬罕見，而這又是《巴西文集》的主體。另外，有一個亡佚的五卷本。清陸心源《皕宋樓藏書志》卷九十五著録：「《巴西鄧先生文集》，舊抄本五卷。」陸氏之書今歸日本靜嘉堂。考《靜嘉堂秘笈志》卷三十九：「又按：《藏書志》別有舊鈔五卷，今佚。」看來，所謂五卷本今已佚，或者仅是誤著。又有《巴西集》、《鄧文肅公巴西集》，此兩種乃光緒以後晚出刻本，分上下兩卷，上卷文下卷詩，詩文的順序各自不同，且與各抄本順序亦不同。

現對主要抄本系統和刻本系統、以及近人整理狀況進行考辯。

一、抄本系統

（一）明弘治二年抄本八十篇支系

《巴西文集》現存最早版本是明弘治二年抄本國圖善〇四二七九，收文七十九篇，然而第三十六篇《宜興王師尹真贊》，實際包含另一篇文章《吴全節真人封誥副本贊》，它被誤收入了《宜興王師尹真贊》而没有單獨列出，所以收文應當是八十篇，這個支系的所有版本都没有指出這個一題二篇的錯誤，在此統一説明。直接根據弘治抄本而來的有錢大昕抄本今未見、丁丙跋汪氏藏本、彭氏知聖道齋抄本、劉氏味經書屋抄本、黄丕烈校跋抄本、國圖清抄本一七二〇〇書目文獻出版社一九八八年據此影印、國圖清抄本一八五四三、皕宋樓藏舊抄本一卷今藏日本靜嘉堂。

明弘治抄本題名《巴西鄧先生文集》一卷，有明楊循吉弘治二年（一四八九）跋。毛晋、朱文游、张金吾、季振宜等皆藏过。收文八十篇，一册，每半葉十一行，行二十四字，無格。國圖編號〇四二七九。此本爲《巴西文集》現存最早抄本。

另有《巴西鄧先生文集》一卷，清丁丙跋汪氏藏本，一册，南圖藏，編號GJ/一一一五三三三。丁丙《善本書室藏書志》卷三十三：「文則未見雕本，卷端有『汪魚亭藏閲書』一印。」按：汪魚亭指汪憲（一七二一—一七七一），根據鮑本的跋，鮑本乃據汪本所抄，汪本在現存版本中，是除明抄本外比較早的，當據明抄本所抄。

《巴西鄧先生文集》一卷，黄丕烈跋本。收文八十篇，印章有「翁斌孫印」、「枚庵流覽所及」吴翌鳳，國圖編號三九四五。黄丕烈校并跋，又録明楊循吉、清錢大昕跋。黄丕烈跋：「嘉慶乙丑夏六月，蕘翁借此讀一過，家有藏本，鈔手較此略爲整齊，與此行款正同。」按跋可知，錢大昕據明弘治抄本抄得一本，黄丕烈家之藏本即此本與錢抄行款相同，并用二者校勘。所以黄丕烈跋本仍是依據明弘治抄本而來。

《巴西鄧先生文集》一卷，錢大昕抄本。收文八十篇，每半頁十一行，行二十四字。錢大昕跋、并録楊跋。此本今未見，但黄丕烈跋本有録錢大昕跋，所録錢跋云：「予從吴門朱文游借得《巴西集》，乃明人抄本，汲古閣所藏。予募人鈔其副，略校一過……乾隆丙申冬十月十三日辛亥，錢大昕及之甫書於孱守齋。」由此可知，錢抄本亦是根據朱文游所藏汲古閣明抄本，即弘治二年抄本所抄。

《巴西鄧先生文集》一卷，劉氏味經書屋抄本，據《劉喜海年譜》，此本乃一八二九年抄。一册，存文七十八篇，有翁斌孫印，國圖編號善〇三九四六。清翁心存跋，清翁同龢校。翁跋：「（一八六〇年）同龢以劉本、南昌彭本互勘。」開篇有《四庫提要》之《巴西文集》提要。數量、篇名、順序與明本同，當據明本抄。

《巴西鄧先生文集》一卷，清彭氏知聖道齋抄本，翁同龢校并款，收文八十篇，上圖編號線善八六三七一二。黑格，十行二十字，四周雙邊雙魚尾黑口，版心《巴西集》。首頁題《巴西文集》，次頁翁同龢手書《四庫全書總目提要》之《巴西文集提要》，正文題《巴西鄧先生文集》。篇末朱批：「咸豐辛酉七月，以東武劉氏劉喜海，室名味經書屋、嘉蔭簃嘉蔭簃抄本核。同龢志。」印：「南昌彭氏彭元瑞：一七三一—一八〇三知聖道齋藏書」，「遇讀書者善」，「常熟翁同龢所藏書畫金石」，「常熟翁同龢藏本」，「同龢讀過」。此本十行二十字、收文八十篇，彭元瑞一八〇三年去世，此本當是一八〇三年以前本子，當據明本所抄。

《巴西鄧先生文集》一卷，清抄本，收文八十篇，國圖編號善一七二〇〇，北京書目文獻出版社一九八八年據此本影印。一册，每半葉十一行，行二十四字，無格。行格與明本同，此本「儒」、「興」、「取」字写法和明本一致，當據明本抄。序有「文原學有本源，所作皆温醇典雅」，乃節録《四庫提要》之語，蓋《四庫全書總目提要》在修成以後，影響巨大，當時所抄文集若《四庫提要》有涉及，時有抄録《四庫提要》以補充的習慣，除去此本，劉氏味經書屋抄本亦録《四庫提要》。

《巴西鄧先生文集》一卷，清抄本，收文八十篇，國圖編號善一八五四三，一册，每半葉十一行，行二十四字。無格，行格與明本同。封面「巴西鄧先生文集，元鄧文原撰，□部别集類，總目卷一百六十六著録。」後有詩《三月晦游道場山宿清公房與成父通行二首》，下頁乃正文。有葉廷芳（一九三六—）印。根據行款和篇目，當據明本抄。

《巴西鄧先生文集》一卷，舊抄本。清陸心源《皕宋樓藏書志》卷九十五著録五卷。《静嘉堂秘笈志》卷三十九天頭小字曰「五卷當做一卷」。《秘笈志》按語曰：

「《提要》作一卷。」所以，陸氏所言「五卷本」當是一卷本之誤。需要説明的是，陸氏著録的《巴西文集》有兩個五卷本，一個前已考證，今已佚，另一個乃此處所言，今存日本靜嘉堂，但實際當是一卷。

(二) 鮑抄本八十五篇文系

鮑廷博根據丁丙跋汪氏藏本抄得八十篇，後又經過第一次輯佚五篇，一共八十五篇。這五篇篇名是《許衡妻敬氏封魏國夫人制》、《賀聖節表》、《帝禹廟碑》、《蘇府君墓碑》、《絅齋箴》。也就是説，八十篇鮑抄本在未多輯五篇以前，是以八十篇面貌單獨流傳過的。而考察這個八十篇的鮑抄流傳時間，和八十五篇的形成時間，就不得不説到修《四庫全書》鮑氏獻書，以及文淵閣四庫本《巴西文集》底本問題。

《四庫全書總目提要》卷一六六：「《巴西文集》一卷，江西巡撫採進本。」然而文淵閣本書前提要題作：「《巴西集》。」那麼《總目提要》和書前提要所依據的是不是同一個本子呢？考《四庫採進書目》：

附：浙江採集遺書總録簡目：巴西集一册，知不足齋寫本。[二]

浙江省第四次鮑士恭呈送書目：巴西集一卷，元鄧文原著，一本。〔三〕

江西巡撫海第四次呈送書目：鄧巴西文集一卷，元鄧文原著一套，二本。〔四〕

兩淮商人馬裕家呈送書目：巴西集一卷，元鄧文原，一本。〔五〕

《總目提要》據「江西巡撫采進本」，底本當是《鄧巴西文集》；文淵閣本書前提其正文皆云《巴西集》，其底本當有知不足齋抄本鮑氏呈送、浙江采進爲同一本或者馬裕家藏本兩種可能。馬裕家藏本今未知爲何本，今比對八十＋五篇系統的鮑本國圖○七七一八和明弘治抄本，二者契合度很高，所以文淵閣四庫本的底本很可能是鮑抄本。因此在鮑氏獻書之時，鮑氏還没有輯録那五篇，而是以單獨的八十篇本流傳。

關於鮑廷博獻書一事，阮元記載説：「乾隆三十八年，高宗皇帝詔開四庫館，採訪天下遺書，歙县學生鮑君廷博集其家所藏書六百餘種，命其子仁和县監生士恭由浙江進呈〔六〕。」可見鮑氏在一七七三年或稍晚獻書。鮑氏所獻書中有《巴西集》，據以上考證，文淵閣本底本極有可能是鮑抄本，且根據《四庫提要》所言「此本不知何人所編，僅録其碑誌記序等文七十餘篇……近時藏書家所有，皆與此本相同，則其全集之存否蓋未可知」，可見當時所獻之書，不管是鮑本、馬本還是「江西巡撫采進本」都是八十篇系統。此系統是根據明初抄本承襲而來。這也證明，鮑氏向國家獻書時一七七三年或稍晚，鮑抄還未輯録那五篇，仍是八十篇。

乾隆三十九年(一七七四)，朝廷褒奖鮑廷博，賜給《古今图书集成》一部，次年乾隆四十年(一七七五)，歸還原書。據國圖〇七七一八號僞鮑抄(八十＋五篇)之鮑廷博跋云：

前借鈔振綺堂汪氏所藏《巴西文集》，頃又見新倉帶經樓本，計有八十餘篇，得悉汪氏藏本未稱完善，尚有缺憾，今托友人重借帶經樓本付手民補録，庶侈之庋，藏家得窺全豹，豈非一大快事。乾隆四十年乙未末下四月，以文鮑廷博并誌。

此本作僞，鮑跋字體與正文有異，但係書商特意所爲。跋文雖非鮑廷博手跡，但内容當不假。由跋文可知，在朝廷還書當年(一七七五)，鮑廷博根據帶經樓本在八十篇基礎上補了五篇。所以，一七七五年以前鮑本只有八十篇，在一七七五年，經過第一次輯補，鮑本成爲最爲流行的八十五篇。

由於獻書之後，知不足齋聲名鵲起，鮑氏抄本亦價值不菲。書賈爲了牟利，就根據這個八十五篇系統，製造了大量抄本，并蓋印章「遺稿天留」、「知不足齋鈔傳秘册」、「以文」，以冒充鮑抄本，謀取高利。今本八十五篇系統的真本鮑抄不知是哪本，或許今存九十二篇鮑抄是在八十五篇鮑抄基礎上繼續補遺所得，所以現存的九十二篇鮑抄本乃各八十五篇系統本子的祖本；或者真本已混在諸多僞本中，難辨真假。就連袁克文這樣的大家也曾被蒙蔽。

〇七七一八袁克文跋云：

予所見知不足齋抄本《巴西集》，并此已有三部，以此爲最精，且有鮑氏手跋，尤足增重，洵善本也。庚申五月廿五日記於泉唐寒雲。

按：袁克文，號寒雲。袁克文以爲此本爲真本。而傅增湘在國圖〇七七一八號跋上指出此本乃僞本：

此爲杭估傳抄本，以文手跋爲僞迹，抱存誤矣。沅叔志。

按：袁克文，字抱存。傅增湘，號沅叔。

國圖一〇二六七八號本子後序云：

辛未四月，滬賈以此抄本來售，并檢《四庫提要》附記于後。墨農五月十五初讀竟。

可見，當時書商到處兜售這些僞本，以至於袁克文見了三部鮑抄，而儀克中號墨農受書商蠱惑，亦購買一僞本。

這些僞本的特徵大致包括：六册，每半葉十行十九字，印章有「盧氏藏書」、「以文」、「知不足齋鈔傳秘册」、「遺稿天留」，版框十八點四×十三厘米，細黑口，左右雙邊。

這些僞本有除去國圖的〇七七一八號本子，還有国图九五二二七、一〇二六七八、〇一〇七八、一一一五二六、八二七九一、A〇一〇七九，南圖GJ/一一六三〇九、GJ/一一四九八一、華師大V 四五點六—四/五七點六四五、北師大善八四五點七四/三七二、北大SB/八一七點五九/一七〇七、SB/八一七點五九/一七〇七點一、SG 四六/五五、一七四〇，上圖線善七七二一九八—二〇三，另外還有京都大學、社科院圖書館、歷史研究所、考古研究所、清華大學、南開大學等均有此僞本。

八十五篇鮑抄系統除去僞本，還有根據國圖〇七七一八僞鮑本所抄的本子。〇七七一八號本子乃袁克文跋，傅增湘校并跋，所以傅氏根據僞鮑本又抄得兩本，國圖編號分别爲八二七九二，一册，烏絲欄，十行十九字，細黑口，四周單邊，單魚尾，有藏園傅氏字樣；另一本國圖編號爲八二七八二，十行十九字，四周單邊，單魚尾，細黑口。每頁左側題寫「藏園傅氏寫本」，有印「傅增湘讀書」。

（三）鮑抄九十二篇支系

鮑廷博晚年經過第二次輯佚，在八十五篇基礎上，又得文七篇，合計九十二篇。此本現藏於上海圖書館，編號線善八二八二四三，題曰《巴西鄧先生文集一卷補遺一卷》。

鮑抄九十二篇本的主要情況：黑格，每半葉十行，行十九字，左右雙邊，上下單邊，版心著《巴西集》，黑口。有印：歙西長塘鮑氏知不足齋藏書印。遺稿天留，張叔平，世守陳編之家，吴興劉氏嘉業堂藏書記。封面題《巴西鄧先生文集》，下頁乃目録，正文第一頁至「出領浙江」完，不同於國圖〇七七一八號本子至「蓋举以旌善」。

至《絅齋箴》第八十五篇末爲一卷，接著是補遺一卷，包括《跋歐陽率更子奇帖》、《跋唐臨十七帖》、《跋米南宫書》、《與本齋書》、《跋鮮于伯機遺墨》、《特進上卿玄教大宗師吴公聽松風像贊》此六篇見《鐵網珊瑚》、《跋顔魯公書朱巨川誥》、《四書通序》。《特進上卿玄教大宗師吴公聽松風像贊》有墨批：「此首已見前，重出，當删。」考此篇在第七十九篇，題名《成季真人畫贊》，標題不一樣，而内容一致，當删，所以第二次補遺實際七篇，全書八〇＋五＋七，一共九十二篇。

《跋顔魯公書朱巨川誥》一文後面有印章，《四書通序》將其覆蓋，且《四書通序》字體與前面補遺諸篇不同，説明《四書通序》是在後面新補入。《四書通序》文末有朱批：「右從《胡雲峰文集》録補，嘉慶壬申五月廿六日通介叟記。」此朱批筆跡和《四書通序》筆跡一樣，説明到一八一二年，鮑廷博才完全完成《巴西文集》的第二次輯佚，使九十二篇系統定型。

正文《許衡妻敬氏封魏國夫人制》，地脚批註：「嘉慶甲戌二月八日借留畊堂書肆抄本校正一過頗有裨益。介叟記時年八十又七，目漸昏眊，不能細書。」可知甲戌

（一八一四）年，鮑廷博在去世的當年，還親自校勘此本，此本當是鮑氏定本。

今重圖所藏陸香圃三間草堂抄本即據上圖鮑本所抄。此本有印「三間草堂傳抄秘本」。正文第一頁「出領江浙」結束，同上圖鮑抄本。半葉十行，行十九字，上下單邊，左右雙邊。雙魚尾，版心題《巴西集》，通篇字跡一樣。可見陸本有本所依，而且一氣呵成。

陸本補遺無《特進上卿玄教大宗師吴公聽松風像贊》，當是依鮑本墨批刪，實際八〇＋五＋七，一共九十二篇。

二、刻本系統

關於刻本，《增訂四庫簡明目録標注》邵章著録：「張金吾有明初刊本。」考清張金吾《愛日精廬藏書志》卷三十二：「《巴西鄧先生集》，一卷。明初抄本，汲古閣藏書。」蓋邵章誤注抄本爲刊本，今人周清樹先生亦沿用此誤，以爲除去明初抄本，別有明初刊本，實子虛烏有也。

現存刻本，有兩部。一部是光緒二十五年綿州吴氏刊本：《鄧文肅公巴西集》兩卷，上文下詩。文主要根據以上抄本重新編排，詩主要根據《元詩選二集》重新編排。因爲晚出，且如吴序所説「惜無原本對刊」，所以版本價值不高。此本現存較多，國圖、川大等皆有藏，國圖編號九六六八二。另外一部刊本名曰《巴西集》兩卷，上卷爲文，下卷爲詩，但是其文順序不同於各抄本，亦不同於吴氏刊本，上圖編號線普長三一九四九七。但是其末有刊《吴朝品立鄉題辭》同《鄧文肅公巴西集》题词，蓋此又在吴氏刻本之後也。

三、今人整理

今人對鄧文原文的整理，北京師範大學古籍所李修生先生主編的《全元文》第二十一册，李鳴先生以國圖傅增湘僞鮑本爲底本，明抄本、文淵閣《四庫全書》本爲參校本進行了點校，而且在八十五篇基礎上進行了輯佚，輯得二十九篇，其中《四書通序》、《跋顔真卿書朱巨川告》上圖鮑抄本中已包含，實際輯佚二十七篇，其篇名是《賀親祀太廟表》、《與伯長學士書》、《與本簡齋先生書》、《平安家書》十一月廿六日發、《平安家書》四月初五日鉛山州發、《程氏讀書分年日程跋》、《跋褚遂良書倪寬贊》、《跋蘇軾春帖子詞》、《跋趙孟頫臨黄庭經》、《奉化州儒學記》、《建尊經閣增置學田記》、《東陽義塾記》、《湖州路歸安縣建學記》、《譙樓記》、《府城隍廟記》、《杭州福神觀記》、《大東華宫紫府洞記》、《重建崇寧萬壽禪寺記》、《三佛泉銘并序》、《隸韡堂銘并序》、《皇元特授神仙演道大宗師玄門掌教輔道體仁文粹開玄真人管領諸路道教所知集賢院道教事孫公道行之碑》、《皇元重建南鎮廟碑》、《東華紫府輔元立極大帝君碑》、《趙國公吏部尚書吴元珪墓銘》、《承德郎國子監丞汪公漢卿墓誌銘》、《故海鹽州教授程君逢午墓誌銘》、《元贈推忠宣力功臣榮禄大夫中書平章政事□國趙國鄭武毅公神道碑》。

四、小結

《巴西文集》的版本系統現存主要有抄本和刻本兩大系統，抄本只包括文，而且抄本内部的劃分也比較複雜，有八十篇、八十五篇、九十二篇之分别，而且八十五篇系統有大量的書賈仿製鮑抄本。刻本晚出，包含詩文兩部分，文來自于抄本，詩來自于《元詩選二集》，因爲年代太靠後，且校勘不精，所以版本價值不高。除去重複的兩篇，《全元文》輯佚二十七篇。考察現存所有版本，所收文不過一百一十九篇，詩不過百餘首，對於鄧文原這樣的元初重要文人來説，存下來的東西實在太少。可見對鄧文原詩文的整理，當在現存集子的基礎上，做大量的輯佚工作，才能儘量真實地呈現鄧公當年之風神。

注釋

〔一〕李鳳英《鄧文原文集版本考述》已於《青年文學家》二〇一二年第二十六期，作者此文大約寫在二〇一一年十月，兩文雖然都是關於鄧文原文集的版本考，各有側重，因而此處將筆者之文附于此。

〔二〕吴慰祖校訂，《四庫採進書目》，商務印書館，一九六〇，第二八五二八五頁。

〔三〕同上，第九十五頁。

〔四〕同上，第一六八頁。

〔五〕同上，第六十八頁。

〔六〕付嘉豪，鮑廷博與《四庫全書》，圖書館理論與實踐，二〇一一，第六期。

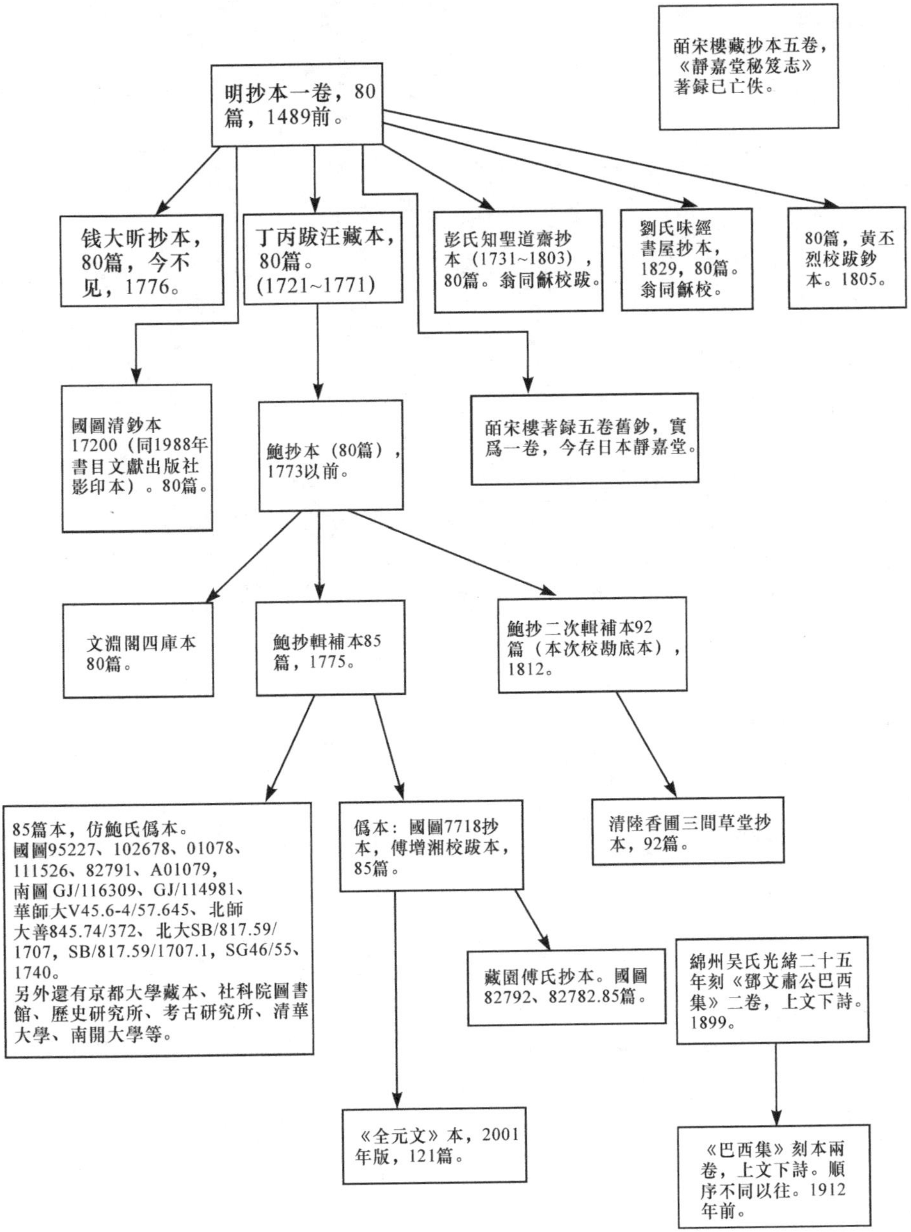

明抄本一卷，80篇，1489前。
皕宋樓藏抄本五卷，《靜嘉堂秘笈志》著録已亡佚。
钱大昕抄本，80篇，今不见，1776。
丁丙跋汪藏本，80篇。(1721~1771)
彭氏知聖道齋抄本（1731~1803），80篇。翁同龢校跋。
劉氏味經書屋抄本，1829，80篇。翁同龢校。
80篇，黃丕烈校跋鈔本。1805。
國圖清鈔本17200（同1988年書目文獻出版社影印本）。80篇。
鮑抄本（80篇），1773以前。
皕宋樓著録五卷舊鈔，實爲一卷，今存日本靜嘉堂。
文淵閣四庫本80篇。
鮑抄輯補本85篇，1775。
鮑抄二次輯補本92篇（本次校勘底本），1812。
85篇本，仿鮑氏僞本。國圖95227、102678、01078、111526、82791、A01079，南圖GJ/116309、GJ/114981、華師大V45.6-4/57.645、北師大善845.74/372、北大SB/817.59/1707，SB/817.59/1707.1，SG46/55、1740。另外還有京都大學藏本、社科院圖書館、歷史研究所、考古研究所、清華大學、南開大學等。
僞本：國圖7718抄本，傅增湘校跋本，85篇。
清陸香圃三間草堂抄本，92篇。
藏園傅氏抄本。國圖82792、82782.85篇。
綿州吴氏光緒二十五年刻《鄧文肅公巴西集》二卷，上文下詩。1899。
《全元文》本，2001年版，121篇。
《巴西集》刻本兩卷，上文下詩。順序不同以往。1912年前。

《巴西文集》版本流傳圖